IRIS ET LA MALÉDICTION

PRÉMONITION, TOME 5

DEANNA CHASE

Traduction par
LORRAINE COCQUELIN

RÉSUMÉ DU LIVRE

Iris Hartsen pensait avoir enfin obtenu tout ce qu'elle avait toujours désiré. Maire de Prémonition, elle exerçait le métier de ses rêves et était mariée à un homme magnifique et charismatique qui l'adorait. Mais après avoir découvert que son mari était lié au trafic de drogues récemment démantelé, la voilà célibataire et obligée de quitter son poste. C'est un nouveau départ pour elle. Cependant, quand une malédiction s'abat sur Prémonition et fait disparaître les touristes, transformant la cité balnéaire en une ville fantôme, Iris fera tout ce qui est en son pouvoir pour sauver cette bourgade qu'elle aime, même si cela signifie accorder sa confiance à un homme nouvellement arrivé dans sa vie. Avec l'aide du coven local et d'un voisin trop beau pour être vrai, le nouveau départ d'Iris va la contraindre à puiser dans une magie qu'elle ignorait posséder et à réapprendre à faire confiance.

CHAPITRE 1

— Vous sentez la magie picoter votre peau ? demanda Iris Hartsen aux quatre membres du coven qui se tenaient à ses côtés dans le square désert.

Moins d'une heure plus tôt, une sorte de malédiction avait été lancée sur Prémonition, la transformant en ville fantôme. Cette cité balnéaire devrait en temps normal bourdonner d'activité touristique, en plein été, mais les magasins étaient sinistrement vides depuis que tous les non-résidents de la ville avaient mystérieusement disparu.

Grace Valentine, agent immobilier, cala une mèche auburn derrière son oreille et secoua la tête.

— Non, je ne sens rien du tout.

Elle se tourna vers ses amies.

— Et vous ?

Hope et Joy répondirent que non, mais Gigi opina.

— Je sens… quelque chose. Un peu comme si l'air était chargé d'électricité, dit Gigi, jolie blonde, en se frottant le bras gauche et en faisant la grimace. C'est légèrement collant, comme l'humidité, sauf que…

Elle se passa à nouveau la main sur le bras et frissonna.

— Ce n'était pas agréable.

— Ça pique un peu, confirma Iris, qui fronça les sourcils. Je me demande pourquoi cela n'affecte que nous deux.

— Ça doit venir du type de magie, intervint Joy en parcourant son portable. Il est écrit ici que si les herbes sont l'ingrédient premier de la malédiction, alors les sorcières douées de magie terrestre seront sans doute les plus touchées.

— Vous travaillez les herbes ? demanda Gigi à Iris, le regard intéressé.

Gigi venait de lancer sa gamme de soins de la peau, qu'elle commercialisait dans une petite boutique de la ville, et sa notoriété en matière de plantes s'établissait de plus en plus.

— Non, répondit-elle en secouant la tête. Pas du tout. Du moins, pas autrefois.

Iris était la descendante d'une longue lignée de sorcières puissantes, mais elle n'avait jamais possédé de magie spécialement. Sa mère tenait son pouvoir de l'océan et pouvait prédire certaines choses. Elle avait aussi des guides spirituels, mais Iris n'avait pas les mêmes dons. Ses seules aptitudes étaient son remarquable sens des affaires. Elle pouvait affirmer avec une précision certaine si une entreprise était florissante ou non. Dommage pour les nouveaux propriétaires de magasins qui méprisaient ses conseils. Cela dit, plus personne ne la consulterait à présent, puisqu'elle venait d'être évincée de son poste de maire quelques jours plus tôt.

Gigi posa une main légère sur son bras.

— Je serais ravie de travailler avec vous, si vous souhaitez tester quelques potions ou concoctions aux herbes.

— C'est très gentil, répondit-elle en souriant à l'autre femme.

Un petit poids se souleva de son cœur. Ayant été maire de

Prémonition pendant longtemps, elle avait été trop occupée pour nouer ou conserver des amitiés. C'était l'un des plus grands regrets de cette vie qu'elle s'était bâtie. Toutefois, si la chance de rectifier le tir lui était offerte, elle adorerait le faire, maintenant qu'elle allait avoir du temps libre. Et elle ne connaissait pas de meilleur groupe d'amies pour cela que celui constitué par les quatre femmes au milieu du square.

— Merci, Gigi, j'accepterai votre offre avec plaisir une autre fois, dit-elle, une main sur la poitrine. Mais pour l'heure, je crois que je ferais mieux de me rendre au bureau du nouveau maire par intérim pour lui faire part de vos soupçons et voir s'il peut réduire le champ des recherches afin de comprendre qui a fait ça et pourquoi.

— On vient avec vous, lança Joy, en regardant tour à tour Iris puis ses amies. Je connais Tad depuis le Conseil des Artistes et…

— Et quoi ? l'encouragea Iris après une seconde de silence.

— Hum. Vous le connaissez bien ?

Elle secoua la tête.

— Non, pas vraiment. La plus longue discussion que j'ai eue avec lui remonte à hier matin alors que nous faisions la queue à la boulangerie. Il m'a interrogée sur le budget de la ville, et quand j'ai indiqué que je me ferais un plaisir de le parcourir en détail avec lui, il a refusé, disant qu'il comprendrait tout seul.

Elle fronça les sourcils et soupira.

— J'imagine qu'il se demandait ce que penserait le conseil municipal de voir l'ancienne maire dans le bureau. Qu'est-ce qu'ils croient ? Que je vais saboter les choses maintenant que je n'occupe plus le rôle principal ? Tout ce que j'ai toujours désiré, c'était la croissance de Prémonition.

Elle observa les rues désertes qui devraient bourdonner d'activité, et son cœur s'alourdit.

— Et maintenant, regardez ça.

Joy lui effleura le bras.

— On sait que vous ne voulez que le bien de Prémonition. C'est pour ça que vous êtes venue nous voir dès que cette malédiction s'est abattue, n'est-ce pas ?

Iris opina.

— Exactement, confirma l'autre femme. Voilà pourquoi nous vous accompagnons à la mairie. D'après mon expérience, Tad est un homme aigri, qui en veut à la Terre entière, et il est peu probable qu'il accepte notre aide. Mais je sais comment le prendre. Si ça ne vous dérange pas, j'aimerais d'abord essayer de voir si je peux m'entretenir avec lui, avant qu'il ne nous congédie toutes purement et simplement.

— Oui. D'accord.

Une pointe de malaise naquit en elle. Ça n'allait pas bien se passer, aucun doute. Ce que Joy avait dit de cet homme correspondait à la première impression de lui qu'avait eue Iris à la boulangerie. Il avait été sur la défensive et eu l'air de se sentir menacé par sa proposition de le conseiller. Elle avait repoussé sa mauvaise impression sur l'instant, mais maintenant que Prémonition avait de gros ennuis, comment pouvait-elle laisser sa ville adorée aux mains d'un homme à l'ego trop imposant pour accepter l'aide des autres ? Elles ne parviendraient pas à le convaincre de leur théorie, elle en était persuadée, mais elles devaient essayer. Elle hocha la tête.

— On vous suit.

Joy carra les épaules et descendit la Rue Principale droit vers la mairie. Iris resta derrière elle, consciente que sa présence ne leur serait d'aucune aide si elle se plaçait devant. Cependant, son instinct la poussait à prendre le contrôle, à gérer la crise connue par la ville, comme elle l'avait fait d'innombrables fois auparavant quand il y avait eu un problème à Prémonition.

— C'est nul qu'ils vous aient fait ça, déclara Hope en la rejoignant. Il paraît qu'ils vous ont virée à cause de votre ex.

Iris opina.

— Oui. C'était du moins leur excuse la plus pratique.

Hope grogna.

— Les hommes médiocres ont encore frappé, virant une femme puissante et intelligente afin de placer l'un d'eux à un poste de pouvoir. C'est dégoûtant, si vous voulez mon avis.

— C'est vrai. Mais ce qui est fait est fait et je passe à autre chose désormais. Du moins, j'essayais de le faire avant ça.

Hope avait raison, c'était exactement ce qu'il s'était passé, mais si Iris passait trop de temps à ruminer cette situation, elle se transformerait en garce amère. Au contraire, elle était déterminée à aller de l'avant, à trouver le moyen de faire prospérer Prémonition sans être maire. Toutefois, elle ne pouvait pas le faire si la ville était sous le coup d'une malédiction.

— On va s'en sortir, affirma Hope, un sourire rassurant aux lèvres, en lui serrant la main. S'il y a bien une chose qu'on possède, nous les filles, c'est la ténacité.

— C'est bien pour ça que je me suis adressée au coven.

Elle lui serra la main à son tour, et, pour la première fois depuis des mois, elle n'eut plus le sentiment d'être seule. Pourquoi n'avait-elle pas fréquenté ces femmes plus tôt ? Elle les avait toujours appréciées. Son problème, c'était le temps. Elle s'était consacrée à son travail au détriment de tout le reste. L'un des avantages de son renvoi, c'était que le temps n'était plus un problème. Du moins, pendant quelques mois, avant qu'elle ne retrouve un nouvel emploi.

Son cœur se mit à battre plus fort lorsqu'elles

s'approchèrent de la mairie. Un oppressant sentiment d'échec l'envahit. Elle avait enterré au plus profond d'elle son humiliation à l'idée d'avoir été licenciée, déterminée à l'ignorer. Elle savait qu'elle avait été une sacrée bonne maire. Personne ne pouvait nier que la ville avait prospéré sous son mandat. Elle prit une grande inspiration pour se calmer, puis suivit Hope à l'intérieur.

C'était le chaos.

— Julie ! Je t'ai demandé d'appeler le gouverneur ! Si tu ne sais pas faire ton putain de boulot, alors dégage ! hurlait Tad depuis son bureau.

Le visage baigné de larmes, la concernée composa et recomposa plusieurs fois le même numéro, les doigts tremblants.

La colère envahit Iris à la vue de l'émoi de son ancienne assistante.

Après une nouvelle tentative infructueuse, Julie reposa le combiné et fit la grimace.

— Il se rend à Washington, monsieur Howell. Son assistante m'a dit qu'il ne serait pas joignable avant demain.

— C'est *maire* Howell. Et ça ne peut pas attendre demain !

Tad sortit en trombe de son bureau, le visage rouge et renfrogné. Il portait un costume hors de prix et s'était peigné avec bien trop de produits capillaires.

— Nous devons faire venir la Brigade d'Interventions Magiques pour découvrir le fin mot de cette histoire. Vous ne comprenez donc rien ?

— J'ai essayé, maire Howell.

Julie redressa les épaules et se tourna vers lui, la tête haute, malgré les trémolos dans sa voix.

— Personne d'autre n'a l'autorité pour faire intervenir cette unité spéciale.

Tad grogna et s'avança vers elle. L'instinct d'Iris prit le dessus, et elle s'apprêtait à s'interposer avant qu'il n'atteigne Julie, quand Joy leva le bras pour l'interrompre et lança :

— Nous pouvons vous aider.

Le maire s'immobilisa brusquement et se tourna vers elles, stupéfait. Il n'avait visiblement pas remarqué leur présence. Il les balaya du regard et plissa les yeux en remarquant Iris.

— Qu'est-ce que vous faites là ?

— Nous sommes venues vous apporter notre aide, répondit Joy à la place d'Iris. Une malédiction s'est abattue sur la ville et nous pensons…

— Je n'en ai rien à foutre de ce que vous pensez.

Il indiqua la porte.

— Dehors. Nous sommes en pleine crise et je n'ai pas besoin que des fouineuses d'âge mûr me mettent des bâtons dans les roues.

— La vache, c'était grossier, commenta Hope, les mains sur les hanches. Si vous arrêtiez de vous mettre vous-même des bâtons dans les roues, nous pourrions…

— Partez tout de suite ! aboya-t-il. Et dégagez de ma vue à moins que vous ne vouliez une visite des autorités !

Iris fulminait. Tad ne savait vraiment rien faire et il se comportait comme si le coven était constitué de Scooby Doo amateur et non de sorcières puissantes pleines de ressources. Sans un mot, elle s'approcha de Julie, souleva le téléphone et composa le numéro personnel de l'assistante du gouverneur.

— Iris Hartsen, raccrochez ce téléphone ou je vous fais arrêter ! lança Tad, les dents serrées.

— Lisbeth ? dit Iris dans le combiné, ignorant le caprice de Tad. C'est Iris Hartsen, de Prémonition. Notre ville vient de subir une malédiction et notre nouveau maire, Tad Howell, sollicite l'intervention d'urgence de la Brigade d'Interventions

Magiques. Malheureusement, nous n'arrivons pas à joindre le gouverneur. Pouvez-vous nous aider ?

Elle répondit à quelques questions concernant la malédiction et l'état de la ville, puis soupira de soulagement lorsque Lisbeth l'informa qu'elle ferait tout son possible pour joindre le gouverneur.

Tad fulminait, mais, pour une fois, il se taisait.

— Merci, Lisbeth, vous êtes la meilleure.

Elle replaça le combiné sur sa base et se tourna vers Tad.

— C'était l'assistante personnelle du gouverneur. Elle va lui envoyer les documents nécessaires tout de suite, et dès que la demande sera approuvée, vous recevrez un fax.

— Quand ça ? demanda-t-il sur un ton péremptoire.

Elle haussa les épaules.

— En fin d'après-midi ou demain matin, je dirais. Mais d'après mon expérience personnelle, vous ne verrez arriver personne de l'unité spéciale avant quelques jours. Ils n'ont pas assez d'agents pour gérer toutes les urgences de l'État. Et puisqu'il n'y a eu aucun blessé ici, nous ne serons pas leur priorité.

— Alors votre intervention n'aura pas été très utile, n'est-ce pas ? Pas étonnant que le conseil municipal vous ait virée.

Il tourna les talons, retourna dans son bureau et claqua la porte.

CHAPITRE 2

— C'EST UN VÉRITABLE CONNARD, NON ? DEMANDA HOPE SANS se soucier de baisser la voix.

— Aucun doute là-dessus, confirma Iris en ouvrant la porte.

Leur visite au maire avait été une perte de temps totale.

— Iris ? l'appela Julie.

La main sur la porte, elle se figea et se tourna vers son ancienne assistante.

— Oui, Julie ?

La jeune femme jeta un bref coup d'œil vers le bureau de son patron, puis reporta son attention sur elle, rougissant.

— Ce n'est plus pareil sans vous ici.

Une partie de sa colère s'estompa alors qu'elle adressait un sourire reconnaissant à Julie.

— Merci, c'est agréable à entendre. J'aurais aimé que les choses se passent différemment.

— Moi aussi.

La jeune femme se leva précipitamment de sa chaise et vint l'enlacer très fort.

D'abord trop stupéfaite pour faire un geste, Iris lui retourna ensuite son étreinte en repoussant ses larmes. Julie et elle n'étaient pas vraiment proches. Elles entretenaient de bonnes relations au travail, mais n'étaient pas véritablement amies. Alors cet étalage d'émotion la surprenait. Toutefois, elle était contente d'avoir eu un certain impact sur l'autre femme.

— Tout ira bien, Julie, je vous le promets.

L'intéressée recula, sceptique, mais opina.

— Merci pour votre aide.

— N'hésitez pas si vous en avez encore besoin, d'accord.

Iris lui serra la main et baissa la voix.

— Vous avez mon numéro. Appelez-moi si nécessaire.

— D'accord, murmura Julie avant de retourner derrière son bureau.

— Allons-y, lança Iris en sortant, la boule au ventre.

La situation à la mairie était pire que ce qu'elle craignait. Mais elle ne pouvait rien y faire. N'est-ce pas ?

— Nous devrions quand même essayer de déterminer l'origine de la malédiction, déclara Grace, les yeux rivés sur l'océan.

Le vent s'était levé, balayant ses cheveux dans son visage. Elle les repoussa, les sourcils froncés et le regard troublé.

— Vous avez beaucoup d'expérience avec la Brigade d'Interventions Magiques ?

— Pas vraiment, admit Iris. Ils sont trop peu nombreux et normalement déployés seulement quand la magie est utilisée comme arme contre les gens. À moins que nous ne découvrions que les touristes sont blessés ou ont vraiment disparu, pas juste de la ville, ils ne resteront pas longtemps ici.

— Alors, c'est décidé, décréta Grace en carrant les épaules et rejoignant sa voiture. Nous ferons ce sort nous-mêmes pour voir si nous pouvons suivre la malédiction et l'inverser. On a du pain sur la planche.

Iris regarda, stupéfaite, les quatre femmes retourner à leurs véhicules respectifs. Leur détermination et leur résolution sans faille à apporter leur aide la touchaient en plein cœur. Émue, elle mit quelques secondes à venir s'installer sur le siège passager de Grace.

— Merci pour... tout.

— Pas besoin de me remercier. C'est notre ville aussi. Nous l'adorons, alors il est hors de question de laisser le coupable s'en tirer comme ça.

Son ton féroce emplit Iris d'espoir tandis qu'elles filaient à travers les rues désertes.

Dix minutes plus tard, les cinq femmes se réunissaient autour d'un feu de camp sur une falaise venteuse dominant l'océan Pacifique. Gigi ouvrit un sac en toile et en sortit pilon et mortier, tandis que Hope traçait un cercle de sel et que Grace plaçait cinq bougies autour du feu.

Joy se tourna vers Iris.

— Avez-vous déjà fait ça avant ?

— Pister un sort ? demanda-t-elle en fronçant les sourcils. Non, jamais.

— Je voulais dire combiner votre pouvoir avec celui d'autres sorcières, précisa l'autre femme.

— Oh, non. Jamais non plus.

À vrai dire, elle n'avait travaillé qu'avec sa mère, essayant des sorts d'eau et cherchant des guides spirituels. Elle n'avait pas été très douée dans l'un ou l'autre domaine.

— Dans ce cas, ça va être une sacrée aventure pour vous.

Elle lui sourit et l'entraîna vers un rondin de bois, avec un banc taillé à l'intérieur.

— Asseyez-vous là.

Iris étudia le rondin. Il était magnifique, naturel, et ressemblait à l'une des œuvres de Lucas King, et non un simple morceau de bois trouvable sur une falaise désolée.

— C'est Lucas qui a fait ça ? demanda-t-elle à Hope.

— Oui. Il y en aura deux de plus, quand il aura le temps. C'est magnifique, n'est-ce pas ?

Hope remit le sachet de sel dans le sac de Gigi et vint s'asseoir à côté d'Iris.

— Il m'a dit qu'il ne voulait pas qu'on ait des traces de boue sur nos vêtements à chaque réunion du coven, alors il a fait ça. C'est un amour, surtout en sachant qu'il n'a pas vraiment de temps à consacrer à des projets annexes comme ça.

— Ça se voit que c'est fait avec amour, commenta Iris, en étouffant la surprenante pointe de jalousie qui la transperça.

Non pas qu'elle ait des vues sur le fiancé de Hope, pas du tout. Mais elle leur enviait leur relation. Même si elle se croyait heureuse avec Tom avant qu'il ne s'avère être un bon à rien, il ne s'était jamais soucié de ses besoins. Il n'était pas du genre à lui offrir des cadeaux ou à se mettre en quatre pour lui faciliter la vie. Elle avait ses corvées à faire et lui les siennes. Et c'était tout. Le sexe était réservé aux mercredis. Les dîners au restaurant aux dimanches. Une semaine de vacances par an à l'endroit choisi par Tom. Et c'était à peu près toutes les bases de leur relation.

C'était d'une tristesse... Comment avait-elle pu croire qu'ils étaient heureux ? Elle s'était entièrement consacrée à son travail, et Tom... Il avait eu beau posséder une scierie florissante, il s'était acoquiné avec des revendeurs de drogue pour des raisons qui lui échappaient.

Aux dernières nouvelles, il avait revendu son entreprise et ouvert une galerie d'art dans une ville plus modeste à une cinquantaine de kilomètres de Prémonition. Il fréquentait en outre une femme plus jeune, qui lisait a priori l'avenir dans la paume de la main. Chaque fois qu'elle pensait à lui, elle bouillonnait et devait se retenir de lancer un sort pour lui provoquer une dysfonction érectile et des boutons aux fesses. Cet abruti avait échappé à toutes les condamnations liées au trafic de drogue à cause d'un vice de forme et il s'était créé une nouvelle vie. Iris, de son côté, n'avait plus de travail, alors qu'elle adorait son boulot. Et tout ça, par la faute de Tom.

— Allez, c'est parti ! lança Grace en s'asseyant sur un rondin de bois brut en face d'elles.

Joy et Gigi s'installèrent de sorte à former un cercle autour du feu. Des bougies blanches étaient posées devant chacune d'elles et Gigi était en train d'écraser une poignée d'herbes dans son mortier.

Elle se tourna vers Iris.

— Vous sentez cette impression de viscosité qui s'intensifie ?

Iris opina. Sa peau la picotait désagréablement à cause de la magie dans l'air.

— C'est parce qu'il sait que nous effectuons un sort de pistage. Il sait.

Elle pinça les lèvres.

— Comment ? s'étonna Iris, qui observa le contenu du mortier.

Ce dernier contenait un mélange d'herbes vertes et de plantes rouge et jaune vif.

— C'est l'hibiscus, expliqua Gigi, solennelle. Je m'en sers dans la plupart de mes sorts de divination.

— Mais vous n'avez encore rien fait.

Iris se demandait comment de simples pétales d'hibiscus pouvaient affecter le sort qui recouvrait la ville.

— Ce n'était pas nécessaire. Après des années à utiliser

l'hibiscus pour lancer des sorts, ma magie y réagit automatiquement, disons. Dès que j'ai écrasé les pétales, le sort a réagi, prêt à nous livrer ses secrets.

Gigi prit la main d'Iris et déposa des plantes écrasées dans sa paume.

— Vous sentez la différence ?

La magie poisseuse s'intensifia, comme si de minuscules insectes rampaient sous sa peau. Elle jeta les herbes dans le feu et se frotta les mains contre son jean.

— C'était… intense.

Gigi hocha la tête.

— Ça vient de la nature du sort. Si c'est trop difficile, vous n'êtes pas obligée de participer.

Iris secoua la tête. Hors de question qu'elle reste à l'écart. Pour la première fois de sa vie, elle venait de sentir ce que cela faisait d'avoir des pouvoirs magiques. Depuis quarante-sept ans qu'elle était née, elle avait toujours cru avoir été oubliée par le service attribuant la magie. Mais tout avait changé désormais. Si elle pouvait aider Gigi et le coven à découvrir d'où provenait la malédiction, elle était partante.

— Non. Je veux vous aider. Faisons-le. Dites-moi juste ce que je dois faire.

— D'accord.

Gigi lui tendit le mortier et un bouquet de pissenlits.

— Retirez les pétales et mettez-les dedans. Ensuite, à l'aide du pilon, écrasez tout ça pour le mélanger à l'hibiscus.

— Je m'en charge.

Elle attrapa les fleurs et réprima une grimace lorsque ses doigts la brûlèrent. Cela signifiait que sa magie réagissait aux pissenlits, non ? Lorsqu'elle écrasa ensuite les pétales avec les plantes déjà présentes dans le mortier, son pouls s'emballa et sa vision se brouilla. Au moment où elle pensait que le vertige l'emporterait, sa vision s'éclaircit et elle se trouva soudain dans son jardin à observer quelqu'un vêtu d'une cape noire allumer un feu dans un calice. La personne leva les bras en l'air et psalmodia une incantation qui fit bondir le feu vers le haut. Un éclair cisela le ciel bleu, frappant le calice et le détruisant en minuscules pièces réparties dans tout son jardin.

— Iris ? L'appela Gigi. Vous allez bien ?

La voix de l'autre femme lui parut très lointaine, et il fallut qu'elle l'appelle une nouvelle fois, pour qu'elle sorte de sa transe et revienne sur la falaise, où les femmes du coven lui lançaient des regards intrigués.

Iris les observa toutes les quatre, puis les bougies, désormais allumées et dont les flammes dansaient dans la brise.

— Que s'est-il passé ? demanda Gigi, les sourcils froncés.

Elle ne savait pas comment interpréter ce qu'elle avait vu. Était-ce un rêve ? Une véritable vision ? Elle n'avait jamais connu ça. Elle observa Gigi, assise en face d'elle. Avec sa jupe blanche en lin, sa blouse paysanne assortie et ses cheveux balayés par le vent, elle paraissait céleste et puissante, dégageant une aura dont Iris avait rêvé quand elle était plus jeune.

— Iris ? insista Gigi. Qu'avez-vous vu ?

— Comment savez-vous que j'ai vu quelque chose ? répliqua-t-elle, toujours désorientée.

— J'ai reconnu les signes. Vous étiez là physiquement, mais vous fixiez quelque chose qu'aucune de nous ne pouvait voir.

Elle baissa la voix.

— Ça arrivait de temps en temps à ma mère.

La douleur dans la voix de Gigi toucha Iris en plein cœur. Elle savait que l'autre femme avait perdu sa mère à l'adolescence, et bien que n'ayant pas une histoire aussi traumatisante, elle savait ce que l'on éprouvait à vivre sa vie et atteindre cet âge sans sa mère. À ceci près que celle d'Iris était partie de son plein gré. Une lame lui transperça le cœur, mais elle l'ignora.

— J'ai vu quelque chose, ou quelqu'un, lancer un sort dans mon jardin, mais je ne sais pas si c'était réel.

Gigi écarquilla les yeux.

— Dans ton jardin ? s'écria-t-elle, rendue familière par l'incrédulité. Tu crois que c'était la malédiction ?

Iris hocha la tête.

— Oui. C'était bien ça dans ma vision, mais maintenant, comment savoir si c'est ce qu'il s'est vraiment passé ?

— On doit le découvrir, décréta Grace en tendant les mains sur les côtés, indiquant qu'elles devaient former un cercle.

Iris prit les mains de Hope et Grace. Immédiatement, l'intensité de la magie poisseuse s'atténua en grande partie, lui donnant presque l'impression d'être revenue à la normale.

— Ouah.

— C'est fascinant, n'est-ce pas ? lui demanda Gigi en la fixant du regard.

Iris fronça les sourcils. La magie avait disparu, tout simplement, et si elle en ressentait la perte, elle se sentait également plus libre. Elle n'était pas sûre d'apprécier. Après avoir cru pendant des années qu'elle n'avait rien de magique en elle, elle n'était pas prête à perdre la connexion à son pouvoir.

— Se tenir les mains comme ça ne va pas tout bloquer ?

— Ça va nous aider à nous concentrer. Elle est toujours là, fais-moi confiance, la rassura Gigi.

Iris opina, espérant que l'autre femme avait raison.

Gigi ferma les yeux et entama une incantation.

— Sel et mer, vent et feu, montre-nous ce que la terre a produit.

Les trois autres sorcières répétèrent ses paroles, et lorsqu'elles reprirent ensemble la mélopée, Iris se joignit à elles. Une décharge électrique naquit de ses doigts et fila à travers ses veines. Plus elles psalmodiaient, plus les décharges devenaient violentes, au point de la faire vibrer. La magie qui recouvrait sa peau était de retour, ressemblant cependant cette fois à une couverture confortable et non à une irritation.

Les flammes des bougies virèrent au bleu juste avant que la fumée emplisse l'air à l'intérieur de leur cercle, puis se solidifièrent pour reproduire la scène dont Iris avait été témoin dans sa vision.

La fumée disparut tout aussi vite qu'elle était apparue, et une fois qu'elle fut partie, le silence s'abattit sur le petit groupe de sorcières.

Iris lâcha Grace et Hope, et le regretta instantanément en sentant la magie poisseuse du sort sur sa peau. Elle s'entoura de ses bras pour tenter de la bloquer, mais c'était un effort inutile.

— C'est ce que tu as vu dans ta vision, n'est-ce pas ? la questionna Gigi.

— Oui, à ceci près que j'ai vu ça dans mon jardin, et non là sur la falaise.

— Merde, marmonna Hope en se passant la main dans ses cheveux noirs. Ce n'est pas bon.

— Non, pas du tout, confirma Iris, dont le ventre se retournait face aux implications.

— Nous devons trouver quelqu'un avec un motif. C'est la seule façon pour que tu ne sois pas suspectée, dit Gigi.

— Qui est-ce qui t'en veut, Iris ? intervint Joy, adoptant la même familiarité. Tu as des ennemis ?

— À part le nouveau maire, mon ex et la plupart du conseil municipal, tu veux dire ? Ou les citoyens mécontents de cette ville qui n'étaient pas fans de certaines politiques mises en place ces dix dernières années ?

Elle leva les mains en l'air.

— La liste est sans fin.

Grace lui adressa un signe compatissant. Elle s'apprêtait à dire quelque chose, quand des sirènes l'interrompirent.

Elles se tournèrent vers la voiture de patrouille qui s'arrêtait non loin, suivie très vite par une deuxième.

Iris regarda John Garrison, un officier chevronné de la police de Prémonition, avancer vers elle à grands pas, ses menottes à la main. Arrivé devant elle, il déclara, sur un ton professionnel :

— Iris Hartsen, vous êtes en état d'arrestation pour avoir lancé un sort illégal sur la ville de Prémonition et pour avoir tenté de le cacher avec de la sorcellerie.

— Quoi ? s'écria-t-elle, avant de fermer vivement les lèvres quand John entreprit de lui citer ses droits.

— Vous ne pouvez pas l'arrêter, protesta Gigi. Vous ne savez pas de quoi il est question.

Hope, Joy et Grace s'en mêlèrent, la défendant sans hésiter.

Si Iris appréciait leur soutien plus que les autres femmes ne pouvaient le deviner, la vérité n'en demeurait pas moins que si quelqu'un avait lancé le sort depuis son jardin et que les autorités l'avaient découvert, elle était à présent leur suspecte numéro un. La meilleure chose à faire à ce stade pour elle était de coopérer et de trouver un avocat.

Elle jeta un coup d'œil à Gigi.

— Est-ce que Sebastian est en ville ?

— Oui, confirma cette dernière, qui attrapait déjà son portable. Je lui dis de te rejoindre au poste.

— Merci, dit Iris, avant de laisser John l'escorter jusqu'à une voiture de patrouille.

CHAPITRE 3

Assise sur le banc froid en métal de sa cellule, Iris observait les murs en béton brut en se demandant comment sa vie avait-elle pu lui échapper à ce point. Divorcée. Virée de son travail. Accusée d'avoir lancé un sort à sa ville adorée. Le pire dans tout ça, c'était que si sa vision et le sort de divination étaient corrects, alors les forces de l'ordre possédaient déjà sans doute des preuves.

Voilà donc ce qui allait causer sa perte ? Une malédiction qui gâcherait tout ce pour quoi elle avait travaillé ces dernières années ? Des larmes de colère lui brûlèrent les yeux, mais elle les repoussa, trop énervée pour montrer le moindre signe de faiblesse au poste de police. Malgré les preuves que cette dernière avait collectées, elle nierait les accusations jusqu'au bout. S'il y avait bien une chose qu'elle possédait, c'était des tripes. Son père le lui répétait depuis son enfance. Elle le lui avait prouvé d'innombrables fois, et cette occasion ne ferait pas exception à la règle. Une fois que Sebastian aurait réussi à fixer sa caution, elle ferait tout ce qui était en son pouvoir pour découvrir qui l'avait piégée et mise à terre. Cette personne regretterait le jour où elle s'en était prise à Iris Hartsen.

— Je dois bien dire que je ne pensais pas que ça se passerait comme ça, lança une voix familière et indésirable depuis l'extérieur de sa cellule.

Elle bondit sur ses pieds et s'approcha de la porte pour observer son ex à travers les barreaux.

— Tom. Qu'est-ce que tu fous là ?

Il haussa un sourcil – toujours aussi broussailleux qu'avant, sa nouvelle nana n'avait pas dû y toucher.

— Est-ce une façon de parler à l'homme qui va tout arranger pour toi ?

Elle ravala une moquerie et le détailla. Il arborait un faux bronzage, ses cheveux étaient plus longs et ébouriffés qu'avant, comme s'il voulait se donner des allures de surfeur. En prime, il portait un short de bain et un tee-shirt qui clamait « Relax, Max ! ». Elle secoua la tête. Elle mourait d'envie de lui dire qu'il ressemblait à un vieil homme pathétique essayant désespérément de revivre ses années d'adolescence. Se retenant, elle haussa un sourcil.

— Et comment penses-tu pouvoir m'aider ?

Une étincelle d'espoir s'alluma en elle.

— Tu sais qui a fait ça ?

— Oh, franchement, Iris. Tout le monde sait que c'est toi. Ils sont en train de fouiller ta maison et ton jardin à l'instant même pour chercher des traces du sort. En outre, tu es la seule avec un mobile. Qui d'autre envisagerait de faire disparaître les touristes après ton renvoi ? Tu sais mieux que tout le monde combien ils sont importants pour la prospérité de la ville.

Elle le dévisagea, bouche bée.

— Tu n'es pas sérieux ! Tu crois vraiment que j'aurais pu

lancer un tel sort ? Outre le fait que l'idée est absurde, depuis quand ai-je des pouvoirs magiques ?

— Tu t'es fait arrêter sur la falaise en compagnie du coven de la ville, non ? répliqua-t-il d'un air suffisant. Tu ne peux pas feindre l'innocence alors que tu as été surprise en pleine séance. Qu'en pensera le jury ?

Pourquoi semblait-il si satisfait ? Il avait l'air de savourer le fait que ce soit elle en prison, cette fois-ci. Elle aurait voulu l'attraper à travers les barreaux et lui tordre le cou. Elle n'était pas du genre violent, mais sa journée avait été infernale. Elle préféra renifler de mépris et répondre :

— Je ne vais même pas gratifier cette remarque d'une réponse.

— Si tu le dis, Iris.

Il plissa soudain les yeux et la fixa sans plus chercher à masquer son dégoût.

— Ça a toujours été à ta façon ou rien, hein ?

— Mais qu'est-ce que c'est censé vouloir dire, bon sang ? s'étonna-t-elle d'une voix basse et tremblante. Tu es vraiment venu ici juste pour te disputer ?

— Pas exactement, non.

Il glissa ses doigts dans ses boucles trop longues, sourit un instant, reprit son sérieux et la regarda droit dans les yeux.

— Je l'admets, je ne déteste pas te voir descendue de ton piédestal. Cette attitude bien-pensante que tu te donnais était écœurante. Comme si tu n'avais jamais contourné les règles. Mais quand ça vient de quelqu'un d'autre, ça fait d'eux des ordures, hein, Iris ?

C'était donc bien ce qu'il voulait. Exulter et essayer de l'humilier, parce qu'elle l'avait largué dès l'instant où elle avait découvert qu'il participait à un trafic de drogues.

— Ce n'est pas moi qui bossais avec un dealer et fournissais une drogue qui a fait du mal aux habitants de cette ville. Comment oses-tu faire comme si ce que j'ai pu faire autrefois était équivalent à tes crimes ?

— Et pourtant, c'est toi qui es dans une cellule, pas moi, répliqua-t-il avec un sourire suffisant.

Une haine pure pour cet homme lui fit serrer les barreaux au point d'en avoir les doigts exsangues. C'était une bonne chose qu'elle soit enfermée en cet instant, parce que s'il lui avait dit tout ceci alors qu'elle était libre, elle aurait explosé.

— Je n'y resterai pas longtemps.

— Tu auras quand même des accusations d'acte criminel au-dessus de la tête. Qu'est-ce que ça va donner pour toi ? Aucune ville ne voudra embaucher ou élire quelqu'un accusé d'avoir lancé une malédiction sur toute une commune. Mais si tu le veux, je peux t'aider.

Elle lui lança un regard inquisiteur. Il manigançait quelque chose ; elle ignorait quoi. Pourquoi ne l'avait-il pas laissée tranquille, histoire de vivre sa nouvelle vie avec sa nouvelle copine ? Il ne lui manquait pas. Ce qui lui manquait, c'était la camaraderie et quelqu'un avec qui discuter tous les soirs, mais Tom spécifiquement ? Non. Elle avait très vite compris qu'elle n'était pas amoureuse de lui. Ils étaient ensemble depuis longtemps et étaient à l'aise l'un avec l'autre. C'était peut-être pour cette raison qu'il était aussi en colère contre elle. Il n'était pas stupide. Il avait dû le sentir et il le lui reprochait à présent. Elle secoua la tête, repoussant ces pensées pour se concentrer sur ses paroles.

— Tu penses pouvoir m'aider ? Tu viens de dire que tu aimais me voir dans cette cellule. Pourquoi m'aider, alors ? Et plus important encore, comment ?

— Le pourquoi, c'est facile. Ça ne me rend pas service, dans ma nouvelle ville, que mon ex-femme soit en prison. Ça ne fait pas bon genre, surtout avec les rumeurs sur le trafic de drogue circulant toujours. Personne ne connaît les détails, mais ils savent que la police s'est intéressée à moi. Si tu pourris en taule, les gens vont s'intéresser un peu plus à ce qu'il se passe à Prémonition et vouloir savoir pourquoi les charges retenues contre moi ont été abandonnées. Je n'ai pas besoin de ça à l'heure actuelle. Et je préfère éviter. Tu comprends, j'en suis sûr.

— Tout à fait, répliqua-t-elle sèchement.

Puisqu'il avait littéralement ruiné sa carrière, elle ne savait que trop bien comment être associé à un criminel pouvait gâcher la vie de quelqu'un. Même s'ils étaient divorcés. La seule différence, c'était qu'Iris n'était pas coupable. Tom, si.

— Alors, vas-y. Comment penses-tu m'aider ?

Ses lèvres s'ourlèrent en un petit sourire presque démoniaque.

— Eh bien, ce n'est pas pour rien que j'aie été libéré pour vice de forme, et ce n'est pas dû à une incompétence.

Elle s'en doutait, bien qu'elle n'ait jamais réussi à le prouver. En outre, elle avait laissé tomber l'affaire dès que Tom avait accepté de quitter la ville. Moins on évoquait le scandale, mieux c'était, avait-elle pensé. Dommage que ça n'ait pas marché.

— Et donc ?

— Il s'avère que le procureur me doit toujours quelques faveurs. Il veut bien accepter que tu plaides l'accident, que tu prétendes avoir lancé la malédiction par inadvertance, si en échange tu acceptes de ne plus chercher à travailler à la mairie. Il y aura sans doute une période probatoire à respecter, mais tu n'auras pas de prison à faire. Et quand tu auras respecté tous les termes de ta condamnation, ton casier sera scellé. Signe tes aveux, et les papiers arriveront.

— Que je plaide l'accident ? répéta-t-elle, essayant de comprendre ce qu'il s'était passé.

Elle n'était dans cette cellule que depuis une heure, peut-être deux tout au plus. Et pourtant Tom était déjà là, à jouer les négociateurs pour elle, avant même que la police ne l'ait interrogée.

— C'est un piège. On m'a tendu un piège et tu es mêlé à ça.

Ce n'était pas une question. Elle ne voyait pas d'autre possibilité.

Il haussa les épaules.

— À vrai dire, je devais quelques faveurs au procureur, moi aussi. Mais ça n'a rien à voir avec le choix que tu as à faire maintenant. Accepte le marché, Iris. Puis quitte Prémonition et va faire ta vie ailleurs. Sur la côte est ou plus au sud. Laisse tomber et pars.

Elle serra les dents et secoua la tête.

— Voyons, ne sois pas bornée. Réfléchis-y, au moins. Le procureur va présenter son offre à ton avocat. Tu as vingt-quatre heures pour l'accepter avant qu'elle ne disparaisse.

Il agita le menton, exaspéré.

— Pense à toi, pour une fois, Iris. Je t'en supplie. Tu ne peux pas gagner.

Elle inclina la tête et observa l'homme avec lequel elle était restée mariée pendant plus de quinze ans. Et elle la secoua ensuite.

— Je n'en reviens pas d'avoir cru un jour que tu étais intègre. J'imagine que j'étais trop aveugle pour le voir, ou bien j'avais des œillères, mais tu as toujours eu une morale ambiguë, n'est-ce pas ?

Il leva les yeux au ciel.

— Tout le monde a une morale ambiguë. Il suffit de bien chercher pour trouver les limites.

— C'est vrai, j'imagine. Mais pas besoin de bien chercher pour trouver les tiennes. Quoi que le procureur possède sur toi, ça doit être énorme pour te pousser à venir ici négocier. Ça doit être désagréable d'être son larbin, ajouta-t-elle avec un sourire diabolique de son cru, consciente que ses mots transperceraient Tom.

C'était un homme fier, et il l'avait toujours été. Sous-entendre qu'il était aux ordres d'un autre n'allait pas lui convenir.

— Va te faire voir, Iris. Je ne suis venu que pour te rendre service. Ce que tu fais de cette offre te regarde. Mais souviens-toi que si je perds ma galerie à cause de toi ou que Kimmie a des soucis parce qu'elle sort avec l'ex de la psychopathe de Prémonition, je reviendrai et tu auras affaire à moi plutôt qu'au procureur. Et je ne serai pas aussi clément.

— Des menaces ? rétorqua-t-elle tandis qu'il retournait vers la porte menant au poste de police. Tu es sérieux, Tom ? Après tout ce que tu as fait ?

Il s'interrompit, la main sur la poignée, puis se tourna vers elle.

— Il n'y a aucune loyauté entre nous. Tu as été parfaitement claire en me foutant à la porte dès que tu as découvert le trafic. Tu ne m'as jamais demandé de t'expliquer pourquoi je m'étais engagé là-dedans. Tu t'en fichais. Tout ce qui comptait pour toi, c'était ton boulot. Alors, ne fais pas comme si je te devais quoi que ce soit à présent.

— Tu voulais que je te demande pourquoi ? Tu te tapais la femme qui dirigeait toute l'opération ! s'écria-t-elle, touchant enfin du doigt ce qui la blessait le plus.

— Ah bon ? rétorqua-t-il froidement. J'imagine que tu ne le sauras jamais vraiment, puisque tu ne m'as jamais posé la question.

Sans un mot de plus, il franchit la porte, la laissant seule dans le silence à réfléchir à tout ce qu'il venait de lui dire.

CHAPITRE 4

IRIS SE TENAIT SUR LE SEUIL DE SA MAISON, AVEC L'IMPRESSION d'avoir reçu un coup en plein ventre. Son salon habituellement ordonné avait été retourné. Les coussins du canapé gisaient sur du verre brisé et l'arrangement floral autrefois posé sur une table près de la fenêtre. Tous les tiroirs du buffet étaient ouverts, et des papiers avaient volé dans toute la pièce.

— Est-ce l'œuvre de la police de Prémonition ou de quelqu'un d'autre ? la questionna Sebastian, dans son dos.

Elle tendit à son avocat le papier qui avait été accroché sur la porte, à savoir un avis de fouille de sa maison. Le mandat était scellé et, d'après ce qu'elle pouvait en dire, la fouille avait été légale. Si elle faisait des histoires, elle pourrait sans doute obtenir des dommages et intérêts pour ses affaires endommagées, mais elle n'avait pas le courage de réunir les preuves nécessaires. Tout ce qu'elle désirait, c'était oublier tout ça, se rouler en boule dans son lit et faire comme si la journée n'avait jamais existé.

— Connards, lança Sebastian.

Elle opina et soupira en commençant le rangement. Il la suivit à l'intérieur.

— Où rangez-vous vos sacs-poubelle et votre aspirateur ?

Elle serra un des coussins du canapé contre elle et le dévisagea un moment, à court de mots.

— Vous n'avez pas à m'aider, vous savez, parvint-elle enfin à répondre. Je m'en occupe.

— Je sais que je n'y suis pas obligé, mais je vais le faire quand même, affirma-t-il, déterminé.

Il sortit son portable et prit des photos du bazar.

— En outre, je veux faire un rapport concernant ce qu'ils ont fait ici.

C'est vrai. Bonne idée. Elle acquiesça.

— Je vais chercher l'aspirateur et les sacs-poubelle.

Pendant les deux heures suivantes, Iris et Sebastian passèrent en revue la maison de manière méticuleuse, prenant des photos de chaque objet déplacé, avant de ranger. L'équipe de fouille n'avait rien laissé d'intact. Elle ne fut pas surprise de découvrir ses sous-vêtements gisant dans tous les coins, mais quand elle aperçut son vibromasseur violet en plein milieu du lit, elle poussa un petit cri et vira Sebastian de la chambre, claquant la porte derrière lui.

— Iris, attendez, je dois faire des photos.

— Pas de ça, répliqua-t-elle d'une voix chargée d'autorité.

Puis elle observa le sex toy et se sentit rougir.

— Pour l'amour de toutes les femmes au foyer désespérées ! marmonna-t-elle en récupérant l'objet pour le remettre dans sa commode. Je n'en reviens pas.

Elle secoua la tête et se frotta le visage.

— Vous pouvez rentrer, maintenant.

— Vous êtes sûre ?

— Oui.

Elle s'affala sur le lit, se sentant violée dans son intimité, et abattue.

Sebastian glissa sa tête dans l'embrasure. Ses cheveux noirs retombaient devant l'un de ses yeux, et il y avait une tache de sang sur sa chemise, là où il s'était coupé en l'aidant à ramasser du verre brisé.

— Vous allez bien ?

— Non, mais je survivrai.

Elle lui adressa un faible sourire et se leva du lit.

— Je suis épuisée, c'est tout. Sacrée journée.

Il acquiesça.

— Je vais faire quelques photos supplémentaires, puis j'irai chercher à manger. Vous vous sentez d'attaque pour discuter pendant le repas ?

— Oui.

Elle jeta un coup d'œil à sa chambre et fit la grimace.

— Ça va être sympa de ranger tout ça.

— Je vous proposerais bien de vous aider, mais...

Il haussa les épaules.

— J'imagine que vous voulez vous charger seule de cette pièce.

Elle souffla un rire.

— Vous imaginez bien. Je vais passer commande pendant que vous prenez vos photos. Burger, ça vous va ?

— C'est parfait.

Il posa une main rassurante sur son bras.

— Tout ira bien, Iris. Je vous le promets.

Il n'avait aucun moyen de l'affirmer, elle le savait, mais elle appréciait tout de même le geste.

— Merci.

Ressentant le besoin de sortir de chez elle quelques minutes, elle décida d'aller plutôt chercher sa commande elle-même. Les burgers et les frites dans une main, et un pack de bière dans l'autre, elle remonta son allée et n'aurait même pas remarqué son voisin s'il ne l'avait pas interpelée.

— Bonjour, Iris. Qu'est-ce que ça a donné avec le coven ?

Kade se tenait sous son porche, une main sur la rambarde, et lui souriait.

De haute stature et doté d'yeux bleus saisissants, il était magnifique dans cette semi-pénombre. Elle réalisa qu'elle ne l'avait rencontré que le matin même, alors qu'ils s'étaient rendus ensemble au café. Elle avait eu l'impression que la journée avait duré cent ans.

— Euh, plutôt bien, je dirais. C'est après ça que tout est parti en vrille.

Il fronça les sourcils.

— Comment ça ?

— Je me suis fait arrêter et accuser d'avoir lancé la malédiction.

Elle serra les dents, énervée qu'on puisse la croire capable d'une telle chose.

— Eh bien, c'est manifestement faux, décréta-t-il, en lui adressant un nouveau sourire avant de se rembrunir à nouveau.

Elle haussa les sourcils. Comment cet homme qu'elle venait tout juste de rencontrer pouvait-il la croire, alors que la police de cette ville qu'elle avait aimée et servie pendant tant d'années avait été plus que ravie de penser le pire à son sujet ?

— Qu'est-ce qui vous rend si sûr de vous ?

Son froncement de sourcils s'approfondit.

— Parce que j'étais avec vous quand le sort a été lancé. Et tout ce que vous faisiez à ce moment-là, c'était boire un café et faire de l'œil à Bibi.

Entendant son nom, la petite boule de poil déboula en courant de la maison et s'arrêta net aux pieds de son maître.

Un sourire monta aux lèvres d'Iris en observant l'adorable chiot. Puis elle prit conscience des paroles de Kade et poussa un petit cri. Bien sûr. Il était son alibi. Avec tout ce qui s'était passé au cours de la journée, elle avait totalement oublié. Elle se racla la gorge.

— Hum… Est-ce que ça vous ennuierait de venir chez moi quelques instants ? Mon avocat est là et il aimerait beaucoup vous entendre dire ça.

— Pas de souci.

Il observa son chien.

— Ça vous pose un problème si ce petit trublion vient avec moi ?

— Un problème ? J'insiste, vous voulez dire.

Iris siffla et lança :

— Viens, Bibi. Ici, ma belle.

La chienne la rejoignit en courant, sous l'œil amusé de Kade, qui la suivait plus lentement.

— Elle aime être au centre de l'attention.

Iris s'accroupit pour caresser le chien entre les oreilles.

— C'est ce que je vois. Mais c'est bien.

Elle s'adressa ensuite à l'animal.

— On va très bien s'entendre, toi et moi, pas vrai, Bibi ?

L'intéressée agita sa petite queue, ce qui fit vibrer d'excitation tout son corps.

Iris éclata de rire et lui ouvrit la porte.

— Allez, entre, le dîner refroidit déjà.

Elle regarda Kade, juste derrière elle.

— Vous avez mangé ? J'ai commandé des burgers pour Sebastian et moi, mais je peux partager le mien si vous avez faim.

Il pouffa.

— C'est bon. J'ai mangé un reste de pizza il n'y a pas longtemps. Mais Bibi ne vous lâchera pas facilement les baskets. Elle risque de vous baver dessus jusqu'à ce que vous lui filiez un morceau.

— Oh, vous êtes donc ce genre de propriétaire de chien ? le taquina-t-elle en s'enfonçant dans sa maison. Elle vous entraîne depuis le début à lui donner vos restes, n'est-ce pas ?

— Je plaide coupable.

Il lui adressa un sourire penaud tout en la suivant dans la cuisine, où Sebastian était assis à la petite table et griffonnait sur un bloc-notes officiel.

Il leva la tête et parut surpris en découvrant Kade.

— Bonjour.

— Salut.

Kade lui adressa un signe de la main, puis claqua des doigts. Bibi vint immédiatement à ses pieds.

— Elle vous marche sur les pieds pour obtenir des restes, mais vous l'avez sinon très bien dressée, commenta Iris.

Kade haussa une épaule, modeste.

— C'est un bon chien.

— Sans aucun doute, intervint Sebastian, en se levant pour lui tendre la main. Sebastian Knight, l'avocat d'Iris. Et vous êtes ?

— Oups ! s'écria-t-elle, en lui décochant un sourire d'excuse. Je vous présente Kade Carson, mon nouveau voisin et mon alibi pour ce matin. Je me suis dit que vous voudriez lui parler.

Kade serra la main de l'avocat.

— Ravi de vous rencontrer, mec.

— Moi aussi.

Sebastian le lâcha et retourna s'asseoir, plus détendu.

— Votre alibi, alors ? C'est une bonne nouvelle. Asseyez-vous et mettons-nous au travail.

Après qu'ils eurent décimé les deux burgers et les six bières, Sebastian rassembla ses notes et se leva.

— Je ne vous promets rien, mais avec la déclaration de Kade affirmant que vous étiez avec lui ce matin et votre paiement par carte enregistré au café ce matin, cela devrait suffire à faire abandonner les charges. Tant qu'ils n'ont pas découvert de preuves vous incriminant directement, leur dossier ne tient pas. J'appellerai le procureur demain, et je vous tiendrai au courant.

Elle aurait dû s'en sentir soulagée. Elle avait un alibi et des preuves pour étayer son histoire, mais qui pouvait dire ce qu'il s'était passé pendant la fouille ? Avaient-ils placé de fausses preuves chez elle ? Ou bien avaient-ils trouvé quelque chose pouvant la lier à la malédiction d'une quelconque façon ? Son esprit tournait à plein régime et son anxiété revint, la faisant se trémousser sur sa chaise.

Sebastian lui posa une main sur l'épaule.

— Essayez de vous détendre. D'après ce que l'on sait, ils ne possèdent rien d'assez solide pour tenir devant un tribunal, et avec l'information dont nous disposons maintenant, c'est encore pire. Laissez-moi m'inquiéter de tout ça, d'accord ?

Elle souffla.

— Oui, d'accord. Merci.

Il hocha la tête et s'approcha de la porte.

— Sebastian ? le rappela-t-elle.

Il se tourna vers elle.

— Pouvez-vous remercier Gigi pour tout ?

— Avec plaisir.

Après le départ de son avocat, elle croisa les bras sur la table et posa le front dessus.

— Je n'arrive pas à croire ce qui m'arrive.

— Moi, si, affirma Kade.

Elle leva vivement la tête vers lui.

— Ah bon ? Pourquoi ?

Il fronça les sourcils et, avec un regard plus dur, répondit :

— Disons que ce n'est pas la première fois que Tad Howell se retrouve confronté à une ville maudite.

CHAPITRE 5

Iris lâcha une exclamation de surprise.

— Vous connaissez Tad ?

Il acquiesça, le regard ombrageux.

— Je le connaissais, il y a longtemps, répondit-il en soulevant Bibi pour la poser sur ses genoux.

— Que voulez-vous dire ?

— On est allés à l'internat ensemble quelques années.

Il caressa son chien et pinça les lèvres.

— Nous étions mineurs, donc les dossiers sont certainement scellés, mais je sais qu'il a été impliqué dans une malédiction concernant notre petite ville tranquille de Nouvelle-Angleterre. Il a eu le culot de dire que c'était la faute des fantômes du procès des sorcières de Salem, vous vous en rendez compte ?

— Celles qui ont disparu, vous voulez dire ?

Toutes les sorcières qui devaient être mises au bûcher ce jour-là avaient disparu avant que les flammes ne les atteignent. D'après les rumeurs, elles s'étaient déguisées en hommes et avaient vécu une longue vie dans le secret.

— Oui. Il n'a pas inventé le fil à couper le beurre. En tout cas, il l'a fait pour impressionner une fille, pensant qu'il serait le héros une fois qu'il aurait réglé le problème. Sauf qu'elle savait depuis le début qu'il était le coupable et refusait de lui adresser un mot.

— Comment l'a-t-elle su ? demanda Iris, intriguée.

Tad n'était pas à Prémonition depuis longtemps. Quatre ou cinq ans, peut-être. D'après ce qu'elle en savait, personne ne connaissait vraiment son passé avant son arrivée. Il était bien éduqué, et comme il savait lécher les bonnes bottes, il était parvenu au poste qu'il convoitait : son boulot à elle. Pas étonnant que le conseil municipal l'ait choisi à sa place. Elle n'aimait pas qu'on lui donne des ordres, tandis que Monsieur J'aime les malédictions semblait être le larbin idéal pour toute personne voulant créer des problèmes.

— Peut-être parce que je le lui ai dit, avoua-t-il, un sourire penaud aux lèvres.

— Vous vouliez sortir avec elle ? devina Iris.

Il pouffa.

— Tout le monde voulait sortir avec elle. Il n'aurait pas demandé à quelqu'un de jeter un tel sort pour n'importe qui, vous ne pensez pas ?

— Il ne l'a donc pas fait lui-même ?

Elle essayait de reconstituer le puzzle de ce qui s'était déroulé à l'internat tant d'années auparavant.

— Non, il n'est pas assez talentueux pour ça.

— Et qui l'est ?

— Aucune idée. On ne l'a jamais découvert. C'est la seule chose qu'il n'a jamais avouée. Il a plaidé coupable pour ne pas avoir à dénoncer son complice. L'honneur entre criminels doit donc parfois exister, j'imagine.

Elle s'affala sur sa chaise.

— Si nous ignorons qui est sous ses ordres, ça ne m'aide pas beaucoup.

— Ah bon ? Je me disais que ça pourrait vous donner une piste pendant que nous le suivrons demain matin.

Elle le dévisagea, bouche bée.

— Vous voulez suivre le nouveau maire pour le cas où il nous conduirait à celui qui a lancé le sort pour lui ?

Il se pencha vers elle avec un regard intense.

— Non. Enfin, oui. Je ne pense pas qu'il soit assez stupide pour nous mener jusqu'à lui tout de suite, mais quoi qu'il fasse, ça nous fournira une preuve ou nous en dira plus sur son comportement, et ça nous aidera à comprendre ses motivations. Avec un peu de chance, il sera suffisamment négligent pour que nous nous découvrions qui a fait ça. Parce que je sais déjà que ce n'était ni vous ni le coven de Prémonition.

Iris s'adossa à sa chaise et croisa les bras. Bien qu'elle ait désespérément envie de croire qu'il tenait une piste, son scepticisme fut le plus fort.

— Comment se fait-il que vous emménagiez pile dans la même ville que Tad Howell ? C'est un coup monté ?

Il lâcha un rire sans humour.

— Un coup monté ? Je viens de fournir votre alibi à votre avocat. Pourquoi voudrais-je vous faire un coup fourré ? On vient de se rencontrer.

Elle haussa un sourcil.

— À vous de me le dire. Ce n'est un secret pour personne que Tad et mon ex essaient de me faire partir d'ici. Vous faites peut-être partie du plan. Vous avez fréquenté le même internat en Nouvelle-Angleterre il y a des années et vous vous retrouvez comme par hasard plus tard dans la même ville ? Ça paraît étrange, non ?

— Alors d'une, non, ce n'est pas étrange que Tad et moi soyons à Prémonition, parce que nos familles vivent à environ quatre-vingts kilomètres d'ici, à l'intérieur des terres. Notre internat était lié à notre église. C'est pour ça que le fait qu'il soit lié à une malédiction a été aussi choquant. Les bons enfants de chœur ne sont pas censés avoir des ennuis. Et de deux, j'ignorais que votre ex voulait que vous partiez.

Il fronça les sourcils, comme s'il cherchait à comprendre.

— Pourquoi ?

— Aucune idée. Peut-être juste pour me faire du mal. Il sait combien j'aime cette ville. À moins que ce ne soit le procureur qui le force à me faire partir. Je n'en sais rien.

— Pourquoi est-ce que tout le monde est aussi déterminé à vous faire quitter Prémonition ? demanda-t-il.

Il semblait cependant se parler à lui-même.

— Je ne suis pas très appréciée ces derniers temps, répondit-elle quand même, avec un sourire aux lèvres, comme si ce n'était pas un euphémisme. Mais je ne crois pas que ce soit juste parce qu'ils ne m'aiment pas qu'ils veuillent me virer. Non, c'est parce qu'ils savent que je ferai tout mon possible pour éliminer le crime de cette ville. Que je sois maire ou non, je ne laisserai personne vendant de la drogue, ou des marchandises volées, ou que sais-je encore, s'en tirer comme ça. Je considère de mon devoir de les traquer et de les envoyer en prison.

— Pouvez-vous vraiment y parvenir sans être maire ? répliqua-t-il, sceptique.

— Un peu, oui, affirma-t-elle, décidée. J'ai des contacts dans tout l'État et suffisamment d'informateurs pour savoir à qui m'adresser quand ça partira en cacahuètes. Enfin, probablement. Rien n'est moins sûr avec ce merdier. Mais Tad n'a pas ce réseau. Pas encore, tout du moins. Ce type ne sert à rien, il sera viré bien assez tôt. Prémonition ne tolère pas longtemps l'incompétence.

— Ouah, Iris, vous êtes badass.

Il lui fit un clin d'œil.

— Pour répondre à votre question, j'ignorais que Tad habitait à Prémonition, et encore moins qu'il en était le maire, quand j'ai décidé de m'y installer. C'est une pure coïncidence, je vous le promets.

Il leva trois doigts en guise de salut.

— Parole de scout.

Elle pouffa et secoua la tête.

— Bon, si c'est vrai… Vous êtes ici pour le boulot ou pour profiter du vent marin ?

— Les deux ? Je travaille avec Lucas King.

— Ah bon ? s'exclama-t-elle, incrédule. Il a vraiment embauché quelqu'un pour l'aider avec ses meubles artisanaux ?

— Oui. Je commence demain.

Il jeta un coup d'œil à l'horloge au mur et fit la grimace.

— Il est tard. Je ferais mieux de rentrer. Ça ira, ici, toute seule ?

— Très bien, oui, lui assura-t-elle très vite.

Elle ne voulait pas qu'il voie la panique qui l'envahissait. En réalité, depuis que sa maison avait été fouillée, elle ne s'y sentait plus à l'aise. Et s'ils l'avaient truffée de micros en plus, voire de caméras discrètes ? Si Tad était déterminé à se débarrasser d'elle, des vidéos pour faire du chantage pourraient être sacrément efficaces.

— Dans ce cas, dit Kade en se levant, Bibi dans les bras, soyez prête à six heures trente demain. On ira voir ce que fait Tad, avant que je commence le travail. Il a un rendez-vous demain matin et m'a demandé de venir à midi.

— Nous allons vraiment faire ça ? Suivre Tad et voir ce qu'il manigance ?

— Ouaip. Ça vous branche ? répliqua-t-il avec une pointe de défi.

— Et comment.

Elle le raccompagna jusqu'à la sortie. Une fois à la porte, il se tourna vers elle et ouvrit la bouche, comme pour dire quelque chose, mais il la referma et secoua la tête.

— Quoi ?

— Rien. Juste… Prenez soin de vous et n'hésitez pas à me tenir au courant si vous avez besoin de quoi que ce soit.

— De quoi pourrais-je avoir besoin ?

À part de quelqu'un pour s'asseoir avec elle et lui tenir compagnie, afin qu'elle ne se sente plus seule et vulnérable ? Elle avait toujours été indépendante. Même quand elle était mariée à Tom. Elle se targuait d'être forte et compétente. Cependant, après avoir été arrêtée, accusée d'un crime et être rentrée chez elle pour trouver sa maison retournée, elle avait un peu de mal à s'accrocher à son courage. Elle espérait toutefois faire bonne figure.

— D'un ami ? suggéra-t-il.

Merde. Les larmes lui montèrent aux yeux, mais elle refusa de les laisser couler. Pas maintenant. Elle ne craquerait pas devant son voisin magnifique.

— J'ai des amis, mentit-elle. Tout ira bien pour moi.

Il la dévisagea un long moment, puis hocha la tête.

— J'en suis persuadé, mais je suis quand même juste à côté si besoin. Pour quoi que ce soit, d'accord ?

Elle opina, touchée par sa sincérité.

— Merci, répondit-elle, d'une voix un peu trop rauque à son goût. J'apprécie votre aide. Beaucoup.

Le petit sourire qu'il lui adressa la rendit toute chose.

— Je vous en prie. Les ennemis de Tad sont mes amis.

Il lui fit un clin d'œil puis rentra chez lui avec Bibi dans les bras. Iris attendit qu'il ait allumé les lumières de son petit cottage avant de rentrer chez elle et de fermer la porte derrière elle.

Elle observa la pièce, cherchant tout ce qui n'aurait pas l'air à sa place ou, au contraire puisque la maison avait été fouillée, tout ce qui n'aurait pas été bougé. S'ils avaient placé un appareil de surveillance quelque part, ils se seraient assuré qu'il ne soit pas cassé pendant la mise à sac, n'est-ce pas ?

Son pouls s'accéléra alors qu'elle se rapprochait d'un tableau au mur. Elle passa les doigts sous tout le contour et ne trouva rien. Elle tourna alors son attention vers une sculpture en métal également pendue. Elle n'aurait jamais choisi ça, mais c'était sa mère qui la leur avait offerte à Tom et elle quand ils avaient acheté cette maison dix ans plus tôt. À cette époque, elle s'était sentie obligée d'accrocher la structure pour garantir la paix entre elles. Mais maintenant qu'elles ne se parlaient plus, elle avait envisagé de retirer l'œuvre. Pourtant, quelque chose la retenait toujours d'agir.

Elle passa les quarante-cinq minutes suivantes à inspecter sa maison à la recherche de micros ou de caméras, mais elle ne trouva rien. Elle se demanda si elle devrait contacter un détective ou si elle se montrait juste paranoïaque. Vu les événements de la journée, elle décréta que mieux valait être parano que piégée.

Qui appeler ? Elle ne pouvait pas choisir n'importe qui. Quelqu'un de confiance, ce serait bien. Sebastian aurait des noms à lui fournir. Elle attrapa son portable et chercha le numéro de son avocat.

— *Iris, comment ça va ?* lui demanda une femme.

— Hum. Est-ce que je me suis trompé de numéro ? Je

cherche à joindre Sebastian Knight.

— *Oh oui, c'est bon,* répondit la femme, amusée. *Désolée. C'est Gigi. Quand j'ai vu ton nom sur l'écran, j'ai décroché, sans réaliser que ce n'était pas mon portable. Je pensais que tu m'appelais. Désolée.*

— Salut, Gigi.

Iris s'assit sur son canapé, souffla et ferma les yeux.

— J'aimerais demander un truc à Sebastian. Il est disponible ?

— *Il le sera dans quelques minutes. Il prend une douche. Je peux lui dire de te rappeler, ou bien je peux te tenir compagnie au téléphone et nous pouvons planifier une séance d'entraînement pour ta magie terrestre. Qu'est-ce que tu en penses ?*

— Ça a l'air génial, mais…

Comment dire à cette femme qui n'avait fait preuve que de gentillesse à son égard qu'elle n'avait pas l'énergie de penser à ça maintenant ? Elle ne souhaitait pas repousser Gigi, mais elle n'avait pas non plus envie d'avoir plus de magie en cet instant.

— *Tu es submergée, c'est ça ?* comprit Gigi, compatissante. *Pas de problème. Sebastian m'a dit ce qu'il s'était passé chez toi. On peut en rediscuter plus tard, quand la situation sera plus calme.*

Le soulagement l'envahit.

— Merci. J'ai vraiment envie de savoir ce que je sais et ne sais pas faire, mais pour l'instant, je suis beaucoup trop inquiète pour me concentrer sur autre chose que la malédiction et la façon de m'innocenter.

— *C'est compréhensible. Je n'en reviens pas de ce qu'il t'arrive. On est là pour toi, toutes les quatre, tu le sais ?*

Elle l'avait pressenti, mais c'était agréable à entendre. Après son arrestation, elle n'avait pas arrêté de se demander si quelqu'un croirait en son innocence. Une crainte irrationnelle, puisque Gigi lui avait tout de suite envoyé Sebastian. Elle devait se reprendre.

— Merci. Je sais que c'est sincère. Seulement… euh… J'ai du mal à faire confiance en ce moment. Après le départ de Sebastian, j'ai fouillé toute ma maison à la recherche de micros ou de caméras, pour être sûre de ne pas être surveillée. C'est n'importe quoi, n'est-ce pas ?

Gigi ne répondit pas tout de suite.

— *Non, pas du tout. C'est tout à fait compréhensible, après ces accusations inventées de toute pièce. Comment prédire de quoi d'autre ils sont capables ?*

— C'est ce que je me disais aussi, avoua Iris. En fait, c'est pour ça que j'appelais Sebastian. J'espérais qu'il connaîtrait quelqu'un qui pourrait s'assurer que je ne suis pas surveillée. Je ne m'y sentirai pas en sécurité tant que ce ne sera pas le cas.

— *Ouah. Je crois que je n'y aurais jamais pensé. Ne raccroche pas, il arrive.*

Gigi passa le téléphone à Sebastian, qui convint que c'était une bonne idée de vérifier la maison. Il lui promit de trouver quelqu'un disponible dès le lendemain.

— Bien. Je viendrai vous déposer la clé demain matin, parce que je dois m'absenter.

Ils prirent leurs dispositions, puis elle raccrocha et se roula en boule sur le canapé, se sentant plus seule que jamais. Détestant ce sentiment, elle se redressa immédiatement et se rendit dans sa deuxième chambre, où elle avait un équipement de gym. Utiliser le tapis l'aidait en général à calmer sa fébrilité. Ce soir-là, il n'en fut rien. Peu importe à quelle vitesse elle courut sur la machine, la colère ne cessait de monter en elle jusqu'à ce qu'elle lâche un cri à glacer le sang. Après, elle se sentit vidée.

Elle s'appuya contre le mur, les genoux soudain faibles, et se laissa glisser au sol où elle pleura, pleura vraiment pour la première fois depuis des années. Très vite, les sanglots l'agitèrent. Il était temps qu'elle laisse échapper ses émotions ; elle ne s'était pas autorisée à craquer même quand son mariage s'était terminé. Alors, accrochée à ses genoux, elle laissa tout sortir. Lorsque son corps cessa enfin de trembler et ses yeux de pleurer, elle était éreintée, à bout de force et prête à se blottir dans son lit. Avant qu'elle ne puisse changer de pièce cependant, la sonnette retentit.

Elle regarda l'heure. Il était presque minuit. Qui pouvait bien se trouver devant sa porte ? Kade, peut-être ? Il était le seul qu'elle imaginait frapper si tard. Elle s'essuya les yeux en vitesse, sachant qu'elle devait avoir une tête affreuse. Elle envisagea de s'asperger le visage d'eau, mais la sonnette retentit à nouveau, et elle se précipita dans l'entrée.

— Vous savez…, commença-t-elle en ouvrant la porte, mais elle s'interrompit dès qu'elle aperçut Gigi, une boîte à gâteaux dans une main et un thermos dans l'autre.

Elle portait un pyjama rose et des chaussons duveteux aux pieds.

— Gigi ? Qu'est-ce que tu fais là ? Tu es somnambule ?

— Je suis venue avec des renforts, répondit-elle en pénétrant dans la maison.

Elle montra d'abord le thermos.

— Ça, c'est de l'irish coffee, et ça, ajouta-t-elle en brandissant la boîte, c'est des cupcakes caramel et deux chocolats. Je suis venue faire une soirée pyjama, alors où est ta chambre ?

— Ma chambre ? répéta Iris, étonnée.

— Oui, ta chambre. Tu ne crois quand même pas qu'on va dormir sur le sol du salon comme deux préadolescentes, si ?

Elle lui décocha un rictus moqueur.

— Mon vieux corps ne me le pardonnerait pas.

Iris ne put s'empêcher de rire.

— Le mien non plus. C'est au bout du couloir.

— Excellent. Maintenant, oublions tous nos soucis et résignons-nous à prendre les kilos que ces cupcakes vont nous faire gagner. Tu es prête ?

Iris opina.

— Parfait. Suis-moi.

Gigi s'avança d'un pas déterminé dans le couloir, comme si elle était chez elle. Arrivée devant la porte de la chambre, elle indiqua la pièce d'un signe de tête.

— Viens te coucher avec moi avant que je ne décrète que ces cupcakes sont trop bons pour être partagés.

Cette perspective fit bouger Iris. Elle s'empressa de rejoindre Gigi et se changea, enfilant un pyjama long et un vieux tee-shirt usé. Gigi venait juste de s'installer dans le lit quand Iris se rua en souriant sur l'irish coffee.

Gigi secoua la tête.

— J'aurais dû m'en douter. C'est toujours les plus calmes et stoïques qui sont des bêtes au pieu.

Elle lui fit un clin d'œil et lui tendit un cupcake.

— Tiens, ta nuit n'en sera que meilleure.

— Tu en es sûre ? répliqua Iris, dont les yeux se révulsèrent cependant à la seconde où le gâteau toucha ses pupilles gustatives. Oublie ce que j'ai dit. Tu as raison. Celui qui a préparé ça mérite le prix Nobel de la paix pour ces merveilles.

— Tout à fait d'accord, approuva Gigi en calant un coussin dans son dos.

Elle lui décocha ensuite un grand sourire impatient.

— Prête pour une soirée entre nanas ?

— Ça sous-entend quoi ? demanda Iris, soudain sceptique.

Gigi était-elle vraiment venue passer du temps avec elle ou bien cherchait-elle à lui soutirer des informations ? *Bon sang, Iris, tu es si parano que ça ?*

— Ça sous-entend, Iris Hartsen, que nous allons nous gaver d'alcool et de cupcakes et parler de tout et de rien pendant les prochaines heures, jusqu'à ce que tu t'endormes.

La sincérité de l'autre femme, associée à l'étincelle amusée de son regard, convainquit Iris que sa nouvelle amie était parfaitement franche. Elle soupira de soulagement.

— Ça me paraît parfait.

Pendant les heures suivantes, Iris écouta les innombrables histoires drôles de Gigi qui lui relata ses erreurs commises avec ses potions et soins pour la peau au fil des ans. Sa préférée était celle où elle avait utilisé accidentellement la mauvaise herbe en préparant une crème hydratante pour Joy, qui avait fait une réaction allergique et en avait eu les lèvres gonflées. Joy, qui devait tourner une pub, avait eu très peur de se faire renvoyer, mais quand elle s'était approchée du réalisateur, il l'avait félicitée pour le volume de ses lèvres et l'avait engagée sur-le-champ pour trois autres publicités. Si bien que Gigi avait dû reproduire son erreur afin que Joy ne se fasse pas virer.

— Si tu avais vu ses lèvres, elles étaient énormes, commenta Gigi entre deux fous rires. Il me tarde de voir ces pubs. Je n'oublierai jamais cette histoire. Au passage, je pense que ce réalisateur est aveugle, parce que ces lèvres-là ne vont pas à Joy. On dirait qu'elle a une bouche en cul de poule et qu'elle a embrassé une plante empoisonnée. Ce n'est pas sexy du tout, mais c'est Hollywood, j'imagine.

Elles rirent jusque tard dans la nuit, et quand Iris s'endormit finalement, elle avait le cœur plus léger. Même si elle s'inquiétait toujours de finir en prison pour un crime qu'elle n'avait pas commis, elle avait au moins gagné une véritable amie qui serait à ses côtés pendant longtemps, avec un peu de chance.

CHAPITRE 6

IRIS ÉTAIT EN TRAIN DE VERSER SON CAFÉ SOLUBLE DESTINÉ AUX situations d'urgence dans un mug de voyage quand la sonnette retentit.

— Je m'en charge ! annonça Gigi.

— Attends ! la rappela Iris, qui se demandait pourquoi elle paniquait un peu à l'idée que Gigi découvre Kade de l'autre côté de la porte.

Elle sortit précipitamment de la cuisine et les découvrit faisant les présentations dans le salon.

— On s'est fait une soirée pyjama, expliqua Gigi en souriant. Nous nous sommes enfilé du sucre et de l'alcool et couchées trop tard. C'est même étonnant que nous soyons déjà debout.

Kade haussa un sourcil.

— Il y avait de l'alcool et personne ne m'a prévenu ?

Gigi rit.

— Désolée, soirée entre filles. Vous savez ce que c'est.

Elle jeta un coup d'œil à Iris.

— Je m'en vais, je vous laisse tous les deux à… ce que vous avez prévu, ajouta-t-elle sur un ton légèrement suggestif.

Elle lui fit un clin d'œil.

— Amusez-vous bien. Et n'oublie pas de te protéger. Qu'est-ce qu'on dit, déjà ? Sortez couverts !

— Oh mes Déesses. Tu ne sais même pas de quoi tu parles, dit Iris, hilare, en lui tendant une deuxième clé de chez elle. Rentre chez toi et donne ça à Sebastian. Ton travail ici est terminé.

Elle enlaça son amie et souffla :

— Merci pour hier soir. C'est justement ce dont j'avais besoin.

— Je t'en prie.

Gigi la lâcha, fit un signe à Kade et sortit à grands pas de la maison.

— Elle est… marrante, commenta-t-il.

— Maintenant, oui.

Elle se souvenait encore que, jusqu'à très récemment, Gigi était une femme calme et réservée. Mais depuis qu'elle connaissait la vérité sur la disparition de sa mère, elle avait pu tourner la page et semblait vraiment heureuse avec Sebastian et ses amies du coven. Iris était contente pour elle et espérait ressentir le même contentement avec sa propre vie.

— Quand elle est arrivée à Prémonition, il y a un peu plus d'un an, elle était très réservée. Depuis qu'elle s'est fait des amies et qu'elle sort avec un homme, elle est véritablement sortie de sa coquille.

— Elle a trouvé sa place, on dirait, commenta Kade.

Iris opina.

— Je le crois.

— Tout comme vous.

Il lui sourit.

IRIS ET LA MALÉDICTION

— Pardon d'être indiscret, mais que se passe-t-il avec Sebastian ? C'est votre avocat, non ?

— Oui.

— Ils sont ensemble ? Vous lui avez demandé de lui donner votre clé.

— C'est son conjoint, oui. Il va trouver quelqu'un pour chercher d'éventuels dispositifs de surveillance chez moi. Je sais que j'ai l'air parano, mais...

Elle leva les mains en l'air et haussa les épaules.

— Mieux vaut prévenir que guérir, n'est-ce pas ?

— Vu tout ce qu'il s'est passé hier, c'est malin.

Il lui sourit.

— Prête à connaître tous les secrets de Tad ?

— Plus que prête.

Elle saisit son mug de voyage et suivit Kade jusqu'à son Honda CR-V gris.

— Je trouve que c'est la voiture parfaite pour pister quelqu'un.

— Pourquoi ça ? demanda-t-il en lui ouvrant la portière.

— Elle ressemble à tous les SUV actuellement en circulation.

— Ouille, répliqua-t-il, joueur. Vous dites que je suis banal ?

— Seulement si le SUV vous convient, le taquina-t-elle en s'installant en voiture.

Il pouffa et secoua la tête, contournant la voiture pour monter côté conducteur.

— Vous êtes pleine de tempérament ce matin. Ça me plaît.

— C'est sans doute grâce à tout le sucre ingéré hier soir.

Elle prit une grande gorgée de son breuvage. Il lui jeta un coup d'œil.

— Je comptais aller acheter un café, mais on dirait que vous m'avez devancé.

Elle haussa les sourcils.

— Vous n'en avez pas encore bu ?

— Non.

— Et vous êtes aussi réveillé que ça ? Par les déesses, comment vous faites ? s'écria-t-elle, horrifiée.

Il lui fallait au moins deux tasses le matin pour envisager de lacer ses chaussures alors, entretenir une conversation, n'en parlons pas.

— J'ai de bons gènes, expliqua-t-il, amusé.

Il s'arrêta au comptoir de vente à emporter du café et, cinq minutes plus tard, il fila vers le nord en compagnie d'un grand latte et d'une part de gâteau au café, s'éloignant de la ville pour rejoindre le quartier huppé à flanc de falaise où vivait Tad.

Iris n'avait pas eu de mal à trouver son adresse. Elle avait encore les mots de passe de la base de données de la mairie. En cinq minutes sur le site des impôts, elle avait tout ce dont elle avait besoin. Visiblement, personne n'avait pensé à changer les mots de passe depuis son renvoi. C'était imprudent de leur part, mais un coup de chance pour elle.

Kade fit d'abord un premier passage, permettant à Iris de l'observer. La Ferrari couleur argentée tape-à-l'œil était garée dans l'allée d'une maison à deux étages qui surplombait la côte.

— Ouah, on dirait que quelqu'un mène la grande vie, commenta-t-elle.

Elle n'arrivait pas à déterminer le montant de sa fortune pour pouvoir posséder une telle maison sur la côte californienne.

— C'est le seul mode de vie qu'il connaisse, expliqua Kade en opérant un demi-tour au bout de l'impasse. Dire qu'il est « privilégié » serait même insuffisant.

— Serait-ce du ressentiment que j'entends ?

Iris l'étudia, remarqua la tenue décontractée, jean, tee-shirt et baskets usées, mais tous de bonne qualité.

— Vous avez grandi dans le même monde, vous n'aviez pas les mêmes privilèges ?

Il rit, sans humour.

— Loin de là. Nous sommes allés dans le même internat, mais j'étais boursier. Lui avait tout un bâtiment à son nom parce que ses parents ont versé une généreuse quantité d'argent pour le sortir des ennuis.

— C'est pas vrai ! Si ?

— Si si, ça s'est vraiment passé comme ça.

Il gara le SUV à quelques maisons de celle de Tad, laissant tourner le moteur.

— Il n'a jamais eu à travailler, pour rien du tout. À l'époque, en tout cas. Ça n'a pas dû beaucoup changer aujourd'hui, puisque des amis puissants l'ont nommé à votre poste.

Elle serra les dents, toujours blessée par le fait qu'un homme sans expérience en administration ou en gestion se soit vu remettre les clés de la ville.

— Vous n'avez pas l'air de beaucoup l'aimer. C'est personnel pour vous ?

— Non, pas du tout.

Kade haussa les épaules.

— Pour être honnête, je n'avais plus pensé à lui avant d'emménager ici et de découvrir qu'il était devenu le nouveau maire, il y a quelques jours. Je ne fais qu'énoncer des faits.

— J'apprécie.

Elle sirota son café sans quitter des yeux la porte d'entrée de Tad.

— Pensez-vous que nous perdons notre temps ? demanda-t-elle.

— Comment ça ?

— Et s'il se rend directement au travail ?

Elle se tourna vers lui.

— Si c'est ça, tout ce qu'on apprendra, c'est, si oui ou non il respecte le Code de la route.

— Possible qu'il s'y rende directement, mais j'en doute. Je l'ai vu traîner en ville le matin.

— Ah bon ? s'étonna-t-elle. Qu'y faisiez-vous si tôt le matin ?

Il lui sourit, narquois.

— Vous aimeriez savoir, hein ?

— Oui. Oui, j'aimerais bien.

Elle plissa les paupières.

— Pourquoi tant de mystères ?

Elle songea tout à coup qu'elle se montrait peut-être trop indiscrète. S'il sortait tôt le matin, c'était sans doute le signe qu'il n'était pas du tout rentré chez lui.

— C'est quoi ce regard ? la questionna-t-il, amusé.

— Rien. Je… Vous n'êtes pas obligé de répondre.

Il explosa de rire.

— Vous êtes en train de vous dire que c'est parce que j'ai découché, c'est ça ?

Elle se sentit rougir.

— Désolée. Quoi que vous fassiez, ce ne sont pas mes affaires.

Une étincelle amusée dansait dans les yeux bleus lumineux de Kade.

— Vous êtes plutôt adorable quand vous êtes troublée.

— Je ne suis pas adorable, répliqua-t-elle. Adorable, c'est pour les nanas de vingt ans, pas pour celles approchant de la cinquantaine.

— Je ne suis pas d'accord.

Il tendit la main et coinça l'une de ses mèches de cheveux

derrière son oreille.

— Je ne vous connais que depuis vingt-quatre heures, mais il est clair que vous êtes une femme intelligente avec un sacré cran. Et vous voir un peu troublée et rougissante *est* adorable. J'ai l'impression que vous ne baissez pas souvent la garde. Je suis content d'avoir pu apercevoir cette facette de vous.

Elle sentit à nouveau ses joues s'échauffer. Elle n'en revenait pas de perdre encore un peu ses moyens à son âge à cause de la gentillesse d'un homme magnifique.

— Et c'est reparti, commenta-t-il en posant sa paume de main contre sa joue chaude. J'adore ça.

— Pas moi, mentit-elle, en se calant contre sa peau.

Depuis quand ne l'avait-on pas touchée aussi tendrement ? Bien que son divorce ne remonte pas à longtemps, cela faisait des années que Tom n'avait pas fait preuve d'autant d'affection à son égard.

— Si, si, répliqua-t-il, lui caressant la joue avec le pouce avant de laisser retomber sa main.

Kade s'apprêtait à dire quelque chose, mais elle le coupa en pointant du doigt la maison de Tad.

— Il se dirige vers sa voiture.

Elle se rapprocha de la vitre pour observer de plus près l'homme extrêmement gominé. Même d'aussi loin, elle pouvait voir qu'il avait encore abusé du gel.

— Prête à jouer les limiers ? demanda Kade.

— Prête, confirma-t-elle en sortant son portable, pour le cas où elle aurait besoin de prendre des photos.

— Je m'en doute.

Dès que Tad fila à toute allure, Kade sortit de sa place et le suivit, gardant une certaine distance entre eux pour ne pas être repéré.

Tad s'arrêta au même café que celui où Kade avait fait halte le matin même, et Iris décréta que le nouveau maire n'était donc pas totalement un psychopathe. Cela dit, s'arrêter dans un café n'allait pas les aider à déterrer ses secrets. Elle ressentit la même chose lorsqu'il se rendit ensuite à la pharmacie puis au bureau de poste pour déposer un colis.

— Je pense que cette surveillance était un fiasco, commenta-t-elle alors que Tad se garait enfin sur la place réservée à sa fonction, devant la mairie.

— Très certainement. Mais nous pouvons réessayer demain, si vous le voulez, répondit Kade en s'arrêtant au feu rouge non loin.

Elle jeta un coup d'œil par la fenêtre et inspira vivement en repérant une jeune femme en uniforme de la Brigade d'Interventions Magiques adossée au bâtiment, un téléphone à l'oreille.

— On dirait qu'ils ont envoyé un enquêteur.

Kade suivit son regard.

— Juste une personne ? Ils n'ont pas l'air de prendre la malédiction très au sérieux.

— Honnêtement, je ne pensais même pas qu'ils enverraient quelqu'un.

Elle ne savait pas quoi penser de la situation. D'un côté, la BIM était réputée pour son professionnalisme et son haut niveau d'exigences lors des enquêtes. D'un autre, cette jeune femme paraissait tout droit sortie du camp d'entraînement, alors quelle influence Tad et le conseil municipal essaieraient-ils d'exercer sur elle ? Ils allaient sans doute s'attendre à ce qu'elle fasse juste ce qu'il faut pour trouver un responsable, n'importe lequel, et close le dossier le plus vite possible.

— Du coup, que signifie sa présence ? voulut savoir Kade, observant la jeune femme lui aussi. Est-ce qu'ils sont sincèrement inquiets pour Prémonition ou bien est-ce autre chose ?

— Mon instinct me dit que c'est autre chose, mais je ne sais pas ce que ça peut être, répondit-elle en s'affalant sur son siège.

— On pourrait aller lui parler pour voir si elle a quelque chose à nous apprendre, suggéra-t-il, déjà prêt à se garer sur une place près du parc.

— Oui, mais je doute qu'elle sache grand-chose pour l'instant, elle vient juste d'être assignée sur l'affaire. Donnons-lui un jour ou deux, puis nous la croiserons par hasard quelque part et engagerons la conversation de façon amicale. La plupart des gens adorent parler d'eux, donc on essaiera ça.

Kade la fixa un moment.

— Vous ressemblez plus à une ancienne enquêtrice qu'à une ancienne maire. C'est un don chez vous ?

Elle pouffa.

— Vous seriez surpris d'apprendre le nombre de fois où les deux boulots se sont confondus ces dernières années. J'ai passé pas mal de temps avec le procureur et son assistant à essayer d'éradiquer le crime qui tentait de s'infiltrer dans cette ville. Ce n'était pas l'aspect le plus amusant du travail, mais il fallait le faire.

— J'imagine.

Il sortit de voiture et alla lui ouvrir sa portière.

— Je crois que c'est l'heure du petit déjeuner.

Elle consulta sa montre, ne voulant pas qu'il soit en retard à son travail. Mais ils avaient encore largement le temps de manger, et en outre, elle voulait soutenir les commerçants de Prémonition. Avec l'absence des touristes, les entreprises locales avaient plus que jamais besoin d'aide.

CHAPITRE 7

Iris conduisit Kade jusqu'à la *Ferme auberge des Bleuets*, l'un de ses restaurants préférés. La propriétaire habitait à quelques kilomètres d'ici à l'intérieur des terres, où elle possédait une ferme dans laquelle elle faisait pousser la plupart des aliments.

— J'espère que ça vous convient, dit Iris en pénétrant à l'intérieur.

Comme elle l'avait pressenti, l'endroit était presque désert, mis à part les rares habitants de la ville qui buvaient des Bloody Marys au bar.

— Ça a l'air génial, répondit Kade.

— Attendez d'avoir goûté leurs pancakes ricotta et myrtilles. Après ça, vous pourrez mourir heureux.

Elle adressa un signe de main à Mandy, la propriétaire, qui s'approchait vivement d'eux après les avoir aperçus. C'était une femme d'un certain âge magnifique dotée de longs cheveux argentés et d'un sourire accueillant et lumineux.

— Iris ! s'écria-t-elle en la prenant dans ses bras. Contente de te voir. Je m'inquiétais pour toi depuis que j'ai appris la nouvelle.

— Ce n'est qu'un boulot. Je trouverai autre chose, répliqua Iris, en présumant que Mandy faisait référence au poste de maire.

Cette dernière s'écarta en fronçant les sourcils.

— Je parlais de ton arrestation d'hier. Toute la ville ne parle que de ça. Je n'en reviens pas qu'ils aient pu croire que tu avais jeté ce sort. Toute personne dotée de la moitié d'un cerveau sait déjà que ce n'est pas dans tes cordes.

Bien qu'elle apprécie le soutien, elle était frustrée que ce soit par manque de compétences que Mandy ne la croie pas capable de lancer cette malédiction, et non parce qu'Iris adorait Prémonition plus que tout et ne voudrait jamais faire de mal à ses résidents. Mandy l'ignorait-elle ?

— Iris ? s'inquiéta cette dernière. Tout va bien ?

— Oui, oui, répondit-elle machinalement. Merci pour le soutien. C'est dingue, cette histoire, n'est-ce pas ?

Mandy lui serra gentiment le bras.

— Ils trouveront très vite le fin mot de tout ça et ils viendront s'excuser d'avoir sauté sur des conclusions hâtives.

— Je n'attends pas d'excuses. Je veux juste qu'ils trouvent qui a vraiment fait ça avant que les coupables n'aient l'idée de faire pire.

Kade s'approcha et posa une main au creux de ses reins.

— S'ils n'y arrivent pas, nous, on s'en chargera.

— Bien dit, jeune homme, dit Mandy, en lui lançant un regard approbateur.

Elle lui tendit la main.

— Nous ne nous sommes pas présentés. Je suis Mandy, la propriétaire de ce petit bistrot. Et vous êtes ?

— Kade Carson, répondit-il en lui serrant la main. Le nouveau voisin d'Iris.

— Quelle chance ! commenta-t-elle, agitant les sourcils à l'intention d'Iris. C'est un sacré progrès par rapport à ton ex affligeant.

Iris pouffa.

— Je suis d'accord, mais ne t'emballe pas. Kade n'est qu'un ami.

Mandy l'observa lui, puis elle de nouveau.

— Oui, continue d'y croire.

Elle leur fit un clin d'œil.

— Je vous accompagne à votre table, avant que vous ne mouriez de faim.

Elle les conduisit jusqu'à une table située près de la fenêtre et les laissa, après leur avoir remis deux menus.

Iris la regarda s'éloigner et reporta son attention sur Kade.

— Désolée. Je ne sais pas pourquoi elle a présumé que nous étions en couple.

— Tout va bien. Ça ne me dérange pas que les gens croient que je fréquente ma magnifique voisine.

Il lui adressa un petit sourire sexy avant de s'intéresser aux plats.

— Oh, vraiment ?

Elle rit, totalement surprise par ce flirt.

— Oui. En fait, ça ne me dérangerait pas que ce soit vrai.

Elle le fixa, stupéfaite.

— Quoi ?

Il n'était pas sérieux, si ? Ils venaient juste de se rencontrer et elle faisait l'objet d'une enquête criminelle.

— Vous êtes fou ?

— Non.

Il riva son regard au sien.

— Pourquoi serait-ce de la folie ?

— À cause de ma vie actuelle. Je suis accusée d'avoir lancé cette malédiction, vous vous souvenez ?

— Bien sûr, mais puisque je suis votre alibi, je sais déjà que vous n'avez rien fait. Donc ces accusations ne vont pas tenir longtemps, j'en suis persuadé.

Il leva les yeux vers Mandy, qui leur apportait de l'eau.

— Avez-vous choisi ?

— Iris m'a dit de goûter absolument les pancakes myrtilles et ricotta, alors je vais prendre ça. Avec des tranches de bacon épais et une grande tasse de café.

Iris commanda la même chose et attendit que Mandy reparte.

— Vous ne pouvez pas sérieusement vouloir sortir avec quelqu'un que vous ne connaissez que depuis deux jours.

— « Sortir », dans le sens d'une occurrence récurrente, est un peu prématuré, mais j'aimerais vous inviter *à sortir*, pour commencer. Un dîner ? Une balade à pied ou à vélo sur le sentier côtier ? Qu'est-ce que vous en dites ?

— À sortir ? Avec moi ? répéta-t-elle comme une idiote.

Cela faisait bien longtemps que personne ne le lui avait proposé, et encore plus longtemps qu'on ne lui avait pas suggéré une activité qui lui plairait vraiment.

Kade se contenta de son sourire sexy pour toute réponse et but un peu d'eau.

— Quand ? demanda-t-elle.

— Ce week-end ? Samedi matin ? Une balade au lever du soleil ?

Impossible de refuser une telle offre. Il venait de décrire le rendez-vous parfait à son goût.

— Oui, avec grand plaisir.

Le visage de Kade s'illumina d'un grand sourire.

— Vous ne le regretterez pas.

— J'en suis certaine.

Quand leurs plats arrivèrent, elle attendit qu'il goûte la première bouchée, et savoura son gémissement de plaisir.

— Nom d'un bonhomme en sucre, c'est incroyable, commenta Kade en reprenant une fourchette.

— Imaginez tous les autres plats que je peux vous faire découvrir dans cette ville, dit Iris en prenant un morceau de son propre pancake.

— Vous vous souvenez de ce que j'ai dit à propos de fréquentation prématurée ?

— Oui ?

— Oublie ça. On sort ensemble à partir de maintenant. Tu ne peux pas te rétracter tant que tu ne m'auras pas fait goûter toutes les merveilles culinaires de cette ville.

Elle éclata de rire.

— Présenté comme ça… ça me va. Nous mangerons à tous les restaurants de la ville jusqu'à ce que nous ayons pris quinze kilos chacun.

— Les couples qui grossissent ensemble restent ensemble, répliqua-t-il, taquin.

La vache, il était adorable. Iris aurait voulu se pencher vers lui pour l'embrasser là, en plein milieu des *Bleuets*. Si cela avait été leur deuxième ou troisième rendez-vous, elle l'aurait fait, mais là, elle se concentra plutôt sur ses pancakes en souriant. La veille était la pire journée de sa vie, et voilà qu'elle était aujourd'hui assise en face d'un homme, qui non seulement l'amusait, mais qui faisait aussi battre son cœur plus vite. Ce n'était peut-être pas un rencard, mais ça y ressemblait bien.

— Ah, tu es là ! s'exclama à travers la salle une voix bien trop familière et indésirable.

Iris leva vivement la tête et cligna des paupières, espérant qu'il s'agissait d'une hallucination.

— Iris !

Katheryn West portait un tailleur à la coupe parfaitement ajustée, assorti d'un chemisier lavande et de ses précieux Louboutin au pied. Ses cheveux étaient bien plus blonds que la dernière fois qu'Iris l'avait vue, et son faux bronzage bien plus prononcé. Elle ignora Mandy et se dirigea droit vers leur table. Puis, sans un mot, elle leva Iris de sa chaise et l'enlaça très fort.

Iris se raidit et ne rendit pas son étreinte à sa mère.

— Maman, qu'est-ce que tu fais là ?

— Je suis venue dès que j'ai appris la nouvelle.

Katherine s'écarta et passa les mains sur son visage, comme si elle lui cherchait des traces anormales.

Iris recula sa tête.

— Qu'est-ce que tu fais ?

— Je m'assurais que personne ne t'avait touchée pendant que tu étais enfermée en prison.

Elle observa le bras d'Iris puis la fit pivoter sur elle-même, comme si elle pouvait voir à travers les vêtements.

— Je n'étais pas en prison, mère, rétorqua Iris en se remettant face à elle, les bras croisés. Mon avocat m'a fait sortir juste après l'arrestation. Pas la peine de s'inquiéter.

— Pas la peine de s'inquiéter ? Mon bébé découvre enfin sa magie et se retrouve à maudire toute la ville. Tout est de ma faute. J'aurais dû mieux t'apprendre à contrôler ton pouvoir. C'est à moi d'arranger ça.

Katheryn se laissa tomber sur une chaise vide de manière théâtrale et posa son poignet contre son front.

— Par les déesses, marmonna Iris. Tu n'es pas sérieuse.

Sa mère abaissa sa main et la fixa, surprise.

— Je suis sérieuse comme le pape. Si j'avais mieux fait mon

travail, tu n'en serais pas là. J'ai contacté mon avocat. C'est le meilleur, alors il va faire tout son possible soit pour faire abandonner les charges, soit pour réduire ta peine. Puis nous te donnerons des cours pour que tu puisses contrôler ta magie. Et tu devrais faire une thérapie pour maîtriser toute cette colère réprimée. On ne lance pas un tel sort sans problèmes non résolus.

Une vague de fureur lécha les veines d'Iris.

— Mère, arrête. J'ai déjà un avocat. Je suis désolée que tu aies fait tout ce chemin, mais je n'ai pas besoin de ton aide.

— Tssss. Ne sois pas bornée, mon bébé. Je sais que tu es submergée. Il nous suffit d'avoir un plan, et...

— Mère, arrête !

Iris se leva.

— Tu ne peux pas te pointer ici en faisant toutes sortes de supposition et en essayant de prendre les choses en main. Ça ne fonctionne pas comme ça.

— Iris, j'essaie simplement de t'aider, répliqua Katheryn, les yeux tristes et emplis de déception.

Kade se racla la gorge, attirant l'attention des deux femmes.

— Ouah, qui avons-nous là ? demanda Katheryn, désapprobatrice. Un nouveau copain ? Il a quelque chose avoir avec cette crise qui t'a poussée à maudire la ville ?

Iris gémit tandis que Kade s'étouffait avec un morceau de bacon.

— Désolée, lui dit-elle, avant de se tourner vers sa mère. Je veux que tu partes.

— Je n'irai nulle part. Je suis venue t'aider !

— Hum, madame...

— Madame West. Katheryn West. Et vous, qui êtes-vous ? rétorqua-t-elle en se tournant vers lui sans cacher sa désapprobation.

— Kade Carson, le voisin d'Iris.

Il lui tendit la main.

— Enchanté.

Elle la lui serra à contrecœur en faisant la moue.

— Vous dites que vous ne sortez pas avec ma fille ?

Il haussa un sourcil.

— Je n'ai rien dit du tout. Mais je doute que ce soit vos affaires.

Iris aurait voulu l'applaudir. Il n'y avait rien de plus sexy qu'un homme s'interposant devant sa mère autoritaire.

— Au fait, ajouta-t-il, votre fille n'a pas lancé cette malédiction.

Il se leva et posa des billets sur la table.

— Iris, il faut que j'aille travailler. Tu as besoin que je te ramène ?

— J'ai une voiture, ça ira très bien pour elle, intervint Katheryn en la prenant par le poignet, comme pour la forcer à rester à ses côtés.

Iris arracha son bras à la poigne de sa mère. Bien qu'elle ait désespérément envie d'accepter la proposition de Kade, elle savait qu'elle devait s'occuper de sa mère. Si elle n'arrivait pas à lui faire entendre raison, cette dernière continuerait à faire des projets pour la vie de sa fille, qui n'avait aucune intention de les suivre.

— Je peux m'en charger. Vas-y. Et salue Lucas de ma part.

Kade observa Katheryn puis elle à nouveau.

— Tu es sûre ?

— Oui. Encore merci.

Il sourit.

— Il me tarde d'être samedi.

— Moi aussi, répondit-elle, un sourire involontaire aux

lèvres, qu'elle regretta dès qu'elle remarqua l'air renfrogné de Katheryn.

Elle soupira.

— Plus sérieusement, mère, qu'est-ce que tu fais là ? Tu t'es rendu compte que j'étais adulte et tout à fait capable de gérer ma propre vie ?

— J'en doute, étant donné que tu as maudit cette ville au nom de l'amour. Même si j'admets que je peux comprendre ce qui t'attire.

Elle tambourina sur la table avec ses ongles.

— Et si tu rentrais à la maison avec moi, le temps que la situation se calme un peu ? Laisse mon avocat...

— Tu ne m'écoutes donc jamais ? s'écria Iris. Je n'ai rien fait à cette ville et j'ai à la fois un avocat et un alibi. Sebastian s'occupe de ça. Je n'ai pas besoin que tu te pointes pour régler la situation.

— Iris, tu dois voir plus loin. Des accusations de la sorte ne disparaissent pas comme par magie. Alors, laisse-moi faire ce que je veux, et tout aura disparu en un rien de temps.

Iris leva les yeux au ciel, ajouta de la monnaie sur l'argent laissé par Kade sur la table, puis sortit du restaurant. Hors de question de s'attarder plus longtemps et de laisser sa mère la traiter comme une adolescente irritable.

Bien sûr, Katheryn la suivit.

— Voilà que tu es à nouveau têtue, commenta-t-elle une fois arrivée sur le trottoir.

— Très bien, je suis têtue. Ça me va. Au moins, j'ai hérité d'un de tes traits de caractère.

— Arrête de réagir avec tant de légèreté, la réprimanda Katheryn en la suivant. C'est sérieux.

— Évidemment que c'est très sérieux ! commenta un homme dans leur dos.

Iris pivota en vitesse et se retrouva nez à nez avec Tad, qui lui grognait pratiquement dessus.

— Comment avez-vous osé me faire ça ? persifla-t-il en la fusillant du regard. Vous faire virer ne vous donne pas le droit de gâcher le gagne-pain de toutes les personnes habitant et travaillant dans cette ville.

— Je n'ai pas lancé de sort sur Prémonition. Toute personne me connaissant depuis plus de cinq minutes le sait, répliqua Iris d'un ton le plus égal possible, consciente que sa propre mère n'avait aucun mal à penser le pire d'elle.

Elle repoussa cette pensée de son esprit et poursuivit.

— À votre place, si je voulais trouver le coupable, je commencerais à chercher ailleurs.

— Vous êtes la seule à avoir un mobile, Hartsen. Même votre mari est persuadé que c'est vous, cracha Tad en réajustant sa cravate jaune vif.

— Ex-mari, rectifia-t-elle. Et s'il avait ne serait-ce qu'un brin de jugeote, il réaliserait l'absurdité de cette accusation.

— Je vous ai à l'œil, Hartsen. Écoutez-moi bien. Lorsque le procureur aura terminé son enquête, vous serez derrière les barreaux assez longtemps pour ne même pas fêter vos quatre-vingt-dix ans à l'air libre.

Katheryn s'avança vers Tad, directement dans son espace personnel, et plissa le nez.

— Vous êtes un petit homme triste et pathétique. N'avez-vous rien de mieux à faire que de crier sur Iris ? Comme de découvrir comment inverser cette malédiction avant que tous les résidents n'aillent voir si l'herbe n'est pas plus verte ailleurs ?

Elle se tourna vers Iris.

— Qui a engagé cet imbécile ?

Iris ne put ravaler son rire face à cette insulte à laquelle elle ne s'attendait pas.

— J'ai été nommé par le conseil municipal. Il fallait bien qu'ils fassent quelque chose avant qu'elle n'entraîne complètement cette ville vers le bas. Les statistiques en matière de drogue ont augmenté de cinquante pour cent pendant son mandat, vous le saviez ?

— Seulement parce qu'on s'occupait d'arrêter le trafic. L'administration avant moi fermait les yeux et refusait d'admettre qu'il y avait un problème. Pas de statistiques, puisque ça n'existait pas.

Tad balbutia, essayant de trouver un argument pour contrer son explication, mais il s'empourpra simplement et rétorqua :

— Allez au diable. Toutes les deux.

Elle haussa les épaules et le regarda entrer dans la ferme auberge, ses mouvements saccadés trahissant sa rage.

— Viens, Iris. Allons chez toi. J'ai envie de défaire mes valises avant de me plonger dans ton affaire.

Elle hésita une nouvelle fois à lui dire de s'occuper de ses affaires, mais elle se retint en se souvenant que sa mère l'avait défendue face à Tad. Ce seul instant où elle avait enjoint à ce dernier d'effectuer son travail valait toutes les tracasseries qui l'attendaient. En outre, elle savait par expérience qu'il lui serait impossible d'arrêter sa mère tant que celle-ci ne lui aurait pas exposé tous les détails de son plan, contre son gré ou non.

— D'accord, mais c'est moi qui conduis, déclara-t-elle en tendant la main pour obtenir les clés de la BMW de sa mère.

— Iris, tu sais bien que je ne laisse personne conduire. Monte et laisse-moi te ramener chez toi.

— Non, pas cette fois.

Elle indiqua les clés et attendit que sa mère cède et les lui remette. Elle s'installa derrière le volant en souriant. Une fois sa mère assise côté passager, Iris mit le contact et savoura chaque minute de conduite au volant de la voiture de luxe de sa mère, consciente que ce serait sans doute son dernier moment agréable de la visite de Katheryn.

8

CHAPITRE 8

— Pourquoi y a-t-il des gens ici ? demanda Katheryn en regardant par le pare-brise de la voiture. Et une camionnette ? Iris, que se passe-t-il ?

Iris serra les dents.

— C'est juste mon avocat et une équipe technique venue s'assurer que ma maison est sécurisée, vu tout ce qu'il s'est passé récemment.

Elle n'allait certainement pas dire à sa mère qu'elle cherchait des appareils de surveillance. Qu'en penserait Katheryn ?

— Quel genre d'équipe technique ? rétorqua cette dernière, suspicieuse.

Elle était peut-être volontairement obtuse, mais elle n'était pas stupide.

Iris haussa les épaules et sortit de voiture, espérant repousser cette conversation à plus tard.

La portière passager claqua si fort qu'Iris sursauta. Elle regarda sa mère, qui se dirigeait à grands pas déterminés vers la maison. Dès qu'elle ouvrit la porte, elle haussa la voix pour demander à parler à la personne responsable.

Sebastian contourna la maison, les sourcils froncés. Il s'empressa de rejoindre Iris dès qu'il la repéra.

— Qui est-ce ?

— Ma mère.

Elle inspira pour se calmer.

— Je m'excuse d'avance. Sa façon « d'aider » consiste à prendre en charge et malmener tout le monde.

Il fit la grimace.

— Un peu pénible, non ?

— Oui. C'est pour ça que je vous demande, si possible, de ne pas lui dire que vous cherchiez des dispositifs de surveillance dans la maison. Je ne veux vraiment pas découvrir ce qu'elle ferait en l'apprenant.

— Ça marche. Mais je dois vous dire qu'on a effectivement trouvé deux caméras chez vous.

Un grand froid l'envahit. Elle savait que c'était une possibilité, sinon, pourquoi avoir fouillé sa maison, puis contacté Sebastian et des professionnels ? Néanmoins, au fond d'elle, elle espérait n'être que paranoïaque.

— Une dans le salon et une autre dans la cuisine, donc au moins, ils n'espionnaient pas votre chambre ou pire, poursuivit Sebastian.

— C'est toujours ça de pris, murmura-t-elle.

Son ventre était retourné et elle espéra ne pas vomir.

— Les gars sont en train d'installer un système de sécurité, donc nous saurons si quelqu'un tente de s'introduire pour remettre en place les caméras. J'espère que vous êtes d'accord avec ça. Je vous ai appelée, mais comme vous ne répondiez pas, j'ai dû prendre une décision.

— Bien sûr que ça me va.

Elle lui adressa un sourire reconnaissant.

— Merci.

— Ce n'est pas tout, reprit-il d'un ton grave.

Elle ferma les yeux un instant.

— D'accord, balancez.

— Les caméras ont été installées il y a plus de vingt-quatre heures.

— Quoi ?

Elle écarquilla les yeux, horrifiée.

— Depuis quand est-ce que je suis surveillée ?

Et pourquoi ? Elle garda cependant cette question pour elle. Comment pourrait-il le savoir ?

— Nous pensons que cela remonte à trois mois au moins.

Il jeta un coup d'œil vers la maison, où Katheryn interrogeait l'un des ouvriers.

— Pensez-vous que Tom a pu les installer pour découvrir quelque chose à utiliser pendant le divorce ?

Une lame lui transperça le cœur. Elle posa la main sur sa poitrine et chercha son souffle. Si cela remontait à trois mois, Sebastian avait sans doute raison. Et bien que ce soit terminé avec Tom, elle avait passé plusieurs années avec lui. Elle lui avait fait confiance, à une époque. Avant ce qu'il lui avait fait traverser au cours de l'année écoulée. Son estomac se souleva à la pensée de Tom surveillant sa maison. Elle ne voulait pas y croire, mais qui d'autre aurait pu le faire ? Un membre du conseil essayant de déterrer un cadavre dans son placard ? Elle en doutait. En outre, Tom était le seul à avoir un accès à la maison. Elle opina enfin.

— Ce serait le plus logique, oui.

— Tu es sûre que c'est une bonne idée d'avoir autant de monde chez toi ? demanda Katheryn en s'avançant vers eux.

Elle s'exprimait cependant sur un ton plus doux, moins agressif.

— Ils m'installent une alarme, maman. Où est le problème ?

Elle se frotta les tempes pour essayer de soulager ses soudains maux de tête.

— Nulle part. Mais ça fait beaucoup d'inconnus, c'est tout.

Katheryn se tourna vers Sebastian.

— Qui êtes-vous ?

— Sebastian Knight. L'avocat d'Iris. C'est moi qui ai fait venir cette équipe pour sécuriser sa maison.

Il tendit la main à la mère d'Iris. Elle carra les épaules et la lui serra à contrecœur.

— Je suis persuadée que vous êtes un bon avocat, Sebastian, mais nous n'avons plus besoin de vos services. Mon avocat prendra la relève.

— Mère ! lança sèchement Iris. Pour qui est-ce que tu te prends ?

Elle s'adressa ensuite à Sebastian, qui se balançait sur ses talons, les mains dans les poches.

— Ce n'est pas vrai. Je ne vous vire pas et je n'engagerai pas non plus son avocat. Ignorez-la, s'il vous plaît.

— Iris ! persifla Katheryn, qui la tira violemment par le bras pour l'entraîner à l'écart. Lester est le meilleur dans son domaine. Tu ne peux pas refuser. Et si tu finissais en prison sous prétexte que tu étais trop fière pour accepter mon aide ? Quand arrêteras-tu ce comportement autodestructeur ?

Iris cilla, assimilant peu à peu les paroles de sa mère. Puis elle se renfrogna et laissa libre cours à sa frustration.

— C'est *moi* qui suis autodestructrice ? Tu te fiches de moi ? Et si on parlait de toi, maman ? Cinq maris différents en huit ans ? Deux entreprises qui font faillite ? Et une dispute avec ta meilleure amie parce qu'elle voulait déménager pour se rapprocher de sa fille ? C'est qui qui a un comportement autodestructeur, alors ?

Katheryn blêmit, sous le choc ; Iris ne lui avait encore jamais fait la liste de tout ce qu'elle lui reprochait. Mais sa mère était allée trop loin cette fois-ci. Elle se tourna vers Sebastian, rouge de honte. Elle aurait préféré ne pas laver son linge sale en public, a fortiori devant lui. Il était le compagnon de Gigi, avec qui elle commençait à se lier d'amitié.

— Je suis vraiment désolée. Ma vie n'est jamais aussi mélodramatique, d'habitude, je vous assure.

Il hocha la tête et lui adressa un sourire de sympathie.

— Croyez-moi, j'ai connu ma part de mélodrame, et même si la situation est sérieuse, vous n'en êtes pas responsable. Tout va bien. Je vous laisse seules quelques minutes, puis je vous montrerai comment utiliser l'alarme, d'accord ?

Elle aurait voulu le câliner. Se retenant, elle acquiesça simplement et reporta son attention sur sa mère, qui s'était accroupie et appuyait de manière théâtrale sa main sur sa poitrine en respirant fort.

— Je... n'en... reviens pas... que tu... aies dit ça, pantela-t-elle.

Iris se retint de lever les yeux au ciel. Quelle drama queen !

— On en parlera plus tard. Essaie de te calmer un peu, d'accord ?

Katheryn lança un regard irrité à sa fille.

Oui, elle allait bien. Iris savait que sa mère attendait juste le bon moment pour s'en prendre à nouveau à elle.

— On dirait qu'ils ont fini. Attends-moi là pendant qu'ils m'expliquent comment fonctionne le système, d'accord ?

Sa mère ne répondit pas. Elle tourna juste la tête pour observer la rue et ses trois rangées d'arbres.

Secouant la tête, Iris rejoignit Sebastian, essayant de se

concentrer sur ses explications. Puis elle le remercia alors qu'il s'apprêtait à partir.

— Nous allons essayer de trouver qui a posé ces caméras. Empreintes, ADN, numéro de série...

— Ça va donner quelque chose ? s'étonna-t-elle, songeant que ça ne serait sûrement pas aussi facile.

— C'est peu probable, mais ça ne nous empêchera pas d'essayer.

Il lui adressa un petit sourire.

— On va chercher partout.

— Très bien.

Elle observa sa mère, qui parlait et riait avec l'un des techniciens. Toute trace de sa petite crise avait disparu tandis qu'elle souriait à l'homme et lui tapotait le torse.

— Vous ne devez pas vous ennuyer, avec elle, commenta Sebastian.

— Et encore, vous ne savez pas tout, soupira-t-elle. Si j'arrivais à la convaincre que tout est sous contrôle, elle rentrerait peut-être chez elle, mais ça ne s'annonce pas bien.

— Vous avez raison.

Ils regardèrent Katheryn, qui avait convaincu l'un des techniciens de lui raconter leur journée.

Iris tapota le bras de Sebastian.

— Merci pour tout ce que vous avez fait aujourd'hui. Je dois faire un chèque à quelqu'un ?

— Non, c'est réglé.

— Comment ça, c'est réglé ? demanda-t-elle, fronçant les sourcils.

Il haussa les épaules et s'adressa à l'équipe technique.

— Il est temps d'y aller, les gars. Notre boulot est terminé.

— Sebastian ?

Elle attendait toujours la réponse.

Il sourit, lui fit un signe de la main et rejoignit sa voiture. En quelques secondes, il ne resta plus qu'Iris et sa mère. Elle sortit son portable et envoya un message à Gigi, pour savoir pourquoi Sebastian refusait tout paiement.

GIGI : « *Parce que je lui ai dit que je m'en occupais.* »
   Iris : « *Pourquoi ?* »
   Gigi : « *Parce que je peux le faire.* »
   Iris : « *Gigi ! Je ne peux pas accepter ça.* »

LES TROIS PETITS points clignotèrent longtemps avant qu'arrive le message suivant.

GIGI : « *OK, mais on peut en parler d'abord ?* »

IRIS APPUYA sur le numéro de l'autre femme et lança, dès que celle-ci décrocha :

— D'accord, parlons.

— *Tu es rapide. Je préférerais faire ça en personne. Tu peux venir chez moi ? Je voudrais te montrer quelque chose.*

Elle observa sa maison, à l'intérieur de laquelle sa mère avait disparu. Elle ne résista pas à l'excuse qui lui était donnée de passer du temps loin de Katheryn afin qu'elles puissent se calmer un peu toutes les deux avant qu'elles aient l'inévitable conversation qu'elles évitaient depuis trente-cinq ans.

— D'accord. Envoie-moi ton adresse, je serai là dans quelques minutes.

— *Je t'attendrai,* lança joyeusement Gigi. *Et, Iris ?*

— Oui ?

— *Souviens-toi que rien de tout ceci n'est de ta faute et que tu n'as rien fait pour mériter les merdes qui t'arrivent en ce moment.*

Ces mots la touchèrent en plein cœur, car ils décrivaient précisément ce qu'elle commençait à éprouver. Elle ouvrit la bouche pour remercier Gigi, mais rien ne sortit. Elle se racla la gorge, se força à prononcer un « merci » tout haut, puis raccrocha.

— Iris, rentre ! lui cria Katheryn. Avec ta chance, tu serais capable de te faire renverser sur ta propre pelouse.

Elle n'avait sans doute pas tort. Iris s'approcha de la maison et resta dans l'embrasure.

— Je dois m'absenter quelque temps.

— Quoi ? râla Katheryn.

Elle poursuivit avec sa voix de mère.

— Mais je viens juste d'arriver et il faut qu'on parle.

Ce ton hérissa Iris, mais elle se força à ne pas réagir.

— Je suis désolée, mais je dois me rendre quelque part. Et je pense qu'un peu de temps pour nous calmer toutes les deux ne nous ferait pas de mal.

— Je n'ai pas besoin…

— Au revoir, maman.

Elle ferma la porte et fila vers sa voiture. Elle sortait de l'allée quand elle remarqua sa mère qui avait ouvert la porte d'entrée. Elle lui fit un signe en passant et accéléra, poussant un soupir de soulagement. La douleur dans son ventre disparut, et même son mal de tête s'était calmé. Depuis que sa mère avait fait irruption à la *Ferme auberge des Bleuets*, elle s'était tellement crispée que c'était un miracle qu'elle n'ait pas fait une crise de spasmophilie. Ou de panique. Se sentant mieux, Iris baissa sa vitre et alluma la radio, savourant cette virée en solitaire chez Gigi.

9

CHAPITRE 9

IRIS SE GARA DANS L'ALLÉE DE GIGI PUIS, SORTIT DE VOITURE ET prit le temps d'admirer la magnifique maison victorienne en bord de mer. Sa peau la picota, comme si elle sentait la magie. Quelque chose l'attirait dans cette demeure, et, sans pensée consciente, ses pas la menèrent sur les pavés jusqu'à l'arche recouverte de feuillage menant à la porte d'entrée.

Plus elle s'approchait de la maison, plus la magie devenait forte, la faisant presque vibrer. Les seules autres fois où elle l'avait sentie si puissante, c'était la veille au moment où la malédiction avait été lancée sur Prémonition, et plus tard sur la falaise avec le coven. Mais celle présente ici était différente. Meilleure. Enivrante. Même si elle aurait sans doute dû craindre davantage l'inconnu, Iris était sereine. Elle voulait s'approcher.

Juste avant qu'elle n'atteigne la porte, celle-ci s'ouvrit d'elle-même et un fort courant d'air se leva et la poussa presque à l'intérieur.

— Euh, Gigi ? cria-t-elle en franchissant le seuil. J'espère

7

vraiment que c'est chez toi, sinon, je suis en train de faire une grossière erreur.

Sa nouvelle amie éclata de rire, et elle la repéra près de l'escalier, vêtue d'une autre de ses jupes à fleurs et chemise paysanne. Elle était pied nu, cette fois-ci, et son chignon était retenu par un crayon.

— C'est donc comme ça que tu traînes chez toi. Ce n'est pas juste. Je suis la seule à avoir l'air d'un troll sans au moins une heure de maintenance ?

— Non, c'est mon cas aussi, indiqua un homme.

Au même moment, Skyler Cole apparut derrière Gigi. Il possédait *Jusqu'aux confins du ciel*, la boutique de luxe située au centre-ville qui offrait des vêtements neufs et d'occasion.

— Quand Pete me donne l'heure du départ, c'est en général une heure avant celle où nous devons normalement décoller. Il a compris qu'il fallait une marge pour que je sois aussi fabuleux.

Iris éclata de rire. Skyler portait un jean skinny, un tee-shirt moulant et un blazer. Mais ce qu'elle remarqua surtout, ce fut son maquillage violet et rose. Elle-même n'aurait jamais pu porter ça, même à vingt ans quand elle essayait toujours d'impressionner tout le monde.

— Bonjour, Skyler. Ravie de vous revoir.

Il s'approcha d'elle et l'enlaça sans un mot, la serrant fort contre lui.

— C'est nul ce qu'ils te font. Je n'en reviens pas qu'ils te pensent à l'origine de cette malédiction.

Elle était sans voix. Elle connaissait Skyler, bien sûr. Elle connaissait tous les gérants de magasin de la ville, elle en avait mis un point d'honneur, s'assurant aussi de savoir ce dont ils avaient besoin pour prospérer. Skyler n'avait pas vraiment eu besoin de son aide, cependant, elle était quand même passée le voir pendant qu'il entamait les démarches et avait écouté tout ce qu'il avait eu à lui dire.

— Merci, dit-elle quand il la lâcha enfin. Votre... Ton soutien est important pour moi.

— C'est normal. Et franchement, ce nouveau maire, Tad ? C'est un connard de classe internationale, affirma Skyler avec férocité. Tu sais ce qu'il a fait cet après-midi ?

Elle secoua la tête.

— Il a envoyé à toutes les entreprises de la ville une facture pour financer l'enquête de la Brigade d'Interventions Magiques. Mille dollars à régler avant la fin de la semaine sous peine de mettre la clé sous la porte.

— Il a fait quoi ? s'écria-t-elle en sortant son portable.

Elle composa un numéro sans se poser de question. Tandis que la tonalité résonnait, elle indiqua :

— C'est illégal. Personne ne peut prélever de taxe supplémentaire sans un vote.

— Il a appelé ça une « cotisation spéciale », pas une taxe, précisa Skyler.

Elle aurait voulu hurler.

— Les cotisations spéciales doivent être votées par le conseil municipal. Mais elles doivent respecter certaines limites. Mille dollars en une semaine, ça va bien au-delà.

— C'est bien ce que je me disais. Mais comme il se balade en compagnie de deux policiers, la plupart des commerçants ne vont pas remettre sa décision en question. Personne ne veut être lanceur d'alerte. On essaie tous de garder la tête hors de l'eau en l'absence des clients.

— *Iris ? Qu'y a-t-il ?* demanda Julie au téléphone.

Levant le doigt pour indiquer à Skyler qu'elle était momentanément indisponible, Iris se tourna et fit les cent pas.

— Êtes-vous au courant de la cotisation de mille dollars

que le conseil a instaurée pour tous les commerces de Prémonition ?

— *Quelle cotisation ?* s'étonna Julie, qui semblait sincère. *Mille dollars ? Ce n'est... pas bien. Qui vous a dit ça ?*

Elle pivota sur elle-même pour s'adresser à Skyler.

— Est-ce que Tad t'a laissé une facture ou un papier quelconque ?

Il opina et attrapa la facture dans la poche arrière de son pantalon.

— Tu l'avais sur toi ?

— Je comptais interroger Sebastian à ce sujet, mais visiblement, il était occupé chez toi.

Il ajouta un clin d'œil, pour qu'elle sache qu'il plaisantait.

— Désolée, dit-elle en se forçant à sourire.

Elle étudia le document et comprit tout de suite que quelque chose clochait. Ce n'était pas le bon formulaire pour une cotisation. Il manquait le numéro d'identification fiscale et une référence de dossier. Il s'agissait d'un courrier banal, qui ne précisait pas les méthodes de recouvrement en cas de non-versement et qui n'indiquait pas non plus où les fonds seraient détenus.

— Julie, j'ai le papier sous les yeux. Ce n'est pas vous qui l'avez tapé ?

— *Tad m'a donné ma journée dès l'arrivée de l'agent de la BIM,* répondit-elle, frustrée. *Il m'a dit qu'il n'y avait pas assez de travail pour justifier mon salaire.*

— Quel crétin, commenta Iris.

Julie pouffa.

— *Je crois que c'est la première fois que je vous entends exprimer votre opinion aussi sincèrement.*

— Eh bien, accrochez-vous, parce que ça va se reproduire.

Si Tad vous a renvoyée chez vous, qui restait-il au bureau ? L'agent de la BIM et… quelqu'un d'autre ?

— *Pas au bureau du maire. Il n'y avait plus personne quand je suis partie. Il a dû appeler l'un des stagiaires, j'imagine. Quelqu'un a bien dû taper ce formulaire, et croyez-moi, ce n'est pas Tad. Il est à peine capable d'allumer son ordinateur, alors encore moins de mettre un document en forme.*

— Vous pourriez me rendre un service ? Pourriez-vous parcourir la liste et voir qui il aurait pu contacter ? la pria Iris en se passant la main dans les cheveux.

C'était un tic qu'elle avait quand elle se sentait particulièrement impuissante. Sans informations supplémentaires, elle ne pouvait pas faire grand-chose contre cette fraude.

— *Oui, je peux faire ça. Je vous appelle dès que j'ai du nouveau.*

Iris la remercia, puis se tourna vers Skyler.

— Je n'ai pas encore toutes les réponses, mais ce papier semble illégal. À ta place, je ne paierais pas. Si ma théorie se confirme, ils n'engageront pas de procédure de recouvrement pour ça.

Hochant la tête, il tendit la main pour récupérer le papier.

Iris y jeta un œil, puis à Gigi.

— Tu aurais un photocopieur, par hasard ? J'aimerais vraiment garder une copie pour la comparer avec des cotisations officielles ou des levées d'urgence, comme j'ai eu à en faire quand j'étais maire.

— Bien sûr. Qui n'en a pas de nos jours ?

Gigi s'empara de la feuille et leur dit de les suivre jusqu'à un bureau immense.

La magie qu'Iris avait sentie dès son arrivée était de retour, calmant l'anxiété qui la reprenait. Ses épaules se détendirent et son mal de tête disparut complètement.

— Ta maison est envoûtée ? demanda-t-elle à Gigi qui manipulait son imprimante.

— Envoûtée ? Comment ça ? répliqua son amie, les sourcils froncés de perplexité.

— Je sens de la magie dans l'air. Et… je ne sais pas. On dirait que tu as jeté un sort de bonheur ou je ne sais quoi. Je n'ai jamais éprouvé ça avant. C'est apaisant.

Skyler et Gigi échangèrent un regard, avant que Gigi ne tende sa facture à Sky et sa copie à Iris.

— Ma maison n'est pas envoûtée. Pas officiellement, en tout cas.

— Qu'est-ce que tu veux dire ? Ce n'est pas intentionnel ?

Souriant, Gigi s'approcha de la porte en leur faisant signe de la suivre.

Ils sortirent du bureau et pénétrèrent dans la pièce d'à côté. À l'entrée de cette dernière, Iris se sentit envahie d'une magie étourdissante. Elle imprégnait l'air, stimulait Iris, lui donnant l'impression de pouvoir faire tout ce qu'elle voulait. Elle ne s'était jamais droguée, mais planer devait donner la même sensation.

— C'est… merveilleux, commenta-t-elle, observant enfin la pièce et remarquant les innombrables rangées d'herbes fraîches et séchées.

Sur l'un des côtés se trouvaient des stocks supplémentaires des soins pour la peau de Gigi, qu'elle vendait dans le magasin de Skyler. Elle comprit que c'était à cet endroit que son amie effectuait la plupart de ses sorts. Était-ce pour cette raison que l'endroit était si imprégné de magie ? Sans doute, mais pourquoi cette dernière s'attardait-elle ?

— C'est à cause des plantes, indiqua Gigi. Elles absorbent la magie et la diffusent naturellement, faisant de chaque salle d'envoûtement un paradis pour leurs utilisateurs. Ou du moins, ça fonctionne ainsi pour les sorcières de la terre les plus puissantes.

Gigi et Iris possédaient toutes les deux de la magie terrestre, mais Gigi était la seule à s'en servir. Voire à la maîtriser haut la main, comme semblait le prouver cette pièce. Iris, pour sa part, était débutante. Gigi la dévisagea quelques instants, avant qu'un grand sourire n'étire ses lèvres.

— La magie t'enivre, non ?

— Oui. Elle était très puissante quand je suis entrée chez toi, mais elle s'est estompée après. Et ensuite, quand on s'est approchés de cette pièce, l'effet est revenu. Tu devrais me faire sortir de là avant que je refuse de quitter définitivement cette pièce. Je crois que je ne m'étais jamais sentie aussi bien.

— Oh la vache. L'ancienne maire a trouvé sa kryptonite, commenta Skyler, amusé. C'est amusant à voir.

— Je suis d'accord, approuva Gigi. Mais aussi amusant que ce soit de voir ses défenses s'abaisser, je préférerais découvrir ce dont elle est capable ici. Si elle se sent si bien rien qu'à cause de magie résiduelle… elle pourrait me donner du fil à retordre quand elle aura appris quelques trucs.

— Tu veux toujours m'aider avec ma magie terrestre ? s'étonna Iris, en priant pour que ce soit vrai.

Si Gigi lui demandait de partir maintenant, elle obéirait, mais ce serait douloureux.

— Tout à fait. Aujourd'hui, si tu as un peu de temps, répondit Gigi, un grand sourire aux lèvres.

— Oui, accepta très vite Iris.

Puis elle reprit son sérieux en se remémorant les raisons de sa visite.

— Mais d'abord, j'aimerais savoir pourquoi tu penses que je n'ai pas à payer les honoraires de Sebastian.

Gigi agita la main avec impatience.

— On en parlera. Mais je voudrais d'abord savoir si tu préfères commencer par les produits de beauté ou les potions.

— Les potions, répliqua-t-elle sans hésiter.

Elle avait toujours voulu apprendre à préparer des potions énergisantes ou d'autres médicinales, pour les maux de tête ou les allergies. Quelque chose que quelqu'un pourrait boire pour obtenir ce dont il a besoin, sans faire tout un rituel magique.

— Très bien, c'est tout à fait faisable. Maintenant, allons manger un morceau et réglons ces questions d'argent avant d'aller dans l'herboristerie.

Iris jeta un dernier regard d'envie à la pièce avant de la quitter à contrecœur, suivant Gigi et Skyler dans la cuisine, où elle s'assit au bar et attendit que son amie lui explique pourquoi elle insistait pour payer ses frais de justice.

Elle qui s'attendait à un sermon sur les amis aidant les amis, se retrouva sidérée par ce qu'elle apprit. Quand Gigi eut fini de s'expliquer, les larmes coulaient sur les joues d'Iris qui comprit que quoi qu'il advienne, elle serait à jamais amie avec Gigi tant cette dernière était une femme bien.

CHAPITRE 10

— Ça paraît surréaliste, hein ? commenta Skyler en secouant la tête.

Il était assis sur un tabouret de bar et se perdait dans la contemplation de l'océan tumultueux par les portes-fenêtres.

— L'histoire familiale de Gigi ferait un sacré thriller.

Iris ne pouvait qu'être d'accord. Gigi lui avait expliqué que sa mère possédait une bague qui lui conférait le pouvoir de vie. Elle pouvait guérir des personnes en phase terminale de la maladie. Aussi fabuleux que ça ait l'air, le pouvoir n'était pas illimité. La mère de Gigi devait utiliser une certaine quantité d'énergie, puis attendre le temps de récupérer assez pour soigner quelqu'un d'autre. C'était le père qui lui assignait ses clients, mais elle avait très vite découvert qu'il proposait ses services aux plus offrants seulement. Alors, la mère de Gigi avait insisté pour ne s'occuper que des personnes les moins fortunées. Face au refus du père de Gigi, elle avait été si bouleversée par tant d'injustice qu'elle avait refusé de soigner quiconque. Peu après, elle était morte en essayant de détruire la bague.

Après cette explication, Gigi en vint à la raison qui la poussait à payer elle-même les services de Sebastian : son argent avait été gagné en exploitant des gens sur leur lit de mort.

— J'ai déjà plus que ce dont j'ai besoin, déclara Gigi en prenant la main d'Iris. Quant au reste de l'argent du fidéicommis ? Je veux en faire quelque chose de bien. Quelque chose qui aidera les gens qui en ont besoin. Tu t'es fait virer, donc tu n'as pas de revenus, et tu dois en plus gérer des accusations bidon maintenant. Tu ne devrais pas avoir à puiser dans tes économies pour te battre contre des gens du même acabit que ceux vendant la vie aux plus offrants. Considère ça comme une subvention, si ça peut t'aider. Ça ne devrait pas être trop difficile. Je suis en train de créer un fonds de charité légalement, pour pouvoir apporter mon aide aux personnes de la communauté magique qui en ont besoin.

— Mais, Gigi, je pense que d'autres en ont plus besoin que moi.

— Peut-être. Mais tu es mon amie, alors je ferai tout ce qui est en mon pouvoir pour t'aider. Compris ?

Le cœur d'Iris se gonfla de gratitude. Elle possédait effectivement des économies lui permettant de payer Sebastian, mais celles-ci n'allaient pas durer longtemps. Si elle devait payer des frais d'avocat, elle allait devoir supplier quelqu'un de lui donner du travail, et vite. Cependant, il y en aurait peu tant que la malédiction planerait sur la ville.

— Oui, d'accord, souffla-t-elle, submergée par le soutien de ses nouveaux amis. Merci. J'espère que Sebastian t'a fait un bon prix.

Gigi pouffa.

— À vrai dire, oui. Et j'adore lui dire que je le paie à l'heure.

Elle agita les sourcils et adressa un regard espiègle à Iris.

— J'ai découvert que glisser des dollars dans le caleçon d'un type sexy est une façon géniale de passer la soirée.

— Oh Seigneur ! s'écria Iris en se bouchant les oreilles. Trop d'informations ! Trop d'informations !

— Absolument pas, intervint Skyler. Continue. Il fait quel bruit quand il...

Gigi lui plaqua une main sur la bouche.

— Non. Je ne répondrai pas à cette question. Il existe une notion que l'on appelle l'intimité. Tu connais, Skyler ?

Dès qu'elle eut retiré sa main, il esquissa une moue exagérée.

— Mais ça fait si longtemps que je n'ai pas ressenti de petit frisson.

Ils explosèrent de rire, puis Skyler se lança dans de faux bruits sexuels destinés à embarrasser les deux femmes. Cependant, cela se retourna contre lui. Comme il ne voulait pas arrêter, Gigi imita Meg Ryan dans *Quand Harry rencontre Sally*, qui feignait un orgasme en plein restaurant. Et juste après, Iris proposa de fourrer des billets dans le sous-vêtement de Skyler juste pour qu'il voie l'effet que ça lui ferait. Il devint rouge comme une tomate, marmonnant qu'il avait promis à sa mère de ne jamais vendre son corps, puis il s'empressa de sortir sur la terrasse en prétendant avoir besoin de respirer.

— C'était amusant, commenta Gigi, les yeux pétillants de malice.

— Je n'aurais jamais cru qu'il serait si facilement embarrassé.

— C'est à cause du faux orgasme, à mon avis. Ça ne lui aurait pas posé de problème si c'était un homme qui l'avait fait, mais je crois que ça l'a perturbé que ça soit moi. Je pense qu'imaginer des femmes faire l'amour ne lui plaît pas.

Iris ricana.

— Donc il obtient un bon six sur l'échelle de Kinsey[1] ?

— Un douze, même.

Gigi lui fit un clin d'œil et indiqua le couloir d'un signe de la tête.

— Prête à faire quelques potions ?

— Oh que oui ! confirma-t-elle en suivant son amie jusqu'au sanctuaire des herbes.

Les bocaux remplis d'herbes étaient alignés sur les étagères, tandis que des plantes fraîches s'entassaient près d'une baie vitrée, absorbant le soleil d'après-midi. Iris s'arrêta près d'une table de travail et se baigna dans la magie qui faisait picoter sa peau. Elle se sentit revigorée.

Gigi lui lança un sourire entendu.

— C'est enivrant, n'est-ce pas ?

Iris opina.

— Je ne sais pas pourquoi je n'ai jamais éprouvé ça. J'ai déjà fréquenté les ateliers d'autres sorcières ou côtoyé des herbes.

— Peut-être que tu viens juste d'acquérir tes pouvoirs. Ça arrive chez certaines personnes. Le pouvoir est en quelque sorte dormant, et tout à coup, il s'épanouit et devient incroyable.

— C'est ce qui t'est arrivé ? la questionna Iris, se demandant ce qui avait changé.

Cela lui paraissait étrange de trouver soudain sa magie à plus de quarante ans.

— Non, j'ai toujours été attirée par la magie de la terre. Quand j'avais dix-huit ans, j'ai supplié un apothicaire de me laisser travailler avec lui. C'est là que j'ai appris toutes les bases de mon savoir.

Elle attrapa un bocal de pissenlit sur l'étagère, puis des racines de gingembre.

— Une potion purifiante, ça te dit ?

— Purifiante ? Comme pour purifier l'âme ? s'étonna-t-elle avec un rire nerveux.

Gigi pouffa.

— Oh, ce serait amusant, tiens. Mais non, je pensais à une potion détox. Le genre qui donne de l'énergie et fait briller la peau.

— Ça m'a l'air plus utile, de toute façon.

Pas étonnant que Gigi soit toujours superbe. Une potion purifiante, cela semblait être une bonne idée. Iris en aurait eu bien besoin avant.

— Tu n'imagines pas à quel point. Allez, commençons.

Gigi lui tendit un petit couteau et une planche à découper en bois.

— Tu dois couper les tiges des pissenlits jusqu'à en avoir une certaine quantité, puis tu t'occuperas du gingembre.

Iris s'exécuta, surprise du calme qui l'envahissait. Elle se sentait ancrée en elle-même et avait le sentiment que rien au monde ne pourrait lui faire plus plaisir que de couper ces tiges. Ses muscles se détendirent et son cerveau cessa de ruminer les événements des derniers jours. C'était merveilleux.

— Tu as ça dans le sang, commenta Gigi, qui l'observait.

— L'émincé des tiges ?

— La préparation des potions.

Elle indiqua les pissenlits coupés.

— Regarde-les. Ils luisent déjà de magie.

Iris écarquilla les yeux.

— C'est toi qui as fait ça ?

Gigi secoua la tête.

— Non, je ne les ai pas touchés. Tout ça, ça irradie de toi.

— Quoi ? s'écria Iris, observant la pile et remarquant les petites paillettes magiques sur le tas de tiges.

C'était vraiment grâce à elle ? Après toutes ces années à être incapable de puiser dans sa magie, cela lui paraissait presque inconcevable. Et pourtant, la preuve se trouvait sous ses yeux, et elle se sentait à la fois sur un petit nuage et submergée d'émotions.

— C'est...

Elle s'éclaircit la voix et recommença.

— ... assez incroyable.

— C'est remarquable, approuva Gigi en lui souriant. Maintenant, passe au gingembre, et tu pourras mélanger les deux.

Iris s'attaqua aux racines de gingembre. Quand elle eut fini de couper, Gigi lui demanda d'attraper le mini chaudron.

Iris chercha sur la table de travail et rit doucement en repérant l'objet en cuivre.

— Tu es sérieuse ? Tu te sers vraiment de ça pour préparer tes potions ?

— Hé, quitte à faire quelque chose, autant le faire avec classe, non ?

— Très juste.

Iris attrapa le chaudron et le posa devant elle.

— Et maintenant ?

— Remplis-le à moitié d'eau distillée et ajoute une giclée de jus de citron frais.

Elle s'exécuta, puis regarda sa professeure.

— Maintenant, prends le fruit de ton choix au frigo. Cerise, fraise, mûre, le parfum que tu veux. Écrases-en l'équivalent d'un verre dans le mortier. Une fois que c'est fait, place le chaudron sur le feu et mets tout ça à mijoter.

Iris le fit, l'esprit agréablement calme et concentré uniquement sur sa tâche. Bien que ce soit laborieux d'écraser les fruits un à un à la main, elle s'en fichait. Cela lui donnait l'impression d'être connectée à sa préparation.

Une fois que la potion frémit, Gigi frappa dans ses mains et lança :

— Et maintenant, la partie amusante.

Elle indiqua à Iris d'ajouter les tiges de pissenlit et le gingembre. Dès l'instant où les ingrédients finaux tombèrent dans le liquide, la potion prit une magnifique nuance orangée de soleil couchant.

— Répète après moi.

Iris acquiesça.

— Je remercie aujourd'hui la déesse de la terre pour le don de magie.

La potion se mit à bouillonner quand Iris imita son amie.

— Maintenant, prends la pipette pour extraire un petit peu de potion, attends quelques secondes qu'elle refroidisse, puis place une goutte sur la paume de ta main gauche.

Lorsque le liquide atterrit sur la main d'Iris, un éclair de magie remonta son bras. Elle referma machinalement les doigts sur les gouttes et quelque chose changea au fond d'elle. Elle se sentit forte, entière, comme s'il lui avait manqué une partie d'elle depuis quarante-sept ans et jusqu'à cet instant.

— Maintenant, demande à la déesse de la terre de bénir ta potion en lui accordant le don de purification.

Iris étudia la mixture dans le chaudron et sentit la magie s'élever dans sa poitrine. Et quand elle fit sa requête à la déesse de la terre, la magie explosa d'elle, éclairant la pièce et parant chaque objet d'une myriade de couleurs.

— Ouah.

— C'est ce que j'allais dire, dit Gigi tout bas.

Lorsque la magie s'estompa et que les couleurs revinrent à la normale, Iris se concentra sur sa potion et s'exclama de surprise en voyant le tonifiant vert.

— J'ai utilisé des cerises, pourquoi ça a viré au vert ?

— À cause des pissenlits. Ils prennent toujours le dessus et mettent une touche de vert à tout.

— Une touche ? On se croirait dans une forêt d'émeraude.

Gigi opina.

— C'est à cause de la quantité de ton pouvoir. Tu as suralimenté la potion.

— Suralimenté ? répéta-t-elle en observant le breuvage. Comment est-ce possible ? Je n'ai jamais réussi le moindre sort de toute ma vie.

Tout était surréaliste, et une pensée folle jaillit dans son esprit. Et si c'était vraiment elle qui avait lancé la malédiction sur la ville sans le savoir ? Son estomac se retourna à cette seule idée. Non. Ses bras avaient picoté sous l'effet de la magie pendant qu'elle préparait la potion. Il était impensable qu'elle n'ait rien senti en jetant un sort à toute la ville. Elle poussa un soupir et secoua la tête pour s'éclaircir les idées.

— Ça doit faire beaucoup à encaisser, dit Gigi. Si j'avais passé ma vie à croire que je ne possédais aucune magie… et que tout à coup ceci… Je serais bouleversée, moi aussi.

— Ce n'est pas ça qui me bouleverse, rétorqua-t-elle en indiquant la potion. Enfin, pas tant que ça. C'est autre chose. J'ai l'impression que je devrais mener l'enquête concernant les événements en cours plutôt que de m'amuser à faire des potions.

— Je suis sûre que Sebastian fait tout ce qu'il peut, lui assura Gigi, les sourcils froncés.

— J'en suis certaine aussi, mais je dois encore m'occuper de cette cotisation bidon et interroger l'agent de la Brigade d'Interventions Magiques que j'ai vue en ville. J'ai aussi très envie de connaître le rôle que mon ex-mari a joué dans tout ça. Vu qu'il s'est pointé pour essayer de m'obliger à avouer, il doit être dépassé par les événements. Il est le type le plus facile à interroger. Je sais comment le prendre.

— On dirait qu'un peu d'aide ne serait pas de refus, commenta Skyler, sur le seuil de la pièce. Tu veux que je mette les ragays sur le coup ?

— Les ragays ? Qu'est-ce que c'est ?

— C'est le nom du réseau gay de ragots de la ville. Ils sont au courant de tout, crois-moi. Et ce qu'ils ne savent pas, ils le découvrent très vite.

Skyler lui adressa un regard de conspirateur.

— Tu veux savoir ce qu'il s'est passé à la petite fête des Pearson la semaine dernière ?

— Oui ! acquiesça immédiatement Gigi.

— Les Pearson ? Le vieux couple qui possède la boutique de cadeaux près de la plage ? demanda Iris.

— Oui, eux. Quand je te dirai le nom du nouveau mignon de Mme Pearson, tu n'en croiras pas tes oreilles.

— Son mignon ! s'exclama Iris. Mais elle doit avoir au moins soixante-dix ans. Comment s'appelle-t-il ?

— Jeff Ashton. Le jardinier. Mais ce n'est pas les parterres de fleurs qu'il laboure, ricana Skyler.

Jeff Ashton était un jardinier à la retraite d'une cinquantaine d'années.

— Eh bien, si M. Pearson ne s'y oppose pas, tant mieux pour elle. Imagine un peu l'endurance qu'il doit avoir par rapport à son mari, dit Iris, qui savait que M. Pearson avait soixante-dix ans.

— Et encore, tu ne sais pas tout, répliqua Skyler, hilare. Il se tape aussi la veuve de son meilleur ami, et aussi le frère de celle-ci.

— En même temps ? s'écria Gigi.

— Non, non. Il a quand même certaines limites a priori.

Pouffant, Skyler se frotta le menton.

— Partager, ce n'est pas mon truc. Seigneur, si Pete me trompait, je l'étranglerais. Donc ce n'est pas ma tasse de thé, je disais, mais la variété semble fonctionner pour les Pearson. Je n'ai jamais vu de couple plus heureux et épanoui quand on les voit.

Iris était d'accord.

— Ils ont toujours été adorables ensemble. Mais quel rapport avec les informations concernant la malédiction et son responsable ?

— Oh, attends un peu, Iris. Tu serais surprise de découvrir combien les gens parlent facilement après l'orgasme. Laisse-moi m'en charger. Je vais contacter le réseau et je te dirai ce qu'ils ont trouvé.

Il leur fit un signe d'adieu et repartit.

— Je l'aime vraiment, dit Iris à Gigi, qui s'esclaffa.

— Oui, moi aussi. Maintenant, bois ta potion, afin qu'on voie si elle est vraiment efficace.

Iris se versa un peu du breuvage épais vert dans un petit verre et le leva à l'intention de Gigi.

— Santé !

CHAPITRE 11

IRIS PLANAIT TOUJOURS À CAUSE DE LA MAGIE QUAND ELLE franchit la porte de son petit cottage. Une sonnerie inhabituelle résonna lorsqu'elle referma, la faisant sursauter, le temps qu'elle se souvienne de l'alarme installée un peu plus tôt ce jour-là. Elle sortit son portable, regarda le code qu'elle y avait enregistré et le tapa sur le clavier. La diode s'éteignit et le silence tomba sur l'entrée.

— Tu vas l'enclencher, n'est-ce pas ? lui lança sa mère depuis l'entrée de la cuisine.

Ses cheveux étaient relevés en un chignon lâche et elle portait un bas de survêtement gris et sa veste assortie. Iris ne l'avait jamais vue habillée aussi négligemment en vingt ans.

— Pourquoi ?

Elle jeta un coup d'œil à la porte fermée et tourna délibérément le verrou.

— Ce n'est pas très compliqué pour une sorcière de forcer une serrure.

Bien qu'Iris déteste l'admettre, sa mère avait raison. 1 à 0 pour Katheryn. Haussant les épaules, elle parcourut les réglages de l'alarme jusqu'à avoir remis en place le périmètre de sécurité.

— Voilà. C'est mieux ?

— Oui. À vrai dire, c'est mieux.

Elle fit un signe à sa fille.

— Viens dans la cuisine, je voudrais te parler de quelque chose.

Comme Iris ne répondait pas, Katheryn souffla.

— Viens, Iris, j'ai fait des cookies.

— Tu as fait de la pâtisserie ? s'étonna-t-elle, stupéfaite. Depuis quand est-ce que tu cuisines ?

Katheryn soupira, exaspérée.

— Tu agis comme si je n'ai jamais levé le petit doigt en cuisine. Mais c'est parce que je n'avais pas le temps quand tu étais jeune, c'est tout.

Parce que sa mère était trop occupée à enchaîner les hommes et à travailler douze heures par jour. Iris avait de la chance si elle voyait sa mère une demi-heure avant que la nounou de la semaine n'éteigne les lumières.

— Qu'as-tu préparé d'autre ? demanda-t-elle, très curieuse de savoir si sa mère avait réellement passé du temps à la cuisine.

— Regarde par toi-même, répliqua Katheryn en indiquant un plat en verre sur le plan de travail.

Iris poussa une exclamation surprise.

— Tu as fait des lasagnes ?

Sa mère opina. Elle se sentit saliver. C'était un plat que sa mère avait toujours réussi. Iris attrapa une spatule, cependant, avant de l'enfoncer dans les pâtes, elle demanda :

— C'est bien pour le repas de ce soir, n'est-ce pas ? Ce n'est pas pour une quelconque auberge espagnole dont tu ne m'aurais pas parlé, si ?

— Une auberge espagnole ? Ici ? À Prémonition ? Où veux-tu que je trouve quelque chose comme ça ? Surtout avec les rues presque vides.

— Je ne sais pas. Seulement, je ne veux pas m'emballer pour rien.

Katheryn attrapa des assiettes dans le meuble.

— Sers-nous. Je meurs de faim, après tout le travail que j'ai fait aujourd'hui.

Iris observa la cuisine immaculée, impressionnée. Sa mère avait non seulement préparé à manger, mais elle avait aussi nettoyé. C'était une première. En grandissant, c'était toujours Iris qui se chargeait de ranger la cuisine, quelle que soit la personne ayant fait à manger.

Elles posèrent leurs assiettes sur la petite table de la cuisine, puis Katheryn alla récupérer une bouteille de vin rouge et deux verres avant de s'asseoir.

Iris devait bien admettre que rentrer chez soi et découvrir des lasagnes fraîchement préparées et un verre de vin rouge n'était pas désagréable. Pas le moins du monde.

— Merci, maman. C'est vraiment attentionné.

— Je t'en prie, ma puce. Après ce que tu viens de vivre, je voulais faire quelque chose de gentil pour toi.

Sa mère avala une longue gorgée de son vin, puis s'attaqua à son assiette.

— Je t'ai aussi fait une soupe taco. Je me suis dit que ça te rendrait service d'avoir juste des restes à réchauffer.

— Ouah. Tu t'es surpassée.

Elle prit la main de Katheryn.

— Tu as même fait la vaisselle. Si j'avais de l'argent, je t'embaucherais.

— En parlant de ça, comment paies-tu ton avocat ? Tu pourrais me laisser…

Elle leva la main et ravala sa réplique acérée.

— Je m'en charge, maman. Sebastian fait du bon travail et ses frais sont couverts. Ne t'inquiète pas de ça.

— Je m'inquiète quand même. Je suis ta mère, après tout, répliqua Katheryn en rivant son regard au sien.

— Ah oui ? Où était donc toute cette inquiétude quand tu bossais seize heures par jour alors que j'étais au collège et que je patientais des heures tous les soirs avant que quelqu'un vienne enfin me récupérer ?

Elle n'avait pas eu l'intention de s'en prendre à sa mère, c'était sorti tout seul.

Katheryn soupira.

— Nous devons vraiment faire ça maintenant ?

Iris se leva, son assiette à la main.

— Non, on n'a jamais à faire ça. J'imagine que c'est pour cette raison qu'on ne parle jamais de ce qui cloche dans cette relation. Mais ne t'en fais pas. Nous ne sommes pas obligées de le faire ce soir non plus.

Elle attrapa aussi son verre de vin et s'approcha de la sortie de la cuisine.

— Attends ! s'écria Katheryn, saisissant ses affaires aussi, avant de les reposer sur la table. Ne t'en va pas. J'aimerais sincèrement te parler.

Iris haussa un sourcil, surprise. Sur un ton un peu acerbe, elle répliqua :

— Est-ce le genre de conversation où tu parles et je ne fais qu'écouter ?

Sa mère soupira lourdement.

— Non. Je veux vraiment discuter.

Elle n'avait jamais entendu une telle sincérité dans la voix de Katheryn, et c'est ce qui l'aida à se radoucir et se rasseoir à table.

— D'accord. Parlons.

Katheryn observa sa nourriture un long moment, avant de repousser son assiette pour accorder toute son attention à sa fille.

— Je sais que j'ai fait des erreurs quand tu étais enfant. Beaucoup.

Elle cilla. Sa mère ne l'avait jamais reconnu avant.

— D'accord.

— Je sais que je te dois des excuses. Des dizaines, même, sans doute. Mais ce que tu dois savoir, c'est que si je travaillais si dur, c'était pour subvenir à nos besoins. Tous les hommes de ma vie... Ils n'étaient pas fiables. Je voulais m'assurer que tu mènes une vie stable, et la seule façon d'y parvenir, c'était de travailler d'arrache-pied.

Ce n'était pas la seule manière, mais Iris se tut. Le moment était mal choisi pour rappeler à sa mère qu'elle aurait pu exercer un emploi de bureau classique. Qu'elle n'avait pas besoin d'être une entrepreneuse à la tête d'une start-up, non pas une, mais deux fois. D'accord, elle avait réussi à gagner un revenu confortable les deux fois, mais cela voulait dire aussi être une mère absente pour une enfant ayant perdu son père très tôt.

— Je sais ce que tu penses, commenta Katheryn avec un sourire en coin.

— Non.

Elle explosa de rire.

— Si, si. Tu regrettes que je n'aie pas travaillé pour quelqu'un d'autre. Que j'aie été si investie dans mes entreprises et que ma priorité n'ait pas été de passer plus de temps avec toi.

Grillée. C'était bien à cela que songeait Iris. Elle n'avait jamais compris les gens désirant avoir des enfants, mais ne faisant pas tout leur possible ensuite pour être présents pour eux pendant leur enfance.

— Il y a un peu de ça, admit-elle.

— Tout ça, oui, insista sa mère, un léger sourire aux lèvres. C'est bon, je sais que j'étais absente, et je veux m'en excuser. Essaie de comprendre que ce n'était pas parce que je ne voulais pas passer du temps avec ma fille, mais parce que je voulais construire quelque chose de durable pour nous.

Ceci, au moins, elle y était parvenue. Construire quelque chose de durable. Si ses deux sociétés avaient fini par péricliter, celle qu'elle avait héritée lors du divorce avec son cinquième et dernier mari, c'était une autre histoire. Elle avait pris possession d'un spa déclinant spécialisé dans les traitements à base d'eau – massages sous-marins, spas à l'eau minérale, et sauna détox. Comme Katheryn était une sorcière d'eau talentueuse, elle avait réussi à transformer l'endroit en paradis holistique pour personnes souffrant de douleurs chroniques. Le temps que le bouche-à-oreille fonctionne, son affaire avait décollé et le succès ne s'était jamais démenti. Elle avait à présent ouvert des franchises détenues par d'autres sorcières d'eau dans la plupart des grandes villes des États-Unis et d'Europe. Katheryn n'était désormais plus la gérante d'entreprise qu'elle était lorsqu'Iris était au lycée. Désormais, elle était une dirigeante possédant plusieurs centres gérés par sa sous-directrice, tandis qu'elle supervisait la bonne marche des franchises.

L'entreprise risquée était un franc succès et Katheryn possédait tout ce dont elle avait besoin.

Sauf peut-être une relation complice avec sa fille.

— D'accord, dit Iris. Tu possèdes une société fructueuse maintenant. Tu as réussi ce que tu voulais accomplir. Tu dois être heureuse.

— Non, bon sang !

Katheryn frappa si fort du poing sur la table que leurs assiettes tremblèrent.

— Je ne suis pas heureuse ! Ma fille me déteste, ne me respecte pas et ne répond jamais à mes appels. Pourquoi ai-je passé tant d'années à bâtir quelque chose pour nous si tu ne veux pas en faire partie ?

Tout l'oxygène quitta ses poumons. Elle prit une grande inspiration et fixa sa mère dans les yeux.

— Je ne te déteste pas.

Surprise, Katheryn haussa les sourcils.

— Tu as failli m'avoir.

Iris soupira.

— Je ne te déteste pas, comme je le disais. Pourtant, je t'en veux pour…

— Tu m'en veux ? s'écria sa mère en se penchant avec autorité sur la table.

— Mère ! Si tu veux avoir cette conversation, tu dois me laisser parler. C'est justement pour ça que je t'en veux.

Elle plaça ses deux mains à plat sur la table délibérément, pour s'empêcher de serrer les poings.

— Tu ne m'écoutes pas.

— Je t'écoute, répliqua Katheryn en se rasseyant, les épaules basses.

— Oui, c'est ça, rétorqua sèchement Iris. C'est pour ça que tu voulais virer Sebastian, même si je t'avais déjà dit que c'était mon avocat et que je ne voulais pas du tien.

— Je cherchais juste à t'aider. Comme allant faire des courses pour toi aujourd'hui, en nettoyant ta maison, ce que tu n'as même pas remarqué d'ailleurs, et en te préparant des repas. Sans oublier ta boîte à biscuits, que j'ai remplie.

— Tu… as fait les courses et le ménage ?

Elle regarda autour d'elle, assimilant enfin la situation. Elle avait remarqué que la cuisine était propre, mais le reste ? Elle se leva et alla inspecter le salon, puis les salles de bains. Sa mère avait raison. Tout était rutilant et la maison dégageait une légère fragrance de citron. De retour à la cuisine, elle ouvrit un meuble et tomba sur un sachet de café neuf de qualité. Les larmes aux yeux, elle se retourna vers sa mère.

— Tu t'es vraiment mise en quatre aujourd'hui.

Katheryn haussa une épaule.

— Comme je te l'ai dit, je voulais t'aider.

Iris se rassit et rapprocha sa chaise de sa mère. Elle lui prit les deux mains et dit :

— Merci, maman. Tout ce que tu as fait…

Elle indiqua la cuisine et le salon d'un signe de la tête.

— … c'était très prévenant. Ça m'aide vraiment, et j'apprécie. Bien plus que tu le penses, en fait. Mais le reste… Débarquer et essayer de prendre les choses en main ? Tenter de virer mon avocat ou de donner des ordres aux personnes travaillant pour moi, ça, ce n'est pas bien. C'est dominateur et me donne l'impression que tu me crois incapable de gérer ma propre vie.

— Ce n'est pas ce que je pense !

Elle récupéra l'une de ses mains pour s'essuyer les yeux.

— Tu es… Tu es formidable. Tu étais maire et tu as viré cet abruti de Tom dès l'instant où tu as découvert que c'était un bon à rien. J'aurais aimé avoir le même courage dans ma vie.

— Maman, tu as largué non pas un, mais deux connards abusifs, répliqua Iris, faisant référence aux maris numéro un et trois.

Iris avait reproché ses nombreuses relations à sa mère un peu plus tôt dans la conversation. Toutefois, pour être honnête, si Katheryn n'est pas irréprochable dans les échecs de ses mariages, ces deux-là avaient trompé Iris et sa mère. Ils avaient attendu le mariage pour dévoiler leur véritable nature avec leurs poings. L'un des deux était un alcoolique méchant et l'autre avait des problèmes de gestion de sa colère qu'il avait réussi à cacher le temps de lui passer la bague au doigt. Très vite, Katheryn les avait virés et avait demandé une ordonnance restrictive.

Pour ce qui était des trois autres mariages, l'un des hommes l'avait quittée pour retourner avec sa première femme. Un autre n'aimait pas le temps qu'elle consacrait à son travail et avait tenté de la transformer en femme au foyer. Quant au dernier… tout le monde pensait que cela allait durer. Iris ne savait toujours pas pourquoi ils avaient rompu. Un jour il était là, et le lendemain il avait disparu. Cependant, sa mère avait obtenu le spa en échange, alors tout n'était pas perdu.

— J'ai fait beaucoup d'erreurs avec les hommes de ma vie, ma puce. J'espère que tu en tireras quelques leçons.

C'était déjà le cas. Elle avait passé des années à craindre l'engagement. Puis elle avait rencontré Tom. Dommage qu'il l'ait trahie de plusieurs manières. Elle n'était pas certaine de pouvoir accorder facilement sa confiance à l'avenir. L'image de Kade jaillit dans son esprit. Son cœur manqua un battement, et elle aurait voulu se gifler pour se laisser dominer par ses émotions. Sortir avec quelqu'un alors qu'elle était accusée d'un crime était une très mauvaise idée.

Elle secoua légèrement la tête pour déloger ce fantasme et adressa un sourire rassurant à sa mère.

— Ne t'en fais pas, j'en ai vu assez pour savoir comment préserver mon cœur.

— Ce n'est pas ce que je voulais dire, répliqua Katheryn en fronçant les sourcils.

— Je sais, maman.

Elle lui serra à nouveau la main.

— Ne t'en fais pas pour moi. Après les conneries de Tom, je ne veux plus de relations sérieuses, alors tu n'as pas d'inquiétude à avoir.

Katheryn regarda par la fenêtre la maison du voisin, puis de nouveau sa fille.

— Tu en es sûre ?

L'était-elle ? Non, pas du tout. Mais elle n'allait pas l'avouer à sa mère. Cela engendrerait des heures de conseil, alors qu'elle n'avait qu'une seule envie en cet instant : rejoindre son lit.

— Tu sais, maman, il est tard. Je vais me coucher. Encore une fois, merci pour tout ce que tu as fait. Ton aide aujourd'hui, c'était parfait.

Elle se leva et s'apprêtait à prendre son assiette quand Katheryn la coupa dans son élan.

— Je m'en charge. Vas-y. Tu as l'air vraiment fatiguée. Tu vas devoir te reposer si tu veux te débarrasser de tes cernes avant ton rendez-vous de samedi matin.

La réplique était si naturelle que sa mère n'avait pas dû se rendre compte de sa brusquerie. Plutôt que de relever, Iris opina.

— Bonne nuit, maman. À demain matin.

— Bonne nuit, ma puce. N'oublie pas d'utiliser cette crème anti-âge que je t'ai mise à la salle de bains.

Serrant les dents, elle opina et s'enferma dans sa chambre, en faisant tout son possible pour ne pas imaginer sa mère grignotée par des corbeaux.

CHAPITRE 12

Iris s'éveilla avec une sensation de malaise. Elle se redressa dans son lit et regarda autour d'elle, essayant d'en deviner la source. Le soleil excessivement lumineux ce matin-là inondait la chambre. Elle gémit. Vu la luminosité, elle avait dormi tard. C'était peut-être la raison de son inconfort. En temps normal, elle était plus matinale. Cependant, après la conversation avec sa mère la veille, elle avait eu des difficultés à s'endormir. Elle n'arrêtait pas de penser aux excuses de Katheryn.

Pour être honnête, elle n'aurait jamais cru que cette dernière évoquerait le passé un jour, et encore moins qu'elle reconnaîtrait sa part de responsabilité dans leur relation tendue. Bien qu'Iris ait envie de croire qu'il s'agissait du point de départ pour une meilleure entente, elle craignait que ça se retourne contre elle d'ici quelques jours.

Ce ne serait pas la première fois qu'elle serait honnête avec sa mère quant à ses sentiments, et que cette dernière lui renvoie ses paroles quelques semaines plus tard pour des raisons qui lui étaient inconnues.

Peut-être que cette fois-ci serait différente. Il ne lui restait plus qu'à attendre et espérer que tout se passe au mieux.

Après sa douche, elle enfila un jean, un tee-shirt et des baskets. Ses seuls projets pour le reste de la matinée étaient de boire un café et marcher sur la plage pour s'éclaircir les idées.

Quand elle pénétra dans la cuisine, sa mère n'était nulle part en vue. Elle n'avait pas laissé de message non plus, ce qui n'avait rien d'inhabituel. Communiquer n'était pas son fort. Elle n'avait sans doute même pas dû envisager qu'Iris puisse se demander où elle se trouvait. Iris étant coutumière du fait, elle fit sa vie.

Une fois son café versé dans un mug de voyage, elle prit une veste et se rendit dans l'entrée. Un coup sur la porte alors qu'elle s'apprêtait à l'ouvrir la fit sursauter. Elle fit un bond en arrière et faillit en lâcher son mug. Quelques gouttes s'échappèrent de la petite ouverture et atterrirent sur le carrelage. Elle fit la moue et enjamba la tache pour aller ouvrir.

Une femme de petite taille vêtue d'un uniforme parfaitement repassé se tenait sur son porche, un porte-bloc à la main.

— Iris Martin ?

La gorgée de café présente dans son ventre lui donna des aigreurs d'estomac. L'uniforme noir avec l'étoile argentée sur le col était celui de la Brigade d'Interventions Magiques. Mince. Tant pis pour la balade.

— Oui, c'est bien moi. Et vous êtes ?

— Ginny Stevens, répondit l'agent en lui tendant la main. J'ai beaucoup entendu parler de vous ces dernières années. J'aurais aimé vous rencontrer dans de meilleures circonstances.

Iris lui serra la main et lui répondit la même chose.

— J'imagine que vous êtes là à cause des accusations portées contre moi.

L'autre femme opina.

— Et aussi parce que j'aimerais jeter un œil à l'endroit d'où le sort a été lancé.

— Bien, accepta Iris, soulagée que quelqu'un de la BIM étudie les preuves laissées par la malédiction chez elle.

Ce serait une étape de plus pour l'innocenter. Puisqu'elle n'avait rien à voir avec ce sort, sa signature magique n'y serait pas reliée, et noter ça dans son dossier devrait permettre de blanchir son nom. Elle écarta la porte et invita l'agent à entrer.

— Vous voulez du café ? Je peux vous en préparer un.

— Non, c'est bon, répondit Ginny.

Elle observait la maison d'un regard affûté. Iris était contente qu'elle soit aussi concentrée. Elle comprit très vite que Ginny était une professionnelle. Elle allait dans le vif du sujet sans perdre un instant.

— Pouvons-nous discuter quelques minutes ? lui demanda la jeune femme. J'aimerais vous poser quelques questions.

— Oui, bien sûr.

Iris la conduisit jusqu'à la cuisine et lui proposa à nouveau à boire.

— Non, merci, j'ai ce qu'il faut. C'est plus sûr.

Ginny lui adressa un léger sourire en sortant une bouteille d'eau de son sac.

Elle grimaça en comprenant que Ginny le faisait juste au cas où elle tomberait sur quelqu'un cherchant à lui lancer un sort. Elle alla s'asseoir en face de l'autre femme.

— D'accord, si vous changez d'avis, n'hésitez pas.

— Merci, c'est gentil.

Ginny fouilla dans sa sacoche et en sortit un bloc-notes

officiel, puis posa son portable sur la table et laissa son doigt près de l'écran.

— Notre conversation sera enregistrée. Je dois vous en informer, bien que votre accord ne soit pas nécessaire.

— Compris.

Iris connaissait la procédure. Ce n'était pas la première fois qu'elle côtoyait la Brigade d'Interventions Magiques, même si c'était la première fois qu'elle le faisait en tant que suspecte. Se voir rappeler que quelqu'un avait essayé de lui mettre ce crime sur le dos raviva sa colère.

Ginny lui demanda son nom, son adresse, ainsi que plusieurs autres informations personnelles avant de l'interroger sur Tom.

— Vous êtes divorcés ?

Elle opina.

— Il était mêlé à un trafic de drogue dont j'ignorais tout. Quand je l'ai découvert, je lui ai dit que c'était fini et il a déménagé. Je ne dirais pas que ce fut un divorce amical, mais nous avons réussi à rester civilisés. Ou du moins, je le pensais avant qu'il ne se pointe devant ma cellule pour essayer de me faire avouer un crime que je n'ai pas commis.

L'agent haussa les sourcils, intriguée.

— Il voulait que vous confessiez… quoi, exactement ?

— La malédiction lancée sur la ville, répliqua Iris en agitant la main.

La réponse n'était-elle pas évidente ? Elle pensait que si, mais l'agent devait vouloir l'enregistrer.

— Il m'a dit que le procureur était prêt à me faire une offre si j'avouais mon crime. Puis il a laissé entendre que ma vie serait pire si je ne le faisais pas.

— Je présume que vous ne comptez pas avouer ?

— Bien sûr que non, rétorqua-t-elle vivement en se

penchant un peu pour saisir le regard de Ginny. Je n'ai pas assez de talent pour lancer un tel sort. Et même si je l'avais, je serais la dernière personne au monde à vouloir maudire Prémonition. J'ai fait tout mon possible pour faire prospérer la ville pendant mon mandat de maire. Pourquoi réduire mes efforts à néant ?

— Parce qu'ils vous ont virée ? suggéra Ginny.

Iris savait qu'elle ne faisait que son travail, mais cela l'énerva quand même. Elle s'adossa à sa chaise et croisa les bras.

— Je vais être très claire avec vous. Je n'ai jamais lancé et je ne lancerai jamais le moindre sort portant préjudice à Prémonition ou ses habitants. En outre, je n'ai jamais été douée en magie. Il m'aurait été impossible de parvenir à réaliser ça. Et je n'étais même pas présente quand c'est arrivé. Demandez à Kade, mon voisin. Nous étions au café quand ça s'est produit.

— Je le ferai, confirma Ginny en opinant et prenant quelques notes, puis elle releva la tête. Il paraît que votre mère est une sorcière d'eau puissante.

— C'est vrai. Elle semble s'épanouir grâce à la mer. Mais ça n'a rien d'inhabituel. N'est-ce pas pour ça que la côte attire autant de sorcières ?

— Je n'ai pas dit que c'était inhabituel, répliqua l'autre femme sur un ton égal. Je mettais juste mes notes en ordre. Se sert-elle souvent de son pouvoir ?

— Oui, elle possède une entreprise de spas à visée thérapeutique. Les traitements seraient loin d'être aussi efficaces sans sa magie.

Iris baissa les bras et fit rouler ses épaules pour se détendre. Quel dommage qu'elle n'ait pas réussi à faire la balade qu'elle espérait ! Elle aurait sans doute été moins fébrile si elle avait pu marcher. Elle changea légèrement de position pour éviter que ses fesses ne s'engourdissent.

Ginny posa son stylo quelques instants, le temps de boire une longue gorgée d'eau. Et alors, sa peau se mit à scintiller légèrement. Iris s'intéressa à la bouteille. Ginny venait forcément d'avaler de la potion et non de l'eau pure. Elle s'apprêtait à lui poser la question quand l'agent reprit.

— Est-ce que votre mère utilise régulièrement sa magie en dehors du travail ?

Cette question prit Iris au dépourvu, même si elle n'aurait pas dû. Elle marqua un temps d'arrêt, repensa à son enfance et fit la grimace.

— Oui. Enfin, elle le faisait avant, en tout cas. Elle donnait des potions de souvenir aux gens quand elle n'arrivait pas à ses fins. Pas pour effacer leur mémoire, plutôt des potions avec fort pouvoir de suggestion. Elle s'est aussi essayée aux potions d'amour à une époque, mais elles n'étaient pas très efficaces.

Elle s'en voulait de révéler les secrets de sa mère, mais si l'agent de la BIM se rendait compte qu'elle mentait, cela aggraverait son propre cas.

— Les sorcières d'eau n'ont jamais été très douées pour les potions d'amour, fit remarquer Giny en prenant des notes. Les herbes sont plus efficaces pour ça.

Iris opina.

— Autre chose ?

— Pas que je me souvienne.

Elle savait que sa mère tentait toujours des potions, mais elle n'avait pas de souvenir spécifique. Rien de bien méchant en tout cas.

— D'accord. Il me faudrait la liste des personnes que vous avez côtoyées ces dernières semaines.

— Pourquoi ?

Elle fronça les sourcils.

— Allez-vous les interroger aussi ?

Son cœur se serra à l'idée que la BIM pose des questions à Kade. Ils n'avaient même pas encore eu leur premier rendez-vous qu'il allait déjà se faire interroger pour s'être montré amical. L'espoir d'une possible relation qu'elle nourrissait s'évapora. Pourquoi voudrait-on sortir avec elle ? Sa vie était un vrai chantier à l'heure actuelle. Ce n'était pas le meilleur moyen de démarrer quelque chose.

— Je dois corroborer ce que vous venez de me dire, c'est tout.

Ginny attendit patiemment. Iris soupira et débita la liste de ses amis et de toutes les personnes croisées depuis qu'elle s'était fait arrêter. Lorsqu'elle indiqua avoir parlé quelquefois avec Julie, Ginny cessa d'écrire et la fixa.

— Julie Lairds ? L'assistante du maire ? s'étonna-t-elle.

— Oui, Julie était mon assistante avant mon renvoi. Nous nous entendons bien, affirma Iris, comme si Julie et elle étaient du genre à manger ensemble de temps à autre.

Ce n'était jamais arrivé, mais elle n'aurait rien contre ; elle appréciait son ancienne collaboratrice.

— Saviez-vous que le maire Howell l'a renvoyée hier ?

Elle poussa un cri de surprise.

— Quoi ? Pourquoi ?

— Il craignait des fuites à l'intérieur de son service.

L'agent adressa un regard entendu à Iris.

— Vous n'êtes au courant de rien, si ?

Déglutissant, elle secoua la tête. Son appel concernant les demandes de cotisation était-il à l'origine de la perte d'emploi de Julie ?

— Qu'est-ce que vous me cachez ? demanda Ginny.

Devait-elle lui parler de la facture que Skyler avait reçue ?

Elle pourrait, mais elle ne voulait pas que Tad découvre qu'elle furetait, tant qu'elle n'aurait pas la preuve qu'il s'agissait d'un acte frauduleux. C'était sa seule chance de montrer à la ville que Tad était un très mauvais choix en tant que maire. Même si elle-même ne devait plus jamais servir à ce poste, elle souhaitait y voir quelqu'un sincèrement inquiet du sort des habitants de Prémonition.

— Rien, je suis surprise, c'est tout. Julie est une assistante géniale. Je me sens mal pour elle.

— Parfois, les dirigeants doivent prendre des décisions compliquées, commenta Ginny en rebouchant son stylo avant de le remettre dans son sac. Je suis sûre que vous avez dû en prendre pas mal quand vous étiez maire.

— Bien sûr que oui.

Iris se leva, désireuse que l'agent s'en aille. Elle voulait bien se montrer coopérative, mais elle supportait mal la condescendance.

— Avez-vous tout ce qu'il vous faut ?

Ginny la dévisagea un long moment, puis esquissa un petit sourire d'autosatisfaction.

Pour quelle raison ?

Le sourire disparut, Ginny redevint professionnelle en annonçant qu'elle allait fouiller la maison à l'intérieur et à l'extérieur pour y chercher des traces de magie, avant de repartir.

— Bien.

Iris se rassit et regarda l'agent sortir pour scanner le jardin avec son détecteur de magie. Elle mourait d'envie d'appeler Julie pour découvrir ce qu'il se passait, mais elle se retint. Elle ne voulait pas donner à Ginny plus de munitions contre elle, même si cela ne devrait être ni un problème ni une surprise qu'elle se montre amicale avec une jeune femme avec laquelle

elle avait travaillé pendant des années. Il était vrai qu'elle avait soutiré des informations à Julie, mais celles-ci n'avaient rien à voir avec la malédiction. Elle était persuadée que si son ancienne assistante avait le moindre indice concernant le responsable, elle l'aurait déjà dit à quelqu'un. Elle était bien trop intègre pour ne pas le faire. C'était pour la facture qu'Iris soupçonnait d'être de l'extorsion pure qu'elle avait eu besoin de l'aide de Julie.

Son portable vibra, détournant son attention de l'agent qui parcourait lentement le jardin. Elle jeta un coup d'œil à l'écran et découvrit un message de Sebastian.

« *J'ai de bonnes nouvelles. Je viens vous voir.* »

Iris répondit immédiatement.

« *Ils ont découvert qui a fait ça à Prémonition ?* »

« *Non. Je serai là dans cinq minutes. Je vous expliquerai.* »

Elle se leva et alla s'asseoir sous son porche, la jambe agitée de tremblements impatients. La porte de Kade s'ouvrit brusquement, la faisant sursauter, et un petit chien duveteux bondit en vitesse, droit vers elle. Bibi aboya une seule fois avant de se jeter sur ses genoux et de lui lécher tout le visage.

CHAPITRE 13

— SALUT, HOUDINI, LA SALUA IRIS EN RIANT, QUAND ELLE SE rendit compte que Kade n'avait pas suivi sa chienne. Comment as-tu réussi à ouvrir cette porte toute seule ?

Bibi agita la queue avec frénésie tout en posant ses pattes sur les épaules d'Iris pour la lécher avec encore plus d'intensité.

Iris explosa de rire, soulagée de cette distraction lui permettant d'oublier l'agent de la BIM collectant des preuves sur sa propriété.

— Tu attendais juste la première occasion pour sortir ?

Elle jeta un coup d'œil dans l'allée de Kade et la découvrit vide. Son voisin n'était même pas chez lui. Elle attrapa son portable et tapa tant bien que mal, gênée par l'affection de Bibi, un message à Kade pour lui dire que sa chienne s'était évadée et qu'elle s'occupait d'elle.

Sa réponse fut presque immédiate.

Kade : « *Bibi est sortie de la maison ? Comment ?* »

Iris : « *Elle a défoncé la porte, on dirait. Je ne sais pas trop. Ne t'en fais pas, je vais refermer et la garder avec moi jusqu'à ton retour.* »

Kade : « *Merci. Je serai là d'ici deux ou trois heures. Je finis un meuble pour Lucas. Je pourrais prendre à manger en rentrant, pour te remercier pour le dog-sitting.* »

Iris sourit, déjà impatiente de passer du temps avec lui.

Iris : « *Ce n'est pas la peine, tu sais ?* »

Kade : « *Peut-être que non pourtant je vais quand même le faire. Des envies particulières ?* »

Iris : « *Non. Surprends-moi. Je ne fais pas d'allergie, donc sois inventif.* »

Elle ajouta un émoji faisant un clin d'œil et sourit en envoyant son message.

Kade : « *Oh, un défi. Je le relève. Et encore merci de t'occuper de Bibi.* »

Iris : « *Pas la peine de me remercier.* »

Elle remit son portable dans sa poche et se leva.

— Viens, Bibi. Allons remettre de l'ordre dans ta maison.

Elle descendit de son porche, puis se tourna vers la chienne, qui n'avait pas bougé.

— Qu'y a-t-il, ma belle ? Tu as trop la flemme de refaire le chemin dans l'autre sens ?

Le chien plein de poil quitta la position assise pour s'allonger sur le ventre, les pattes étendues et la tête posée sur le porche.

— J'imagine que ça répond à ma question, conclut Iris en riant. Très bien. Ne bouge pas d'ici. Je vais m'occuper de la maison de ton papa.

Constatant que la chienne ne remuait pas un muscle, Iris se rendit chez son voisin, jetant un coup d'œil à la maison d'une propreté immaculée. Comment faisait-il avec un chien ? Elle s'apprêtait à refermer la porte quand elle aperçut les gamelles dans l'entrée. L'une était remplie d'eau et l'autre de nourriture. C'est vrai. Bibi pourrait avoir besoin de ça. Elle attrapa les deux, de même que la laisse accrochée près de la porte, puis referma la maison et revint vers la chienne toujours vautrée sur son porche.

— Eh bien, on dirait que ton envie de rester là était très sérieuse, commenta Iris en plaçant les gamelles non loin de Bibi.

Celle-ci leva la tête juste le temps de la regarder faire, puis la reposa et se mit sur le dos, lui exposant son ventre.

Riant, Iris s'accroupit pour la caresser.

Entendant une voiture s'approcher, elle leva la tête et vit Sebastian garer son SUV derrière une berline noire. Il lui adressa un grand sourire et lui fit un signe de main tout en s'approchant d'elle. Il jeta un coup d'œil à la chienne.

— Salut, ma belle. Qu'est-ce que tu fais là ?

— Elle a décrété qu'elle en avait assez de rester seule chez elle, alors elle a pris la fuite. Elle me tient compagnie quelques heures.

Elle indiqua les chaises derrière elle.

— Voulez-vous vous asseoir ?

— Bien sûr. Vous vous joignez à moi ? demanda-t-il, amusé.

— Dans une minute.

Elle continua à caresser le ventre de Bibi jusqu'à ce que celle-ci tourne la tête pour lui lécher le bras.

— Ahhh, merci, ma puce. Ça aussi, cela me fait plaisir.

Elle tapota la tête de la chienne, puis revint s'asseoir et se concentra sur son avocat.

— D'accord, crachez le morceau. Qu'avez-vous à me dire ?

Il sourit encore.

— Après avoir exposé les faits concernant votre affaire au procureur et suggéré que certaines circonstances pourraient nécessiter une enquête des affaires internes, il a accepté d'abandonner les poursuites.

— Quoi ? Vous êtes sérieux ? s'écria-t-elle.

— Très. Vous êtes hors de cause.

— Pas si vite, intervint Ginny qui contournait la maison.

Elle monta les marches du porche, les lèvres pincées, puis se concentra sur Iris.

— J'ai découvert certaines choses troublantes qui pourraient vous valoir de nouveaux ennuis avec la justice.

Sebastian se leva vivement, se plaçant devant Iris, comme pour la protéger tandis qu'il répondait à Ginny.

— Je suis désolé, nous n'avons pas été présentés. Qui êtes-vous ?

— Ginny Stevens. Je suis une agent de la Brigade d'Interventions Magiques. Et vous êtes ?

Il croisa les bras et carra les épaules.

— Sebastian Knight, l'avocat d'Iris.

— Bien, acquiesça-t-elle. Ça vous dit d'en discuter à l'intérieur ?

Iris serra les dents. Elle aurait préféré que l'agent balance ses découvertes tout de suite.

Sebastian la regarda.

— Est-ce que ça vous va ?

— J'imagine, soupira-t-elle. Mieux vaut savoir que rester dans l'ignorance, non ?

Sans attendre de réponse, elle se leva, saisit les gamelles de Bibi et siffla cette dernière. La chienne la suivit, et lorsqu'elle alla s'asseoir à table, Bibi s'installa à ses pieds. Iris lui tapota la tête.

— Gentille fille, ma Bibi.

Sebastian entra aussi, précédé de Ginny, mais choisit de rester debout, même si cette dernière s'assit en face d'Iris. Elle jeta un coup d'œil à l'avocat.

— Vous ne comptez pas vous asseoir ?

Il s'appuya contre le dossier d'une autre chaise et secoua la tête.

— Je préfère rester ici.

Ginny poussa un soupir, rare manifestation d'une attitude autre que son froid professionnalisme.

— Je ne suis pas son ennemie.

— Peut-être que non, mais il semblerait que vous soyez la personne s'apprêtant à empêcher toutes les charges d'être abandonnées contre ma cliente, répliqua Sebastian avec un regard perçant. Ce qui signifie que vous n'êtes pas une amie non plus.

— Sebastian, intervint Iris, soudain lasse. Elle ne fait que son travail.

Elle lui adressa un petit sourire.

— Je vous remercie pour votre soutien, mais nous devrions peut-être écouter ce qu'elle a à nous dire avant d'ouvrir les hostilités.

— Ouvrir les hostilités ? répéta Ginny en haussant les sourcils.

— C'est une façon de parler, répliqua Iris, qui aurait aimé avoir une nouvelle tasse de café, pour pouvoir s'occuper les mains.

— Très bien, dit Ginny, redevenant professionnelle. Je dois noter dans mon rapport certaines choses inquiétantes. Tout d'abord, votre jardin a été purifié de toute magie.

Iris se redressa, puis posa les coudes sur la table.

— Comment ça « purifié de toute magie » ?

Elle regarda Sebastian.

— Ça fait partie du service qu'a fait votre équipe ?

— Quel genre de service ? les interrogea Ginny.

Sebastian adressa à Iris un regard entendu, indiquant qu'elle ferait mieux de se taire.

Elle ressentit un malaise au creux du ventre. Oups. Venait-elle de commettre une bévue ? Vérifier que sa maison n'était pas sur écoute n'était contraire à aucune règle, si ? Elle avait le droit à la vie privée et de retirer toute caméra installée sans sa permission. Elle soupçonnait cependant Sebastian de vouloir l'empêcher d'éveiller le moindre soupçon quant à d'éventuelles activités louches dans sa maison. Elle referma les lèvres et décida de laisser son avocat gérer la suite de l'entretien.

— J'ai demandé à une entreprise de sécurité de vérifier qu'il n'y avait ni micros ni caméras dans la maison. Après le lancement de la malédiction dans le jardin, je voulais m'assurer qu'il n'y avait rien de plus, expliqua-t-il. Mais nous n'avons effectué aucune purification de magie d'aucune sorte dans le jardin. Ça ne fait même pas partie de nos compétences.

— Mais ça fait partie des siennes, rétorqua Ginny en montrant Iris de la tête.

— Non, pas du tout, répliqua-t-elle machinalement.

— Iris, laissez-moi m'en occuper, je vous prie, lui demanda Sebastian avec un nouveau regard affligé.

— Désolée.

Elle récupéra Bibi à ses pieds, la posant sur ses genoux. Elle avait besoin de se concentrer sur autre chose pour ne pas devenir folle. La chienne s'installa sans se faire prier et se laissa aller aux caresses d'Iris.

— Comme Iris vous l'a indiqué, sa magie est loin d'être assez puissante pour purifier un site ayant été la source d'une malédiction, insista Sebastian. Pour tout vous dire, ce n'est qu'après la malédiction, quand elle a sollicité l'aide du coven de la ville, qu'elle a réalisé qu'elle avait quelques compétences en magie. S'essayer à la magie depuis deux ou trois jours vous semble-t-il suffisant pour développer des compétences aussi complexes ?

— Cela m'amène à la seconde chose que je dois noter dans mon rapport. Lorsqu'elle a été interrogée par l'inspecteur responsable de cette affaire, Iris a indiqué qu'elle n'avait ni le pouvoir ni la capacité de lancer une telle malédiction. Cependant, il est évident que sa magie est tout sauf minimale, insista Ginny. Elle irradie littéralement d'elle comme une fontaine.

Iris observa ses bras nus, comme si elle pouvait distinguer quelque chose. Elle remarqua simplement ses poils dressés, comme s'il y avait de l'électricité statique. Sachant qu'elle vivait sur la côte, cela n'avait rien d'inhabituel.

— Je ne remarque rien, déclara Sebastian.

Ginny pointa un petit scanner en forme de pistolet sur Iris et appuya sur un bouton. Une lumière rouge s'alluma et le scanner émit des sons stridents. Elle nota sur son carnet ce qu'indiquait l'écran de l'appareil, puis s'apprêtait à se tourner vers Sebastian quand elle s'interrompit dans son élan pour dévisager Iris, bouche bée.

— La vache. Je n'avais jamais vu ça avant.

Iris baissa les yeux vers elle-même et poussa un petit cri en remarquant l'aura dorée qui traçait le contour de son corps. Elle se figea, observant la magie qui irradiait d'elle.

— Qu'est-ce que c'est que ça ?

— C'est un sort de révélation, conçu pour faire remonter votre magie à la surface. Il montre le niveau de puissance, expliqua Ginny. Vous, Iris Hartsen, êtes une sorcière très puissante. J'ignore pourquoi votre avocat et vous clamez le contraire.

Elle ouvrait la bouche pour se défendre, quand Sebastian la coupa.

— Peu importe l'intensité de son pouvoir, le fait est que, jusqu'à il y a quelques jours, Iris ignorait qu'elle en possédait.

Vous pouvez vérifier les dossiers de la ville et constater qu'elle ne s'est jamais servie de magie dans le cadre de son travail. Une recherche d'antécédents vous prouvera qu'elle n'a jamais été citée pour usage illégal de la magie. Et si vous souhaitez creuser plus loin, consultez ses bulletins scolaires. Vous découvrirez qu'elle a toujours été une étudiante brillante engagée dans aucune activité extrascolaire impliquant de la magie. Il n'est pas rare que des descendants de familles magiques ne possèdent pas le même pouvoir que leurs parents ou leurs frères et sœurs.

— Donc, vous voulez me faire comprendre qu'Iris vient juste de découvrir son pouvoir, commenta Ginny en hochant la tête. Ça arrive parfois. Surtout aux femmes en début de ménopause. Les changements hormonaux peuvent déverrouiller la magie.

— C'est vrai ?

Ses mains se mirent à trembler. Elle savait qu'elle n'était pas responsable de la malédiction ni de ce qui s'était passé dans son jardin. Mais si l'agent le notait dans son rapport, impossible de savoir ce que le procureur ou Tad feraient de cette information.

— Oh que oui ! On voit ça tout le temps. Dès que la moustache commence à pousser, faites gaffe. La magie est aussi forte que les bouffées de chaleur.

Ginny s'éventa comme si elle en subissait une à l'instant même, alors qu'Iris était certaine que l'autre femme serait incapable d'en reconnaître une si elle en avait.

— S'éventer avec la main est inefficace contre les bouffées de chaleur, marmonna-t-elle. Ça ressemble plus à des boules de feu tentant de nous brûler la peau. Il faut plutôt un vrai système de ventilation et de climatisation pour espérer y faire quelque chose.

L'agent pouffa.

— C'est ce qu'on m'a dit. Mais puisque vous semblez savoir à quoi ressemblent les bouffées de chaleur, je dirais que vous faites partie de ces sorcières veinardes qui acquièrent leur magie grâce aux changements hormonaux. Si j'étais vous, je ferais faire un check-up pour m'assurer que rien ne se détraque.

— Je n'y manquerai pas, grommela-t-elle, pas par volonté d'être impolie, mais plutôt pour laisser Sebastian se charger du reste de la conversation.

Il s'assit enfin et posa les coudes sur la table, se penchant vers Ginny.

— Le fait que quelqu'un ait purifié le jardin d'Iris et qu'elle vienne de trouver sa propre magie ne change rien : rien ne prouve que c'est elle qui l'a fait. Il est plus probable que ce soit la personne responsable de la malédiction qui, apprenant qu'il y avait une enquête en cours, l'a fait pour effacer ses traces. En outre, Iris a un solide alibi pour le moment où la malédiction a été lancée, et si vous vous entretenez avec les sorcières du coven, elles vous confirmeront, j'en suis sûr, qu'Iris commence tout juste à découvrir ses aptitudes.

— C'est peut-être vrai, monsieur Knight, mais je suis tout de même contrainte de noter mes découvertes dans mon rapport.

— Vous n'êtes cependant pas contrainte d'en tirer des conclusions.

Il se tourna vers la porte menant à l'arrière de la maison.

— N'avez-vous pas envisagé que ce soit la police de Prémonition qui a purifié la magie ici ?

— Et pour quelle raison feraient-ils ça ? répliqua Ginny, l'air sincèrement curieuse.

Sebastian secoua la tête.

— Je ne sais pas, agent Stevens. Expliquez-moi pourquoi le conseil municipal l'a mise à la porte alors qu'elle a toujours tout fait pour améliorer chaque aspect de cette ville pendant son mandat. Pourquoi ont-ils forcé son ex-mari à tenter de l'effrayer afin qu'elle passe un marché ? Mais plus important encore, s'ils disposaient de preuves concrètes contre elle, pourquoi auraient-ils abandonné les charges aujourd'hui à la minute où j'ai menacé d'impliquer les Affaires internes ?

Un petit sourire incurva les lèvres de Ginny, qui disparut tout aussi soudainement qu'il était apparu. Elle se racla la gorge.

— Je n'ai manifestement pas les réponses. Merci pour votre franchise. Je ne suis pas venue porter des jugements. Mais je voulais vous prévenir que j'étais obligée de noter tout ceci dans mon rapport.

Elle regarda ensuite Iris.

— Avez-vous une idée de qui aurait pu purifier votre jardin de sa magie ?

Iris secoua machinalement la tête, cependant, la prise de conscience la frappa comme un coup au ventre.

Une seule personne aurait pu décider de prendre ce genre de choses en main.

Sa mère. Katheryn West.

CHAPITRE 14

— Aucune de ces preuves n'est concluante, décréta Sebastian dès que l'agent de la BIM s'en alla.

— Je sais, acquiesça Iris en soulevant Bibi pour rejoindre le salon.

Elle s'assit sur un bout du canapé et ferma les yeux, la chienne blottie contre elle.

— Mais je parie que ça me donne l'air encore plus coupable.

Sebastian, qui l'avait suivie dans la pièce, se mit à faire les cent pas.

— Je pense que c'est quelqu'un de la mairie qui l'a fait.

— Pourquoi ?

Elle se frotta les tempes pour essayer de faire partir la douleur née au cours de la dernière demi-heure. Elle était passée d'un abandon des charges contre elle à ce flou étrange où rien ne l'accusait directement.

— Pensez-y. Si quelqu'un de la nouvelle équipe a lancé la malédiction, il ou elle voulait sans doute couvrir ses traces. En agissant de la sorte, il ou elle donnait l'impression que c'était *vous* qui couvriez les vôtres.

Elle ricana.

— Cela ferait de moi la criminelle la plus stupide de toute l'histoire du monde. Pourquoi jeter un sort depuis mon jardin et prendre le risque de devenir la principale suspecte ?

— Erreur de débutante ? suggéra-t-il.

— Merde. Ça marche, comme argument.

Il s'assit sur le fauteuil en face d'elle.

— Ils peuvent se servir de cet argument, mais sans preuve concrète, il ne tiendra pas. Je me sentirais mieux si on savait qui a effacé toute magie de votre jardin.

Elle déglutit. Il écarquilla les yeux.

— Vous savez qui l'a fait ?

Elle secoua lentement la tête.

— Je ne *sais pas*, mais j'ai une idée qui cela pourrait être.

— Dites-moi, je vérifierai.

Sebastian avait déjà son portable à la main, prêt à noter un nom.

— Ma mère a passé la journée d'hier à cuisiner et faire le ménage. Elle n'arrêtait pas de répéter qu'elle voulait m'aider. Et je crois qu'elle me pense responsable de la malédiction. Je ne serais donc pas surprise que la purification vienne d'elle.

— Merde ! s'exclama-t-il en se relevant pour recommencer à arpenter la pièce. S'il s'avère que c'est elle, ce sera mauvais pour vous.

— Je doute qu'elle avoue, si ça peut vous rassurer.

Iris mourait d'envie de s'allonger sur le canapé et de dormir tout l'après-midi. Comment sa vie avait-elle pu voler en éclats si vite ? Elle se sentait submergée par la situation.

— Je vais l'interroger moi-même, dit-il. Quand revient-elle ?

— Aucune idée. Katheryn va et vient quand ça lui chante.

Sebastian opina et tapa quelque chose sur son portable, avant de se tourner vers elle.

— Vous avez l'air éreintée. Je vais vous laisser vous reposer. En attendant, je vais faire tout ce qui est en mon pouvoir pour les empêcher de vous accuser à nouveau.

Elle croisa son regard.

— Ils vont le faire, d'après vous ?

— Ils vont certainement essayer, oui. Le policier responsable de l'enquête était énervé que le procureur abandonne les charges, donc mieux vous nous préparer à tout.

Elle grogna.

— Très bien. Nous allons devoir trouver qui a fait ça avant qu'ils ne montent un faux dossier contre moi.

— Iris, répliqua-t-il, avec un léger avertissement dans la voix. Soyez prudente, je vous en prie. Ne leur donnez pas plus de munitions contre vous.

— Je sais.

Elle soupira.

— Mais il faut bien que je fasse quelque chose.

— Non. Je vais engager un détective pour creuser cette histoire.

Il s'avança vers la porte tandis qu'Iris méditait ses paroles.

— Ce n'est pas classique quand on engage un avocat, n'est-ce pas ?

— Non, en effet. Mais cette affaire ne l'est pas.

— Très bien, acquiesça-t-elle. Mais je veux payer pour ça. Pas Gigi ou sa fondation, c'est compris ? Je refuse de me servir de toutes ces ressources alors que je sais que d'autres personnes en ont plus besoin que moi.

Il secoua la tête et ouvrait la bouche pour répliquer quand elle leva la main pour l'interrompre.

— Pas la peine. Ce sont mes conditions.

Il marqua une pause avant d'opiner.

— D'accord. Marché conclu.

Iris se réveilla à la sensation d'une caresse sur sa joue. C'était si agréable qu'elle se pencha vers le contact un instant, puis ouvrit vivement les yeux et sursauta à l'idée d'une présence chez elle.

— Bon sang ! Comment es-tu entré ici ? La porte était verrouillée et l'alarme enclenchée.

— Désolé ! s'excusa Kade, les deux mains en l'air. Ta mère était là. Elle m'a laissé entrer juste avant de s'en aller. Je ne voulais pas te faire peur. Tu avais un air si paisible, je voulais te laisser sortir doucement du sommeil.

Ouah. Elle était si épuisée qu'elle n'avait même pas entendu sa mère rentrer ni repartir.

— Elle a dit où elle allait ?

— Elle a dit qu'elle avait des projets pour le dîner.

Iris fronça les sourcils. Elle aurait vraiment aimé que sa mère la réveille ou reste ici, pour une fois. Elles devaient parler. Plus spécifiquement, elle devait découvrir si Katheryn avait essayé de *l'aider* en purifiant le jardin. Une soudaine inquiétude s'empara d'elle. Avec qui sa mère dînait-elle ? Iris allait-elle avoir des ennuis ou juste Katheryn ? Elle ferma fort les paupières et tenta de repousser ces pensées. S'inquiéter n'y changerait rien. Elle devrait juste discuter avec sa mère le plus tôt possible.

— Est-ce que ça va ? demanda Kade.

— Oui. Qui n'irait pas bien avec un chiot si adorable pour veiller sur elle ?

Elle jeta un coup d'œil à Bibi, allongée sur elle, puis releva les yeux vers lui, un petit sourire aux lèvres.

— Coucou, toi.

— Coucou, toi.

Le visage de Kade se départit de sa tension alors qu'il s'asseyait sur le canapé pour caresser les oreilles de la chienne.

Bibi était vautrée sur Iris, profondément endormie. Elle s'était sentie si bien avec la chienne qu'elle réfléchissait déjà à une manière de le convaincre de la lui laisser plus souvent.

— Je crois que nous allons nous partager la garde de Bibi, le taquina-t-elle. Ça fait des années que je n'avais pas aussi bien dormi.

— Je suis un peu jaloux, je l'admets, répliqua Kade en repoussant une des mèches d'Iris de son visage. Bibi ne me câline jamais comme ça.

Elle pouffa tout bas.

— Moi qui te croyais jaloux parce qu'elle *me* câlinait ainsi.

Les yeux de Kade pétillèrent.

— Dis donc, Iris, je pourrais croire que tu flirtes avec moi.

— Ah oui ?

Elle essaya de se redresser, mais Bibi étira ses pattes en guise de protestation, la faisant rire.

— Tu flirtais, clairement. Et tu n'as pas tort, je suis jaloux de vous deux. Pendant que je travaillais, ma fille préférée était occupée à voler le cœur de ma jolie voisine avant que j'aie pu entrer dans la compétition.

Iris pouffa, incapable de cacher le grand sourire qui étira ses lèvres. De très stressante, sa journée en était maintenant venue à *ça*. Mais de quoi s'agissait-il ? Du flirt taquin ? Le début d'une relation dépassant l'amitié ? Ou bien s'aventuraient-ils plutôt en territoire plus éphémère, comme un coup d'un soir ? Les deux premières options lui convenaient bien. Le coup d'un soir, en revanche... Elle n'était pas sûre d'être de ce bois-là. Elle n'avait jamais eu d'aventures d'un jour ou d'amis avec bénéfices. Elle avait toujours préféré les relations, mais regardez où cela l'avait menée. Elle devrait peut-être essayer quelque chose de différent. Se laisser aller. S'amuser, pour une fois, avant que quelqu'un trouve le moyen de l'envoyer en prison.

— Pourquoi est-ce que tu me regardes comme ça ? demanda Kade d'une voix un peu rauque.

— Tu sais très bien pourquoi.

Aguicheuse, elle lui caressa doucement la lèvre.

Il inspira vivement, attirant l'attention de Bibi, qui releva la tête et les observa tour à tour, l'air dégoûtée.

— Arrête de me juger, Bibi. On n'a rien fait, dit-il à sa chienne.

— Pas encore, tout du moins.

Iris lui adressa un petit sourire qu'elle espérait sexy tout en passant la main sur son avant-bras musclé. La vache, il était beau. Elle avait toujours eu un faible pour les hommes ayant gagné leurs muscles par le travail acharné et non en salle de sport.

— Bibi, descends, ordonna-t-il à la chienne sans la quitter *elle* du regard.

Bibi ouvrit grand la gueule et bâilla bruyamment, faisant rire Iris.

— Je ne crois pas qu'elle ait l'intention de bouger, commenta-t-elle, amusée que la chienne ait ignoré son maître.

Elle ne pouvait pas le lui reprocher, cela dit, vu comme leur sieste avait été agréable.

— Elle va pourtant le faire, affirma-t-il sur un ton ferme, comme s'il réfléchissait à la façon d'obliger son chien à se détacher elle-même d'Iris.

— Elle m'aime déjà trop pour ça.

Il pouffa.

— Je comprends pourquoi, je dois dire.

Il se leva pour attraper dans sa poche une friandise pour chien qui ressemblait, visuellement et par l'odeur, beaucoup à du bacon. Il se dirigea vers l'autre bout du salon et dit :

— Viens, Bibi, c'est l'heure de la gourmandise.

La chienne duveteuse bondit immédiatement au sol et courut rejoindre son maître. Elle s'assit patiemment à ses pieds et l'observa, des cœurs dans les yeux. Iris comprenait ce qu'elle ressentait. Elle avait éprouvé la même chose lorsque Kade l'avait réveillée de cette tendre caresse. Sa peau la picota rien que d'y penser.

— Et voilà, ma belle, dit-il à sa chienne.

Tandis qu'elle mâchouillait joyeusement sa gourmandise au bacon, il retourna vers Iris et lui tendit la main.

Elle s'en saisit et, l'instant d'après, Kade la prenait dans ses bras pour l'embrasser à perdre haleine.

CHAPITRE 15

KADE RESSERRA SON ÉTREINTE AUTOUR D'ELLE JUSQU'À CE qu'elle se retrouve plaquée à son corps élancé. Tout le sien s'éveilla comme si des feux d'artifice avaient été allumés en elle. Elle pencha la tête, approfondissant le baiser, et en fut récompensée par un grognement bas de Kade.

— Iris, souffla-t-il, une main fourrée dans ses cheveux tandis qu'il traçait de ses lèvres un chemin de baisers sur son cou qui la fit frissonner. Je te désire depuis la première fois que je t'ai vue.

Ses mots l'ébranlèrent, accélérèrent la course de son cœur. Depuis quand ne l'avait-on pas désirée ainsi, son ex y compris ?

Des années.

Elle répondit d'une caresse sur sa nuque et en penchant davantage la tête afin de lui donner un meilleur accès à son cou.

Les douces lèvres de Kade explorèrent chaque centimètre de peau exposé, et elle crut qu'elle allait fondre sur place. Elle posa les mains sur les hanches de Kade et, sans y réfléchir consciemment, les glissa sous le tee-shirt, impatiente de sentir la peau douce et les muscles fermes.

Bon sang qu'elle le désirait, elle aussi. Plus que quiconque depuis très longtemps. Cependant, bien que son corps hurle son besoin de poursuivre dans la chambre, son esprit regimbait. Elle ne connaissait Kade que depuis deux jours. Et même si elle les appréciait son chien et lui, le fait était qu'elle le connaissait à peine. Elle ne devrait donc pas être prête à lui arracher ses vêtements pour coucher avec lui, n'est-ce pas ?

Toutefois, lorsqu'il passa ses doigts sous son haut à elle et effleura ses côtes, elle eut plus que jamais envie de se retrouver nue en présence de cet homme gentil et sexy.

À presque cinquante ans, elle n'avait jamais couché avec un homme sans sortir quelque temps avec lui. Mais était-ce important alors que Kade lui donnait l'impression d'être la femme la plus désirable qu'il ait eue entre ses mains ?

Son désir pour lui ne faisait aucun doute. Pourquoi alors se refuser le plaisir qu'il lui promettait en silence ?

— Iris ? murmura-t-il contre sa peau.

— Oui ? pantela-t-elle.

— Tu es sûre de vouloir faire ça ?

— Oui, accepta-t-elle sans hésiter.

Grognant, il l'entraîna en reculant vers la chambre. Elle lui retira son tee-shirt et faillit tomber à la renverse en voyant son torse ciselé.

Amusé, Kade prit son visage entre ses paumes et attira à nouveau ses lèvres contre les siennes pour un baiser passionné. Elle ne savait même pas comment ils avaient rejoint la chambre ni comment il l'avait plaquée contre le mur tant elle avait l'esprit embrouillé. Elle n'arrivait à se concentrer que sur les mains de Kade la dépouillant de ses vêtements et la caressant avec révérence.

— Tu es magnifique, Iris, souffla-t-il en lui pinçant un téton entre le pouce et l'index.

Le plaisir ressenti irradia jusqu'au cœur de sa féminité, la faisant gémir. Un besoin dévorant obscurcissait son esprit. Après le divorce, elle avait passé bien trop de temps devant son miroir à noter tous ses défauts. Ses seins légèrement tombants, les vergetures sur ses hanches, les quelques taches de vieillesse apparues un jour sur ses jambes.

Cela n'avait plus d'importance à présent. L'homme qui prenait ses fesses à pleines mains pour l'attirer contre lui la faisait se sentir plus sexy que jamais.

Elle s'empara de ses lèvres, puis le fit pivoter et reculer vers le lit. Et lorsqu'elle s'allongea avec lui en elle, son monde se réduisit à Kade et au plaisir qu'il lui donnait.

TOUT, cette nuit-là, fut torride, désordonné et parfait. Iris était totalement rassasiée et satisfaite quand Kade s'allongea finalement contre elle et qu'elle sombra dans un sommeil sans rêves.

— Bonjour.

La voix rocailleuse de Kade lui picota la peau, ravivant les souvenirs de la nuit.

Elle se tourna et posa la tête sur son torse, tandis qu'il la tenait contre lui d'un bras et glissait ses doigts dans ses cheveux.

— Bonjour, répéta-t-elle en l'embrassant sur la poitrine.

Ils ne dirent rien pendant quelques minutes, dans un silence confortable. Elle avait beau aimer les matins, il lui fallait un peu de temps pour émerger.

Une plainte attira son attention. Elle jeta un coup d'œil sur le côté du lit et repéra Bibi, qui bondissait et donnait des coups de patte sur le côté du lit. Iris pouffa et ramassa la petite bête pour la prendre avec eux.

— Quelqu'un se sent délaissé.

— Quelqu'un s'immisce dans mon tête-à-tête avec une femme sexy, répliqua Kade en caressant la tête de la chienne.

— Ohhh, laisse-la tranquille, elle a dormi par terre toute la nuit.

Iris se rallongea et secoua la tête, amusée, quand Bibi s'installa entre eux.

— Tu vois ? Ce chien est un envahisseur. Et tu te trompes, elle n'a pas dormi par terre. Quand je me suis levé dans la nuit, je l'ai ramenée et elle a dormi contre mes pieds presque toute la nuit. Elle s'est juste levée pour boire de l'eau.

— Elle a dormi sur mon lit ? s'étonna Iris.

Elle ne s'en était même pas rendu compte. Comment était-ce possible ? En règle générale, le moindre bruit la réveillait. Cela dit, elle était physiquement éreintée quand elle avait sombré.

— C'est un problème ? demanda-t-il, soudain inquiet en tendant la main vers sa chienne. Comme tu dormais avec elle sur le canapé hier, j'ai pensé que ça ne te dérangerait pas.

Elle le coupa dans son élan avant qu'il ne fasse descendre Bibi.

— Bien sûr que c'est bon. C'est moi qui viens de la coucher là.

Elle lui adressa un faible sourire.

— J'étais juste étonnée de ne vous avoir pas sentis vous lever l'un et l'autre. J'ai dû dormir comme un loir.

— Tu écrasais, oui.

D'un geste délicat, il écarta une mèche de son visage, et il lui adressa un tendre regard qui la fit fondre. Bon sang. Elle allait tomber amoureuse de cet homme alors qu'elle ne savait pratiquement rien de lui à part son nom, son adresse et son lieu de travail. Et le fait qu'il aimait le bon café et les chiens. Deux points très importants pour elle.

— Kade ?

— Oui ?

— Je ne sais pas grand-chose de toi. Tu crois qu'on ne devrait pas apprendre à se connaître un peu mieux ?

Il pouffa.

— Je croyais qu'on le faisait déjà ? Je ne sais pas si tu as remarqué, mais je crois qu'on a appris pas mal de choses l'un sur l'autre la nuit dernière. Par exemple, je sais les sons que tu émets quand tu es excitée et que ta respiration se coupe quand je fais ça.

Il déplaça sa main sur le sein d'Iris et lui pinça doucement le téton.

Évidemment, son souffle se coupa alors qu'elle attendait son prochain geste. Avec un petit sourire suffisant, il se laissa retomber sur le dos et passa sa main magique dans ses propres cheveux.

— Allumeur, râla-t-elle.

— Peut-être, mais hors de question de faire ça avec mon chien qui me casse mon coup, répliqua-t-il en jetant un regard entendu à l'animal, toujours entre eux.

— Tu crois qu'elle serait scandalisée ? demanda Iris, amusée.

— Sans doute.

Il observa Iris, les yeux plissés.

— Je la soupçonne de mal interpréter ce qu'on fera et de croire que je t'attaque.

Iris explosa de rire.

— Tu crois ?

Il opina.

— Un jour, je chahutais avec une amie dans le salon, et dès que j'ai commencé à la chatouiller, elle a poussé un petit cri. Tu sais ce qu'*elle* a fait ? demanda-t-il en indiquant Bibi.

— Elle t'a attaqué, parce que les chatouilles sont la pire chose au monde ?

— Elle m'a niaqué.

Il secoua la tête.

— Elle n'a pas mordu, mais elle m'a fait comprendre de quel côté elle était.

— Ohhh, ma Bibi, tu es un bon chien, la félicita Iris en la caressant avec tendresse.

Kade la fixa, faussement mécontent.

— Tu te ligues avec ma chienne contre moi ?

— Oui.

Elle lui fit un clin d'œil et ne put s'empêcher de demander :

— Cette amie que tu chatouillais… vous êtes sortis ensemble ?

Il secoua la tête.

— Non, c'était vraiment juste une amie. Une très bonne, cela dit. Elle s'est installée dans l'est avec sa copine à l'automne.

— Je suis désolée, dit-elle, songeant combien ce devait être dur d'être séparé ainsi d'une bonne amie.

— Désolée qu'elle n'ait pas voulu sortir avec moi ? Je suis d'accord, c'était tragique. Si seulement elle m'avait choisi moi au lieu de cette top-modèle internationale qui la fait voyager dans le monde entier au gré de ses shootings. Avec moi, elle aurait pu se balader avec Bibi et boire un café de temps en temps.

Bien qu'il se soit exprimé sur un ton taquin, elle

soupçonnait qu'il ne lui disait pas tout. Il ne paraissait pas du genre à être attiré par un style de vie glamour.

Ils se ressemblaient, de ce côté-là. Tout ce qu'elle voulait dans la vie, c'était habiter dans une petite ville de bord de mer pittoresque, où tous les habitants se connaissaient et s'entraidaient. C'était ce qu'elle avait trouvé à Prémonition. Ce dont elle avait eu tant besoin... cette communauté et, oui, un cercle d'amies comme les femmes du coven. Et peut-être aussi sortir avec un homme sexy qui l'adorait et possédait un adorable chien.

Bibi s'était décalée, s'installant sur Iris pour lui donner sans honte son ventre à caresser.

— Tu l'aimais vraiment, n'est-ce pas ?

— Qui ? Melissa ? Oh, non, pas comme ça.

Il se tourna sur le côté et posa sa tête sur sa main.

— On était juste amis, sincèrement. Mais je suis un jour sorti avec une fille que j'aurais pu épouser, quand elle m'a quitté pour un homme possédant un jet privé et trois maisons. Le pire dans tout ça, c'est que je pense qu'elle m'aimait. Elle aimait juste davantage son argent à lui.

— Ouille. Sérieux ?

Il haussa les épaules.

— C'est comme ça.

— Je suis désolée. C'est horrible.

Il lui adressa un sourire forcé.

— Pas autant que ton mari travaillant pour un cartel de drogue et brisant ta carrière.

Elle grimaça.

— Tu as entendu parler de ça, alors ?

— Lucas m'en a parlé.

Elle se cacha les yeux avec son avant-bras.

— Oui, il s'est retrouvé impliqué dans un trafic de drogues, pour des raisons que je n'ai toujours pas saisies.

Elle retira son bras et regarda Kade.

— À cause de son aventure, j'imagine. Il couchait avec la femme qui gérait le trafic, et elle l'a entraîné là-dedans. Malgré tout, notre vie était bien. Du moins, je le croyais. Mais il a tout gâché. Pas juste notre mariage, mais aussi la carrière dans laquelle je m'étais tant investie.

— C'est un connard qui ne t'a jamais mérité.

La férocité de son ton la fit sourire.

— Merci. Je suis d'accord. Comme ta copine qui t'a quitté pour Monsieur Plein aux as.

Ils rirent tous les deux, puis Bibi gémit pour indiquer son besoin de sortir, et ils se levèrent. Kade enfila ses habits tandis qu'elle mettait une simple robe de chambre.

— Fais sortir Bibi pendant que je prépare le café et le petit déjeuner.

— Tu veux qu'on reste ? demanda-t-il. Si tu préfères retrouver ta tranquillité, nous pouvons rentrer chez nous.

Elle le dévisagea, inquiète. Avait-il fait cette suggestion parce qu'il désirait s'en aller ? Elle se racla la gorge.

— Tu n'es pas obligé de rester si tu n'en as pas envie...

— Oh, si, j'en ai envie, affirma-t-il en allant l'enlacer pour la plaquer contre lui, comme la veille. Si ça ne tenait qu'à moi, je passerais la journée avec toi. Mais je dois me rendre au travail à un moment donné. Pour l'instant, je vais prendre le café et le petit déjeuner avec toi, et peut-être aussi regarder le soleil se lever.

Elle lui décocha un grand sourire.

— La façon parfaite de commencer la journée.

Vingt minutes plus tard, ils étaient installés sur la terrasse d'Iris, une tasse pleine dans une main et un bagel au *cream cheese* dans l'autre, tandis que Bibi courait dans le jardin.

— Je crois que ta chienne est tombée amoureuse de mes fleurs, commenta Iris, amusée, en voyant Bibi renifler toutes les lavandes. C'est mignon de la voir faire attention à ne pas les écraser.

— Elle adore les fleurs, oui. Je parie qu'elle emménagerait ici si je lui laissais le choix. Une sieste avec toi et des lavandes ? De quoi d'autre pourrait-elle avoir besoin ?

— De son papa, répliqua-t-elle machinalement. Toutes les filles ont besoin de leur père.

Pourquoi avait-elle dit ça ? Son cœur se serrait comme chaque fois qu'elle pensait soudain au sien.

— Iris ? demanda Kade en lui prenant la main. Tu vas bien ?

Elle lâcha un rire sans humour.

— J'ai l'air pathétique, n'est-ce pas ?

— Non, juste triste tout à coup. C'est à cause de ton père ?

Il avait l'air inquiet. Elle qui ne parlait jamais de lui à personne se sentit tentée de raconter à Kade cette terrible journée. Ce souvenir douloureux, elle ne l'avait partagé avec personne auparavant, mais, pour une raison qu'elle ne s'expliquait pas, elle avait envie de lui en parler.

La confiance, songea-t-elle. Elle était là. Au fond d'elle, elle lui faisait confiance d'instinct. C'était une raison suffisante.

— J'ai perdu mon père à l'âge de six ans. Il m'emmenait manger une glace à l'épicerie. Ma mère était en colère pour je ne sais quelle raison. Ils se sont disputés, et j'ai pleuré parce que mon père m'avait promis de m'emmener faire du patin à glace. À cet âge, je voulais devenir princesse sur glace.

Elle essuya ses yeux humides et pouffa.

— Si tu m'avais vue patiner, tu saurais que je me berçais d'illusions.

Il lui adressa un doux sourire.

— Je suis sûr que tu es douée dans tout ce que tu entreprends.

— C'est adorable, mais totalement faux. Mes chevilles étaient trop faibles pour ça. Ma mère craignait toujours que je m'en casse une rien qu'en portant les patins. Elle exagérait, bien sûr, elles me faisaient toujours mal après deux heures de patinage.

— Je maintiens que tu t'y serais faite.

Il lui fit un clin d'œil.

— Continue. Qu'est-il arrivé à ton père ?

Elle déglutit.

— Comme je te le disais, il se disputait avec ma mère. C'était à celui qui hurlerait le plus fort. Elle insistait pour qu'il quitte son travail, et il refusait, disant qu'il devait d'abord gagner assez d'argent pour financer tous ses projets à elle. Je ne comprenais pas ce qu'il voulait dire à cette époque, mais maintenant, avec le recul, il avait raison de ne pas vouloir démissionner.

Cette fois-ci, quand elle s'interrompit, Kade ne dit pas un mot, attendant simplement qu'elle poursuive.

Dès que son cœur se fut calmé, elle dit :

— Il est sorti de la maison en trombe et je lui ai couru après. Il était surpris de me découvrir avec lui, mais il m'a juste pris la main, souri et m'a proposé une glace.

Elle prit une grande inspiration avant de continuer.

— C'était une magnifique journée d'été. Un ciel bleu. Des oiseaux gazouillant au-dessus de nos têtes. Mais ça n'a pas duré. Peu après que nous avons acheté nos cônes, quelque chose a attiré son attention de l'autre côté de la rue. Il a regardé de plus près, marmonné que le travail s'immisçait toujours dans sa vie privée. Puis il a poussé un juron et m'a ordonné de rentrer à la maison, me poussant un peu dans la bonne direction. Il a dit qu'il me rejoignait dans quelques minutes.

— Tu l'as fait ?

— Oui. C'était sa voix autoritaire, hors de question de désobéir. Alors je me suis dirigée vers la maison. Mais il m'a ensuite crié de courir, sur un ton paniqué. Je ne l'oublierai jamais. J'avais tellement peur que je me suis mise à courir.

Kade posa sa main sur les siennes.

— J'ai parcouru la moitié d'un pâté de maisons à peine quand j'ai entendu le coup de feu.

Elle prit une grande inspiration pour se recentrer et se préparer à la suite.

— Quand je me suis retournée, mon père était par terre, immobile. Au début, je n'ai pas compris ce qu'il s'était passé, mais ensuite, les gens se sont mis à crier et courir dans tous les sens. Une femme s'est arrêtée près de mon père pour l'aider. Elle pressait son tee-shirt contre la blessure à la poitrine. Je me souviens avoir lâché ma glace et m'être précipitée vers lui. Les ambulanciers ont dû me détacher de mon père pour pouvoir le mettre sur le brancard, quand ils sont arrivés. Le sang imbibait mon tee-shirt blanc et mon jean. Je devais donner l'impression que c'était moi qui avais reçu cette balle. C'était terrifiant.

Ils gardèrent le silence un long moment. Iris essuya ses larmes et fixa Bibi pour éviter de voir l'image de son père dans son esprit.

Enfin, Kade lui serra la main.

— Avez-vous découvert qui a fait ça ?

Une vive douleur l'envahit au souvenir de cette journée, qui l'aurait submergée sans la main de Kade pour la maintenir dans le présent. Pour la première fois depuis cet événement, elle ne ressentit pas l'envie de vomir en repensant à cette journée.

— Non. Maman m'a dit qu'il s'agissait d'un acte gratuit, mais je n'y ai jamais cru.

Elle le regarda dans les yeux.

— Il a vu quelqu'un qu'il connaissait avant de me demander de partir. Depuis ce jour, je suis convaincue que sa mort est un meurtre prémédité. Mais à l'époque, personne n'a jamais voulu écouter une petite fille de six ans. Et lorsque j'aborde le sujet avec ma mère, elle met très vite fin à la conversation, disant que cette histoire appartient au passé et qu'il est inutile de rouvrir de vieilles blessures.

— Je peux comprendre. Ça doit être toujours douloureux pour elle.

— J'imagine, oui, dit Iris, frustrée. Le problème, c'est que je pense qu'aucune de nous n'a vraiment fait son deuil. J'ai toujours voulu en apprendre plus sur cette journée, découvrir ce qui était arrivé à mon père. Mais elle a tout refoulé à son sujet, comme s'il s'agissait d'un sale petit secret à taire.

— Viens là.

Kade se leva et l'attira contre lui. Elle se laissa faire volontiers. Entre ses bras puissants, elle se sentait en sécurité. C'était une sensation inconnue. Aucun homme depuis son père, pas même Tom, lui avait donné ce sentiment d'être protégée. Elle se détendit, contente qu'il soit là.

— Si tu ne l'as pas encore fait, tu devrais peut-être parler à quelqu'un de ton père, dit-il en lui caressant les cheveux.

— Un psy, tu veux dire ?

— Oui, ça pourrait t'aider.

Elle y avait déjà songé. Sa mère estimait cependant que ce n'était pas nécessaire et Tom que cela nuirait à sa carrière si quelqu'un découvrait qu'elle suivait une thérapie. Bien qu'elle n'en ait pas été aussi sûre que lui, cela avait suffi à la décourager de prendre un rendez-vous.

— Tu as sans doute raison. Il serait temps.

Bibi les rejoignit en courant à ce moment-là et sautilla contre la jambe d'Iris. Elle se pencha pour soulever la chienne, contente pour la distraction offerte. Elle la caressa et la félicita d'être aussi gentille.

— J'ai suivi une thérapie après le décès de ma mère, déclara Kade. Ça m'a aidé.

Elle tourna la tête vers lui.

— Que lui est-il arrivé ?

— Une overdose. Après un accident de voiture, elle est devenue accro aux antidouleurs.

Les yeux rivés sur Bibi, il conclut :

— J'avais neuf ans.

— Oh, Kade, je suis vraiment désolée.

Son cœur se brisait pour lui.

— Je n'ose imaginer ce que tu as dû ressentir.

— Mais tu le peux, n'est-ce pas ?

Il riva son regard au sien. Ses yeux étaient un océan de douleur.

— Tu as vu ton père se faire tirer dessus sous tes yeux. Ce que j'ai traversé n'était pas bien différent. Ça a été le catalyseur de ma relation conflictuelle avec mon père, surtout après qu'il a épousé ma belle-mère moins d'un an après le décès de ma mère. C'est pour ça que j'ai tout fait pour obtenir cette bourse pour l'internat sur la côte Est. Quitter cette maison a été la seule façon pour survivre à mon adolescence, et ça me paraissait être un meilleur plan que la fugue.

Elle le fixa, comprenant ce qu'il voulait lui faire comprendre : ils avaient plus de choses en commun qu'elle ne l'avait cru. Elle-même détestant aborder son traumatisme de jeunesse, elle ne commenta pas. À la place, elle alla l'enlacer et le serrer fort contre elle.

— Merci, souffla-t-elle.

— Pour quoi ?

— Juste d'être toi.

Il souffla et resserra son étreinte autour d'elle.

— Je t'en prie.

CHAPITRE 16

BIEN TROP TÔT AU GOÛT D'IRIS, KADE DUT S'EN ALLER. IL l'embrassa sur le perron. La nuit et la matinée avaient été intenses. Elle lui avait révélé bien plus de choses sur elle qu'elle ne le pensait possible. Vingt-quatre heures plus tôt, tout ce qu'elle savait de lui, c'était qu'il avait un gentil chien et qu'il était un type sympa qu'elle voulait connaître davantage.

Maintenant, elle ressentait un lien profond avec lui, aussi bien mental que physique. Cela l'effrayait, pour être honnête, et bien qu'elle n'ait pas envie qu'il s'en aille, elle savait qu'elle avait besoin de ce temps seule pour rassembler ses pensées.

— Tu es libre pour le dîner ? demanda enfin Kade quand il la lâcha et recula.

L'était-elle ? Sans doute. Devrait-elle manger avec lui ou se laisser plus de temps pour réfléchir à leur relation ? Elle accepta cependant avant d'avoir trouvé la réponse à sa propre question.

— À quelle heure ?

— Sept heures ? Je te préparerai quelque chose. À moins que tu ne préfères manger ailleurs.

Il fixait ses lèvres comme s'il envisageait de l'embrasser à nouveau.

— Arrête ça.

Elle lui donna une petite tape joueuse.

— Garde ça pour après le repas que tu m'auras préparé.

— Chez moi, donc, comprit-il, un sourire aux lèvres.

— Oh que oui.

Se dressant sur la pointe des pieds, elle lui donna ce baiser dont il avait tant envie. Lorsqu'il se séparèrent enfin, elle avait le souffle court et l'esprit un peu embrumé tandis qu'il repartait chez lui en compagnie de Bibi.

Elle referma doucement sa porte et s'appuya contre, le temps de se reprendre. Heureusement que sa mère n'était pas une lève-tôt. Si elle était tombée sur Kade, elle l'aurait cuisiné et aurait mis la honte à Iris. Le tact n'était pas l'une des qualités de sa mère. Cela aurait gâché la soirée et la matinée parfaites qu'ils avaient connues.

— Merde, souffla-t-elle, consciente que, si elle n'y prenait pas garde, elle allait tomber amoureuse de lui.

Et profondément, en plus.

Était-ce une mauvaise chose ?

Cette question, aussi excitante qu'effrayante, tourbillonna dans son esprit. Il n'y avait pas de place dans sa vie actuelle pour une relation. Il était temps qu'elle blanchisse son nom. Hors de question de tomber pour la malédiction lancée par quelqu'un d'autre sur la ville qu'elle adorait.

Iris se gara devant un petit cottage, dans un quartier plus ancien que le sien, de l'autre côté de la ville. Si la plupart des jardins étaient bien entretenus, certains négligés nécessitaient une intervention de la ville. L'un possédait assez de broussailles séchées pour faire craindre un incendie, et l'autre était rempli de voitures rouillées et bonnes pour la casse, ce qui était interdit dans un quartier résidentiel. Alors qu'elle se notait mentalement d'aller voir les habitants de ces maisons, elle jura tout bas.

Que lui prenait-il ? Ce n'était plus à elle de s'occuper des affaires de la cité. Elle ne pouvait cependant pas s'en empêcher. Elle irait quand même rendre visite aux résidents pour leur dire de nettoyer avant que la ville le fasse et leur envoie la facture.

Elle vérifia une nouvelle fois l'adresse de Julie, puis coupa le moteur et traversa en vitesse la rue jusqu'à la maison de son ancienne assistante. Elle ne s'y était jamais rendue avant, mais possédait par chance l'adresse dans son portable. Elle avait celle de toutes les personnes ayant travaillé à ses côtés, puisqu'elle leur adressait des cartes de Noël et d'anniversaire.

La porte d'entrée était ouverte, contrairement à la moustiquaire. Iris sonna et s'empêcha de regarder à travers la paroi grillagée tandis qu'elle patientait.

— Iris ! s'écria Julie, surprise, ouvrant en vitesse pour la faire entrer précipitamment. Vous ne devriez pas être là.

— Pourquoi ? s'étonna Iris, perdue. J'ai appris que vous aviez été virée. Que peuvent-ils vous faire s'ils découvrent que nous nous sommes parlé ?

— Vous ne comprenez pas.

Julie fit les cent pas dans son minuscule salon, doté de meubles blancs et de tableaux colorés au mur. C'était décoré avec goût et dans une atmosphère joyeuse qui convenait bien à Julie.

— On m'a ordonné de ne pas vous parler. S'ils découvrent…

Elle s'entoura de ses bras en frémissant.

— Qui vous a menacée ? demanda Iris, vibrante de colère.

Que se passait-il à la mairie ? Et pourquoi avait-elle eu l'imprudence d'y mêler Julie ?

— Tad, lorsqu'il m'a virée. Il m'a dit que si je vous parlais de quoi que ce soit concernant le bureau du maire, il me ferait arrêter pour obstruction et me ferait payer une amende pour... Bon sang, je ne sais même pas quoi. J'étais sidérée et effrayée qu'ils me piègent comme ils l'ont fait pour vous.

Sa voix se brisa à ce moment-là et les larmes se mirent à couler sur ses joues.

— Julie, dit Iris d'une voix douce en allant enlacer son ancienne collègue. Je suis tellement désolée de vous avoir entraînée dans cette histoire. Si je ne vous avais pas appelée pour vous demander des informations, rien ne serait arrivé.

— Si, répliqua son ancienne assistante en reniflant et en reculant de son étreinte. Je savais dès le départ que jamais vous n'auriez lancé cette malédiction, alors j'ai fureté dans les bureaux pour essayer de trouver une preuve permettant de vous innocenter.

Elle ressentit une bouffée d'espoir.

— Avez-vous découvert quelque chose ?

Julie poussa un gros soupir et s'affala sur son canapé recouvert de coussins.

— Non. Pas à propos de la malédiction, en tout cas. Mais Tad m'a surprise à fouiller dans ses dossiers. Je lui ai dit que je cherchais le formulaire qu'un chef d'entreprise a fourni pour le projet d'extension de son parking, mais quand Tad a insisté pour avoir plus de détails, je n'ai pas pu lui en donner. J'ai répondu que c'était justement pour ça que je cherchais ce papier. Il ne m'a pas crue, bien sûr. À la fin de la journée, il m'a renvoyée.

Elle fit la grimace.

— C'est là qu'il m'a dit qu'il savait que je vous étais loyale et que si je vous aidais d'une quelconque façon, je le regretterais.

Iris secoua la tête.

— Quel sale connard !

— Vous l'avez dit.

Julie s'essuya les yeux.

— Mais avant de me faire mettre à la porte, j'ai découvert qui a tapé le message pour la cotisation de mille dollars dont vous m'avez parlé. Il s'appelle Dylan Michaels et est stagiaire depuis le lendemain de votre départ.

— Dylan Michaels ?

Iris fronça les sourcils. Pourquoi ce nom lui était-il si familier ? Elle le connaissait, seulement elle ne le remettait pas.

— À quoi ressemble Dylan ?

— Il est roux, il a beaucoup de taches de rousseur et de très longs…

— Cils, compléta Iris.

— Vous le connaissez ?

— Il travaillait pour Tom à la scierie avant qu'elle ferme.

Celle-ci appartenait à son mari pendant leur union. C'était via cette entreprise qu'il aidait la femme avec laquelle il couchait à distribuer la drogue. Une partie de l'accord qu'il avait signé en échange de l'abandon des poursuites l'obligeait à vendre sa boîte.

— C'est vrai ? Ça fait une… sacrée coïncidence, commenta Julie, qui se frottait le front comme pour trouver un sens à tout ça.

Iris n'était pas d'accord. Ce n'était pas du tout une coïncidence. Il n'y avait aucun doute pour elle que c'était Tom qui avait trouvé à Dylan ce travail avec le nouveau maire. Ce qui la poussa à se demander s'il avait joué un rôle actif dans son éviction du poste de maire. Cette seule idée la mit en rage. Si c'était le cas, il allait regretter de l'avoir rencontrée et encore plus de l'avoir épousée.

— C'est suspect, c'est sûr, dit-elle. Mais ça m'aide vraiment, Julie. Merci.

— Je vous en prie. J'aurais aimé pouvoir en faire plus.

Les yeux de Julie se remplirent de larmes, mais elle battit des cils pour les repousser.

— Je suis désolée. C'est juste que… je ne sais pas ce que je vais faire maintenant que je n'ai plus ce travail.

Iris la prit dans ses bras.

— Vous trouverez quelque chose. Et si vous n'y parvenez pas, dites-le-moi, je vous aiderai à trouver. Même si je suis dans le même cas que vous, il me reste des relations.

Julie l'enlaça à son tour en tremblant.

— Merci, sanglota-t-elle.

— Pas besoin de me remercier, rétorqua Iris, sincère.

Julie avait été une super assistante. Elle ne méritait pas de se faire traiter de la sorte par Tad. Alors qu'elle étreignait l'autre femme en tentant de contenir sa propre émotion, Iris eut tout à coup une vision nette de Julie dans son esprit, se tenant au bord de la falaise dominant l'océan, là où le coven se réunissait chaque mois. Elle se tenait seule avec le vent balayant ses cheveux et une lumière dorée irradiant de ses mains. Elle psalmodiait quelque chose qu'Iris ne put distinguer. Tout à coup, un éclair de magie jaillit et la lia à l'océan, si fort que Julie fut renversée. Elle atterrit sur le dos, les yeux rivés vers le ciel. Un moment s'écoula, puis un lent sourire apparut sur ses lèvres.

L'image s'évanouit, et Iris s'écarta vivement de son ancienne assistante. Elle s'apprêtait à l'interroger quand elle la sentit se raidir.

— Vous devez partir. Par l'arrière, dit cette dernière à voix basse.

— Pourquoi ? demanda Iris en se retournant, mais sans rien voir d'alarmant.

— L'agent de la Brigade d'Interventions Magiques vient de se garer. Si elle vous voit ici, elle devra le noter dans son rapport, et qu'adviendra-t-il ensuite ?

Julie l'entraîna vers la cuisine et la porte arrière.

Iris jeta un coup d'œil vers l'avant et aperçut l'agent de la BIM avec lequel elle s'était entretenue la veille.

— Merde, Tad, grommela-t-elle, furieuse que ce minable puisse exercer un contrôle sur ses actions.

Elle ne pouvait cependant pas prendre le risque que Julie s'attire encore les foudres du nouveau maire.

— Iris ! insista Julie, les dents serrées. S'il vous plaît.

— J'y vais, accepta-t-elle très vite. Mais appelez-moi s'il vous faut quoi que ce soit, d'accord ?

— Promis.

Julie lui ouvrit la porte arrière et la poussa pratiquement dehors. Iris contourna la maison et attendit que Julie invite Ginny Stevens à entrer, avant de repartir en courant vers son véhicule, comme si elle était une criminelle recherchée. Cette entrevue la laissait avec une sensation de malaise. Elle n'aurait pas dû être contrainte de cacher sa visite à Julie.

Dès qu'elle mettrait la main sur Tad, elle allait s'assurer qu'il regrette de s'en être pris à elle.

CHAPITRE 17

I<small>RIS MOURAIT D'ENVIE DE SE RUER CHEZ</small> D<small>YLAN</small> M<small>ICHAELS</small>. E<small>LLE</small> l'aurait sans doute fait, d'ailleurs, si elle avait su où habitait le gamin. Elle avait tenté de se connecter au système de la ville, mais ils avaient enfin changé les codes.

— Le gamin, se moqua-t-elle.

Comme si à vingt ans et quelques il en était encore un. Il était assez vieux pour distinguer le bien du mal. Il n'avait peut-être pas saisi que le mémo qu'il rédigeait était illégal sans l'accord du conseil municipal, mais elle avait peine à croire que le jeune homme qui avait travaillé pour son mari et qui était à présent le laquais de Tad ignorait que ses patrons trempaient dans des affaires louches. Elle était persuadée qu'il était au courant de toutes les combines mises au point par le maire et le conseil municipal.

Elle pourrait contacter Tom et lui demander où habitait Dylan, mais elle devrait expliquer pourquoi ; or, elle refusait d'avoir cette conversation. Elle ne faisait plus confiance à son ex-mari. Impossible de savoir ce qu'il rapporterait directement au nouveau maire. Non, elle devrait trouver l'adresse de Dylan elle-même. Elle se rendit à la station-service et coupa le moteur.

Google la renseignerait certainement. Avant qu'elle n'ait pu taper sa recherche toutefois, le nom de Gigi apparut sur son écran.

Une partie de son anxiété disparut à cette vue.

— Salut, Gigi, quoi de neuf ?

— *Où es-tu ?*

— Dans ma voiture, pourquoi ?

— *Parce que je suis devant chez toi avec Skyler et que tu n'es pas là*, répondit Gigi sur un ton pressé. *Il a des choses à te dire. De grandes nouvelles obtenues grâce aux ragays. On doit parler...*

Quand Gigi reprit la parole, sa voix était étouffée, comme si elle avait écarté le téléphone de sa bouche.

— *Oh, bonjour. Vous cherchez Iris ?*

— *Non, je suis sa mère*, répliqua Katheryn sur un ton glacial et parfaitement audible dans l'appareil. *Si vous voulez bien vous écarter, j'aimerais rentrer chez moi.*

Chez elle ? songea Iris, qui s'obligea à repousser ce détail mineur. Elle avait plus important à régler.

— Ma mère est là ? demanda-t-elle, en fronçant les sourcils.

Quoique Skyler ait à lui dire, elle ne voulait pas qu'il le fasse devant sa mère. Katheryn leur ferait un sermon pour les encourager à laisser les avocats tout gérer. Elle ne penserait jamais qu'Iris pouvait se débrouiller seule.

— *Elle vient d'arriver*, répondit Gigi. *Est-ce que tu veux que Skyler lui dise ce qu'il a découvert ?*

— Non ! cria Iris dans l'appareil.

— *D'accord. Ouille. C'était pour quoi, ça ?* s'inquiéta Gigi, confuse par son éclat.

— Désolée.

Elle essaya de se calmer. La soudaine réapparition de sa mère, au mauvais moment comme d'habitude, accroissait grandement sa tension. Elle aurait bien eu besoin d'un anxiolytique.

— Ne lui dis rien du tout. Ça ne se passerait pas du tout comme on le voudrait. Est-ce qu'on peut se voir ailleurs ?

— *Attends.*

Gigi parla à nouveau d'une voix étouffée, puis reprit la communication :

— *La boutique de Skyler, ça te va ? Il doit préparer des commandes, alors comme ça, il pourra faire plusieurs choses à la fois.*

— Ça marche. J'apporterai le café. Si je dois salir la réputation de mon ennemi juré, je vais avoir besoin d'un remontant. Donne-moi votre commande, je serai là dans vingt minutes.

Gigi cita deux boissons compliquées avant de raccrocher tandis que Katheryn demandait pourquoi ils se trouvaient encore devant *sa* maison. Alors qu'elle espérait ne pas se tromper dans la commande, Iris songea que certaines choses ne changeaient jamais. Sa mère serait toujours autoritaire et chercherait à dominer sa vie. Au moins, elle était soulagée de constater qu'elle ne se comportait pas ainsi seulement en présence de sa fille. Cela semblait plutôt être une habitude chez elle.

Iris se rendit au café puis arriva à la boutique Skyler seize minutes pile après son appel. Elle était assez satisfaite, à la fois d'être à l'heure, mais aussi d'avoir à la main la seule chose dont elle avait besoin dans la vie pour tenir : son latte d'après-midi. Une fois qu'elle l'aurait bu, elle serait prête à tout.

Ou du moins, elle l'espérait.

Lorsque Skyler et Gigi arrivèrent, le premier lui prit d'office des mains son triple expresso avec supplément de crème et pointe de cannelle et tendit à Gigi son latte glacé à la vanille allégé et sans sucre. Il but une longue gorgée de son breuvage, grogna son approbation puis déverrouilla la porte.

— Bon sang, je déteste le fait que tu dois fermer à cause de tout ça, dit Iris.

— Moi aussi.

Skyler se passa la main dans les cheveux et observa l'endroit vide de clients.

— J'ai l'impression que l'un des mannequins va bientôt s'animer, dit-il, l'air paniqué. Est-ce que je vais me transformer en Andrew McCarthy ?

Iris ne put s'empêcher de rire.

— Tu te souviens de ce film ? Tu n'es pas trop jeune pour ça ?

Il haussa les épaules.

— Pete adore les classiques des années quatre-vingt. J'ai dû voir à peu près toutes les comédies romantiques de cette époque.

— Moi aussi, intervint Gigi. Et je te rassure, tu n'as rien en commun avec Jonathan, dans *Mannequin*. Tu flipperais dès l'instant où elle monterait à l'arrière de ta moto et appuierait ses seins contre ton dos.

— Beurk.

Il fronça les sourcils.

— Belle manière de gâcher mes fantasmes gays. Moi qui espérais trouver un mannequin masculin, mais vu les autres options que tu viens de mentionner, mieux vaut ne pas prendre le risque. En plus...

Il jeta un coup d'œil au seul mannequin masculin de la boutique.

— Son service trois-pièces ne serait pas si impressionnant que ça, j'imagine ?

Iris observa le mannequin en question et pouffa.

— Pas impressionnant du tout. Mieux vaut t'en tenir au réel, Sky.

Il haussa les épaules.

— Pas de problème. De toute façon, Pete est le seul homme dont j'ai besoin. Surtout après ce que nous venons d'apprendre. Je vais prendre le reste de la semaine et faire avec Pete… hum, un petit break bien mérité. Ça a l'air sympa, non ?

— Oui, approuva Iris en croisant les bras. Et si tu me disais ce que tu as appris sur Tad ? Je meurs d'envie de découvrir tes ragays.

Il éclata de rire, puis se plaqua une main sur la bouche.

— Désolé, je n'ai pas l'habitude de t'entendre dire ça. Mais crois-moi, quand ils décident de cracher le morceau, ça vaut le détour.

— D'accord, mets-moi au parfum, le pria Ingrid, se préparant au pire.

Skyler redressa les épaules et lâcha tout de go :

— Tad fait partie du même trafic de drogue que ton mari. Ils sont mouillés tous les deux.

— Le maire Tad est impliqué dans ce trafic ? s'écria-t-elle en s'attrapant les cheveux à pleines mains. Et mon ex est *toujours* mêlé à ça ?

Cela expliquerait pourquoi Tom avait tenté de lui faire quitter la vile. Il savait que si elle découvrait que les drogues circulaient à nouveau, elle ferait tout ce qui est en son pouvoir pour mettre un terme au trafic. Mais pourquoi avoir lancé une malédiction sur la ville ? Cela ne lui paraissait pas bon pour les affaires. En outre, depuis que la baronne Yasmeen était allée en prison en début d'année, Iris n'avait pas entendu parler de nouveaux problèmes de drogue à Prémonition.

— C'est ce que dit la rumeur, en tout cas, répondit Skyler. Un ami connaît un gars qui connaît un gars qui a été engagé pour construire un hangar à une cinquantaine de kilomètres d'ici pour produire du Cendrex.

— Ce serait assez logique, puisque la scierie de Tom, d'où ils géraient tout ça, a été fermée quand elle a été vendue.

Elle s'assit sur un sofa près de la caisse.

— Et ton ami, que sait-il d'autre ? Et tu estimes à combien la fiabilité de cette info ?

Les lèvres de Skyler s'avancèrent en une moue pensive. Puis il soupira.

— Sans doute pas cent pour cent, mais je parie qu'il y a pas mal de vérité là-dedans. Même s'il est clean maintenant, cet ami prenait de la drogue quand il était plus jeune. Il connaît toujours des gens dans ce milieu. Il organise des parties de pêche privées donc son entreprise a besoin de touristes. Il n'est pas ravi de ce qu'il se passe, alors il a posé des questions.

Elle hocha la tête.

— J'imagine. A-t-il d'autres informations utiles ? Comme la localisation précise de cet entrepôt ?

Il s'adossa au comptoir et but une longue gorgée de café avant de répondre.

— Non, désolé, il ne sait pas où c'est. Son contact n'a rien voulu lui dire, excepté que l'entrepôt était au beau milieu de la forêt.

— Dommage. Ça aurait été gratifiant d'envoyer la DEA faire un tour là-bas.

Elle aurait adoré voir ça.

— C'est vrai. Mais il y a sans doute quelque chose d'encore plus utile, dit-il, le regard pétillant.

— Oh oh, ça devient intéressant, commenta Gigi qui vint s'asseoir à côté d'Iris.

Elle posa un bras sur ses épaules et attendit avec elle que Skyler poursuive.

— Donc, l'entrepôt… Ton ex, Tom Hartsen, a apparemment aidé à l'installer. On lui a versé un paquet d'argent et on lui a dit de te faire quitter la ville, sinon, ils le dénonceraient la prochaine fois qu'ils se feront prendre. Toute l'opération est chapeautée par certains membres des forces de l'ordre et de la justice. Voilà pourquoi il s'en est tiré sans peine de prison alors qu'il a été pris la main dans le sac.

Iris se renfrogna.

— Je m'étais posé la question, mais nous n'avions aucune preuve que Yasmeen avait des gens à l'intérieur. Tu sais qui c'est ? Le procureur, peut-être ?

— Aucune idée, répondit Skyler en secouant la tête. Quelles que soient les personnes en haut, elles se terrent dans l'ombre. On dirait qu'elles préfèrent citer les noms de leurs sbires afin qu'ils deviennent les visages de cette corruption si ça part en cacahuète.

— *Leurs* sbires ? intervint Gigi. Qui d'autre est concerné ?

Skyler esquissa un sourire malicieux.

— Tad. Le nouveau maire. Le poste lui a été offert en échange de son accord pour être une de leurs mules.

Iris cilla.

— Tad est une mule ? Comment fait-il ça ?

— D'après ma source, une petite quantité de Cendrex pur est introduite en douce via la pharmacie. Tad le récupère via une fausse ordonnance pour anxiolytique, puis l'envoie par courrier à un client de premier ordre. Ça rapporte pas mal d'argent. Suffisamment pour que ça vaille la peine de se débarrasser d'une certaine maire.

Elle inspira vivement.

— L'autre jour, j'ai suivi Tad avec Kade pour voir ce qu'il trafiquait. Sur le moment, ça nous a paru très ennuyeux, mais vous savez ce qu'il a fait ?

Les deux autres secouèrent la tête.

— Il est allé à la pharmacie, puis au bureau de poste juste après.

Son cœur se mit à battre plus fort alors qu'elle réalisait que la rumeur se confirmait.

— Je pense que ton information est très crédible, Skyler.

— J'espère que non, répliqua-t-il, les sourcils froncés. Je ne veux pas qu'ils réussissent à se débarrasser de l'ancienne maire.

Iris ricana, consciente qu'il parlait d'elle.

— Ils peuvent toujours essayer, mais je ne suis pas facile à évincer.

— C'est clair, confirma Gigi, la mine rageuse. Nous devons faire quelque chose à ce propos. Le coven peut aider à éradiquer la mauvaise graine.

— Comment ? Nous ne pouvons pas leur lancer de malédiction, et tant que nous ne saurons pas à qui faire confiance dans la police, ce serait trop risqué de les dénoncer aux autorités. Regarde ce que ça a donné avec mon ex. Une petite tape sur la main et hop, il est retourné au front.

— Il faut qu'on parle à Sebastian, répondit Gigi. Il saura nous trouver quelqu'un de confiance, même s'il doit pour ça s'adresser à la police d'État et non municipale.

— Bonne idée, répliqua Iris, qui regarda ensuite Skyler. D'autres rumeurs ?

— Juste que le cartel concerné semble exceller en chantage, donc il y a de fortes chances pour que la plupart des personnes impliquées, telles que Tad ou Tom, soient victimes d'extorsion pour les obliger à obéir.

— C'est ce que Tom a affirmé lorsqu'il s'est fait chopper la dernière fois. Puisqu'il n'avait jamais enfreint la loi, j'étais encline à le croire, mais maintenant ? Il aurait pu demander de l'aide aux autorités, sauf qu'il a détourné des preuves officielles pour échapper à la prison.

— Pas si les ramifications sont très profondes à la mairie, médita Gigi. Et si ce n'était qu'une mascarade, la dernière fois ? Est-ce qu'on est sûrs que Yasmeen est allée en prison ? Ce n'était peut-être que du flan pour nous faire croire que tout était terminé.

— C'est vrai, ajouta Skyler. S'ils tiennent le Cendrex à l'écart des rues et qu'ils le distribuent autrement, tout le monde pensera que les personnes impliquées ont payé le prix des overdoses survenues en ville.

Iris en avait le ventre retourné. Des jeunes gens étaient morts d'overdose pendant son mandat à cause de cette horrible drogue. Elle pensait avoir fait ce qu'il fallait pour éradiquer cette dernière de Prémonition, mais si Skyler disait vrai, tout ce qu'elle avait réussi à faire, c'était se faire virer grâce au cartel, qui avait pu reprendre ses affaires en toute discrétion. Cette idée lui donnait envie de vomir.

— Nous devons les arrêter.

— Il faut qu'on parle à Sebastian, répéta Gigi. Voyons ce qu'il suggère, histoire que tu n'aies pas plus d'ennuis avec la justice.

— Du genre ? répliqua Iris en fronçant les sourcils.

— Oh, je ne sais pas. En faisant un truc stupide comme intercepter ces colis qu'envoie le maire Tad, peut-être ?

Elle haussa un sourcil.

— Ce n'est pas une mauvaise idée.

Gigi se leva et secoua la tête.

— Si, c'en est une. Intercepter le courrier est un crime. Tu as suffisamment d'ennuis comme ça.

— Donc tu penses qu'on devrait plutôt rencarder quelqu'un du bureau de poste pour qu'il vérifie le contenu des colis ? réfléchit Iris.

— Peut-être, répondit Gigi, qui opina finalement. Oui, ça pourrait marcher. J'aime cette idée. Il y a peu de chance pour que le receveur des postes soit mêlé à cette affaire, et ça permettrait de s'assurer qu'elle ne soit pas balayée sous le tapis.

— On a donc un plan, décréta Iris. On doit quand même parler à Sebastian, mais la prochaine fois que l'on surprendra le maire Tad allant de la pharmacie à la poste, je passerai un coup de fil.

— Non, je vais demander à Sebastian de s'en charger, insista Gigi. Il vaut mieux que ça ne vienne pas de toi. Tu risques de ne pas être prise au sérieux à cause du conflit d'intérêts.

— J'adore, s'écria Skyler en tapant dans ses mains. Est-ce que je peux me charger de la surveillance avec l'avocat sexy ? Ce serait torride.

— Je vais dire à Pete que tu baves encore sur mon homme, répliqua Gigi en soupirant.

Skyler pouffa.

— Oh, trésor. Tu dis ça comme si Sebastian n'était pas déjà le héros des fantasmes masturbatoires de Pete.

— Skyler ! s'exclama-t-elle en lui jetant un coussin au visage. Ne répète plus jamais ça ! Je n'ai pas besoin de savoir ce qui vous excite tous les deux. Juste… Non. Tenons-nous-en aux vêtements vintage et démaquillants pour le moment, compris ?

Skyler ricana, et malgré la nouvelle du retour du Cendrex, Iris se sentit sourire. Il y avait encore beaucoup de choses à régler, et elle était loin d'être sortie de l'auberge, mais au moins, elle avait un plan. Tant qu'elle resterait concentrée sur ce problème, et avec l'aide du coven, elle était certaine qu'elle parviendrait à nettoyer Prémonition afin que tout revienne à la normale très vite.

Restait à savoir à qui elle pouvait faire confiance dans l'intervalle.

18

CHAPITRE 18

IRIS SE SENTAIT AGITÉE ET RESSENTAIT LE BESOIN DE FAIRE quelque chose pour calmer sa tension nerveuse. L'après-midi avec Skyler et Gigi avait été productif. Il n'y avait plus le moindre doute, elle avait été piégée. Quelqu'un d'autre avait lancé la malédiction et la lui avait mise sur le dos pour lui faire quitter la ville. Restait à le prouver. Elle ignorait comment, cependant. Mais au moins, ils avaient un plan pour atteindre le cœur de la corruption de Prémonition. S'ils surprenaient le maire Tad à distribuer du Cendrex, cela contraindrait à une investigation.

Le problème, c'était qu'Iris avait l'habitude de prendre les choses en main. Elle voulait foncer et enquêter sur tout le monde, de Tad jusqu'au procureur, en passant par tous les officiers de police de la ville. Malheureusement, Gigi avait raison. Sebastian lui avait interdit de se salir les mains. Il avait dit qu'il mettrait son équipe sur le coup et qu'il l'informerait de leurs découvertes.

Rester sur la touche ne lui convenait pas, alors quand elle

rentra chez elle ce soir-là, elle était déjà irritable. Ses sens furent assaillis par une odeur de cèdre qui la fit grimacer.

— Maman ! s'écria-t-elle en se rendant droit dans la cuisine.

Le cèdre ne signifiait qu'une seule chose : sa mère préparait une potion. Mais de quel genre et pourquoi ? Les potions au cèdre de sa mère étaient d'une magie très puissante, en général, et Iris n'avait pas envie qu'elles attirent les soupçons, alors qu'il y avait déjà trop de questions sans réponses.

— Qu'est-ce que tu fais ?

— Une potion, que crois-tu ? répliqua Katheryn, vêtue d'un jean usé, d'un vieux tee-shirt vert sauge et du tablier préféré d'Iris.

Ses cheveux étaient soigneusement attachés en chignon afin que rien ne puisse contaminer sa décoction.

— Évidemment que c'est une potion, répliqua Iris, agacée. Mais de quel genre et pourquoi ? On devrait faire profil bas, tu sais, et ne pas nous servir de notre magie. Je n'ai pas besoin que tu me fasses accuser de je ne sais quel acte infâme. Et pourtant, te voilà à préparer des potions. Tu ne vois pas que c'est une mauvaise idée ?

— Ce n'est pas une mauvaise idée, rétorqua sa mère, hautaine. En réalité, c'est même ma meilleure idée du mois et tu devrais m'en remercier.

— T'en remercier ? Et je dois faire ça à quel moment ? lança-t-elle avec défi.

Toute sa frustration remontait à la surface et elle ne pouvait plus la retenir.

— Quand l'agent de la Brigade d'Interventions Magiques se pointera à nouveau pour m'accuser d'avoir jeté un sort à quelqu'un qui aura accidentellement bu une potion que tu auras préparée ?

Sa mère interrompit ce qu'elle faisait pour se tourner vers elle.

— Pourquoi te mets-tu dans tous tes états ? Et pourquoi quelqu'un boirait-il une potion que je prépare pour toi ?

— Oh, je ne sais pas, s'écria Iris en levant les bras au ciel. Pourquoi as-tu purifié le jardin de toute magie ? Maintenant, l'agent de la BIM a écrit dans son rapport que j'ai tenté de cacher quelque chose. Sebastian avait réussi à faire abandonner les charges, mais juste après, l'agent a repéré cette énorme boulette et elle m'a dit que je ne devrais pas être surprise qu'ils s'en servent pour construire un dossier plus solide contre moi. En d'autres termes, je risque de finir en prison à cause de quelque chose que tu as fait.

Elle l'avait dit sur un ton plein de vitriol, mais en cet instant, elle s'en fichait. Sa mère devait se tenir tranquille et arrêter de vouloir régler les choses, alors qu'elle ne fait que les empirer.

— Je n'ai pas fait de sort de purification dans le jardin. Qu'est-ce qui te fait penser ça ? répondit Katheryn, les sourcils froncés, l'air sincère.

Iris ne s'y laissa pas prendre.

— Ça s'est passé le jour où tu as fait le ménage et où tu as voulu me dire comment vivre ma vie. L'agent Stevens de la BIM est venue et m'a dit que quelqu'un avait nettoyé le jardin. Ce n'était pas moi, je ne saurais même pas comment faire. Mais toi… Toi, tu as à la fois les compétences et les connaissances pour le faire, et même si je suis persuadée que tu voulais juste m'aider, tu devrais tout avouer, mère. Sinon, je serai contrainte d'assumer les conséquences.

— Je n'ai pas…

— Arrête de mentir ! Regarde-toi, tu es en train de faire une potion à l'instant même ! hurla Iris.

La tension des jours précédents accumulée à cause de sa proximité avec sa mère explosa, sans la moindre velléité de maintenir la paix. Iris en avait marre que d'autres gèrent sa vie. Complètement marre. Sa mère était juste la première dans sa ligne de mire.

— Je ne peux pas te faire confiance, maman. Je pense qu'il est temps que tu t'en ailles.

Elle croisa les bras, déterminée à tenir bon.

Katheryn plissa les yeux et s'empourpra, puis la fusilla du regard.

— Tu mets ta mère à la porte ?

— Je pense juste que nous avons besoin d'un peu plus d'espace l'une et l'autre.

Sa mère tourna sur elle-même et prit le temps de verser la potion dans une fiole en verre. Elle la referma, la poussa contre la crédence, arracha le tablier et jeta la casserole dont elle s'était servie dans l'évier, faisant un tel fracas qu'Iris en eut mal aux oreilles.

Elle la regarda faire en se demandant quand sa mère s'emporterait. Car cela ne faisait aucun doute à ses yeux. Iris détestait l'admettre, mais c'était de Katheryn qu'elle tenait son comportement soupe au lait. Une fois poussée au point de rupture, aucune d'elle ne pouvait se contenir.

Katheryn se tourna vers elle et dit d'une voix pincée :

— Si tu ne veux pas de mon aide, très bien, je vais te laisser tranquille. Mais n'oublie pas que tout ce que j'ai fait cette semaine, c'était pour toi.

— Pour moi ?

Bien qu'elle sache qu'elle devrait se taire, elle n'en était plus capable.

— Je crois que tu exagères le trait, mère.

Katheryn leva les bras vers le ciel.

— Très bien. Je m'en vais.

Le regard embrasé, mais d'un ton égal, elle reprit :

— Rends-moi service, et c'est pour ton bien aussi : ne jette pas cette potion. Tu en auras besoin quand Tom et ses nouveaux *amis* décideront d'en finir avec toi.

Katheryn quitta la pièce tandis qu'Iris fixait le liquide vert foncé.

De quoi parlait sa mère ? Elle s'empressa de la rejoindre. En peu de temps, Katheryn sortait de sa chambre avec sa valise de couturier et son sac à main. Il ne s'agissait pas de la totalité de ses bagages, mais sa mère semblait vouloir partir vite. Qui pouvait le lui reprocher, après l'éclat d'Iris ?

— Qu'est-ce que tu veux dire par là ? Quand Tom décidera d'en finir avec moi ? demanda-t-elle en contenant toute la colère qu'elle éprouvait.

Sa mère avait beau être frustrante, elle restait une sorcière talentueuse. Elle possédait notamment le don de double vue. Elle avait parfois des visions, et parfois, elle *savait* simplement que quelque chose allait se produire. Avait-elle eu une prémonition concernant Iris ?

Katheryn prit une grande inspiration, puis souffla avant de répondre.

— Tom cherche un moyen de t'empoisonner. Cette potion te sauvera la vie. Alors, garde-la tout le temps avec toi. Tu comprends ?

Iris la fixa, bouche bée. Katheryn claqua des doigts devant son visage.

— Iris ? Tu m'entends ? Ils vont essayer de te tuer. Je l'ai vu une demi-douzaine de fois. Donc ça ne changera pas. La seule chose à faire, c'est de t'y préparer. Compris ?

Elle opina, totalement engourdie.

— Tom va chercher à me tuer ?

Sa mère acquiesça.

— Pas par choix, mais il le fera quand même pour sauver sa peau. J'ai toujours pensé que c'était un lâche.

C'était vrai. Si seulement Iris avait tenu compte de l'avis de sa mère, elle n'aurait peut-être pas gâché autant d'années avec Tom alors qu'elle aurait pu être avec un homme comme Kade.

Kade ?

Ça venait d'où, ça ?

Katheryn s'approcha de la porte d'entrée, puis lui jeta un dernier regard.

— Tu pourras m'appeler quand tu seras prête à t'excuser.

Iris s'apprêta à protester, puis se retint et regarda sa mère s'en aller. Si celle-ci avait raison et que Tom comptait bien l'empoisonner, alors elle devrait bien plus que des excuses à Katheryn.

Malgré tout, c'était une bonne chose que sa mère s'en aille. Elles avaient besoin d'espace, toutes les deux. À moins qu'Iris ne se le dise que pour se sentir moins coupable ? Aucune idée, mais cela n'avait plus d'importance. Elle pouvait essayer de se détendre et de prendre du repos, maintenant. Elle allait en avoir besoin.

19

CHAPITRE 20

IRIS SORTAIT TOUT JUSTE DE LA DOUCHE QUAND UN COUP résonna sur sa porte. Elle rejoignit la porte rapidement, vêtue de son peignoir, et jura en consultant l'heure. Il était dix-neuf heures, elle allait être en retard à son rendez-vous avec Kade.

Présumant que c'était lui, elle ouvrit la porte et lança :

— Désolée, la journée a été longue. Je... Tom ? Qu'est-ce que tu fais là ?

Il la poussa pour entrer sans y être invité.

Elle songea immédiatement à la potion dans sa cuisine et s'en voulut de ne pas avoir demandé plus de détails à sa mère. Combien de temps la potion mettait-elle à faire effet, si Tom l'empoisonnait vraiment ? Quelle quantité devait-elle en boire ? La potion avait-elle une date d'expiration ? Elle était sûrement encore bonne quelques heures après sa préparation, n'est-ce pas ?

— Il faut qu'on parle, lança Tom en pivotant vers Iris, les mains sur les hanches.

— Non. Sors de ma maison, exigea-t-elle en indiquant la porte toujours ouverte. Personne ne t'a invité.

— Cette maison m'appartenait avant, grogna-t-il, et maintenant, tu oses me dire que j'ai besoin de ta permission rien que pour pénétrer dans le salon ?

— Oui ! affirma-t-elle fermement en resserrant son peignoir autour d'elle. C'est exactement ce que ça signifie une fois que l'un a racheté sa part à l'autre lors d'un divorce. Cette maison ne t'appartient plus. Et moi non plus.

Elle indiqua la sortie d'un mouvement saccadé de la tête.

— Maintenant, je te demande de partir. J'ai des projets pour la soirée et je dois me préparer.

Il la détailla du regard, s'attardant sur ses seins, là où le peignoir était entrouvert.

— Oui, tu ferais mieux de le faire avant que ton rendez-vous n'arrive et n'en prenne plein la vue.

Iris voulait lui arracher les yeux, même si elle ignorait s'il s'agissait d'une pique ou d'un compliment étrange.

— Dis-moi ce que tu as à me dire, Tom, exigea-t-elle.

— Je suis peut-être juste venu voir comment tu vas. Tu n'as pas pensé à ça ?

Il redressa les épaules et ajouta, sans la regarder dans les yeux :

— Je t'ai toujours dit que le boulot de maire était bien plus contraignant que gratifiant. Tu as eu de la chance de pouvoir le quitter.

— Je ne l'ai pas quitté, rétorqua-t-elle en le fixant comme s'il avait perdu la tête. On m'a forcé à le faire, grâce à toi.

— Hé, ne rejette pas la faute sur n'importe qui, répliqua-t-il amicalement en mettant les mains dans ses poches et en se balançant sur ses pieds.

— Tu es un sacré cas, tu sais ?

Elle secoua la tête et tint la porte ouverte.

— Pars avant que je ne demande à la police de te faire sortir.

Un sourire de prédateur étira ses lèvres.

— Tu peux toujours essayer, mais je doute que ça fonctionne. Personne ne voudra croire que je suis entré de force ici. Et même si c'était le cas, il y aura des vidéos pour prouver que tu m'as ouvert la porte… et en peignoir, en plus.

— Des vidéos ? s'écria-t-elle. Où ça, exactement ? Parce que je me suis déjà débarrassée des webcams qui étaient dans cette maison. Tu ne sais rien à ce sujet, n'est-ce pas ?

Il lui lança un regard ennuyé et haussa les épaules.

— Des webcams ? Je ne sais pas de quoi tu parles. Je faisais référence aux caméras du voisin. Je suis sûr que nous pouvons obtenir les images si nécessaire.

Sa réaction suffit à convaincre Iris que c'était lui qui avait installé les caméras chez elle. Sinon, il aurait été au moins un peu surpris que quelqu'un la surveille.

Comment avait-elle pu l'épouser ? Elle ne ressentait plus que du dégoût pour lui. Où était l'homme adorable qui lui apportait des fleurs sans raison et était toujours partant pour se balader sur la plage à ses côtés ? Celui qui lui faisait à manger et lui disait qu'il adorait être marié à une femme de caractère ? Tout ça n'était que du flan, elle s'en rendait compte à présent. Il n'avait pas supporté qu'elle occupe un poste de pouvoir, et il avait trouvé quelqu'un d'autre auprès de qui *il* se sentait important. Cela lui avait tout coûté. Leur mariage, son entreprise, le respect de la ville. Et même tout sentiment de honte, car en ce moment, il n'en avait aucune.

Il s'assit sur l'accoudoir du canapé et la regarda pensivement.

— Quoi ?

Elle jeta un coup d'œil à l'horloge et serra les dents. Kade allait vraiment se demander ce qu'elle faisait.

— Tu dois laisser le nouveau maire gérer la situation, Iris. Laisse tomber cette malédiction. Il sait ce qu'il fait. Tu n'as pas à t'occuper de tous les problèmes, tu sais ?

— Je ne laisserai rien tomber, répliqua-t-elle en haussant les sourcils. Tu t'attends vraiment à ce que je ne tienne pas compte d'une malédiction lancée sur Prémonition ? Toi, surtout, qui sais combien j'aime cette ville ? Je ne supporte pas de voir les entreprises souffrir. Nous devons régler ça avant qu'elles ne le paient cher. Pas de clients, pas d'argent.

— La ville s'occupera d'elles, insista-t-il, agacé. Mais si tu continues, je sais pas ce qu'il va t'arriver.

— C'est une menace, Tom ? demanda-t-elle d'une voix d'airain.

Il fit marche arrière et marmonna qu'il voulait juste la savoir en sécurité.

Mais bien sûr. Alors pourquoi comptait-il l'empoisonner ?

— Iris, écoute-moi. Les gens qui ont fait ça... Ils ne t'apprécient pas du tout.

— Je sais, déclara-t-elle, à l'aise avec cette idée.

Elle ne les portait pas vraiment dans son cœur non plus.

— Il va se produire quelque chose de terrible si tu ne fais pas ce qu'ils demandent, et je ne supporterais pas de n'avoir rien fait pour arrêter ça.

— Qu'est-ce que tu veux que je fasse au juste, Tom ? Que je déménage ? Que je laisse Prémonition aux loups qui survivront après une guerre de territoire ?

Elle avait posé la question sur un ton léger, mais tout à coup, elle fut lasse des jeux d'esprit.

— Tu sais quoi ? Oublie ça, je n'irai nulle part. C'est ma ville, pas la tienne. Tu n'habites même plus ici.

— Je ne vis qu'à cinquante kilomètres au sud, répliqua-t-il, comme si ça faisait une différence.

— Et alors ? Ce n'est pas une compétition. Je t'ai déjà dit que je ne m'en irais pas, alors arrête de gâcher ta salive, dit-elle froidement.

Tom grogna avec frustration et se dirigea vers la porte. Avant de partir, il se tourna vers elle, à la fois triste et déçu.

— Tu vas regretter cet instant. Souviens-toi de ce que je te dis.

Elle secoua la tête.

— La seule chose que je vais regretter, c'est de ne pas t'avoir laissé à la porte.

Elle s'avança vers lui et le poussa pour qu'il franchisse cette dernière.

— Maintenant, rentre chez toi, Tom, avant que ce poison ne fasse un trou dans ta poche.

Elle ne put ravaler son rire à la vue de l'expression incrédule de son ex-mari. Il était stupéfait par son éclat. Bien. Maintenant, il savait qu'elle était au courant pour le poison. Si cela ne suffisait pas à l'arrêter, rien ne le pourrait. Elle coula un regard vers la potion que Katheryn lui avait laissée, pour le cas où elle en aurait besoin ce soir-là.

— Iris, tu dois entendre raison…

— Elle doit surtout venir chez moi, intervint Kade, qui se trouvait sur les marches du porche, juste derrière Tom. C'est bientôt l'heure de manger.

— Je suis désolée, s'excusa-t-elle avec conviction.

Elle détestait le fait qu'il la voie dans ce peignoir éponge, les cheveux relevés sans élégance, et sans maquillage. Si elle trucidait Tom, elle aurait ces circonstances atténuantes pour la disculper.

— Pas besoin de t'excuser, répliqua-t-il. Mais dis-moi si tu as besoin d'aide pour te débarrasser de ton ex. Je serais ravi d'appeler la sécurité pour toi.

— On a un service de sécurité ? s'étonna-t-elle, en fantasmant déjà sur Tom emmené par une équipe de professionnels.

— Oui.

Tom leva les mains en l'air comme si quelqu'un tentait de le détrousser et secoua la tête.

— Non, n'appelez personne. Je m'en vais. J'essayais juste de prévenir Iris qu'elle se porterait mieux si elle cessait de s'inquiéter pour la malédiction de la ville.

— On sait tous que ça n'arrivera jamais, donc je pense que votre visite est terminée, déclara Kade, avant de jeter un coup d'œil à Iris. Je me trompe ?

— Oh que non !

Elle attrapa Kade pour le faire entrer chez elle, fusilla Tom du regard, puis lui claqua la porte au nez, le laissant seul sur le porche à se demander ce que Kade et elle allaient faire. Elle espérait qu'il imaginerait les choses les plus salaces possible.

Elle se tourna vers Kade.

— Je n'ai pas vraiment faim. Pas de nourriture, en tout cas. Et si on sautait le repas pour aller directement au lit ?

Il lui sourit.

— J'aime ta façon de penser. Après toi.

CHAPITRE 21

— Bonjour.

La voix rocailleuse de Kade réveilla Iris d'un sommeil comblé. Elle ouvrit les paupières et fixa l'obscurité en bâillant.

— Il ne fait même pas encore jour.

Il la prit dans ses bras et l'attira contre lui, jusqu'à ce qu'elle se retrouve allongée sur son torse nu.

— Je me suis dit que si on voulait faire cette balade au lever du soleil, il fallait te réveiller.

— C'est vrai.

Mais ce n'était pas vraiment ce qu'elle avait en tête. Pas tout de suite, en tout cas. La veille, après qu'il l'avait aidée à virer Tom de chez elle, ils s'étaient précipités dans la chambre et le feu d'artifice avait débuté. Leur étreinte avait été torride, frénétique. Des mains et des bouches partout, et ils ne s'étaient arrêtés qu'une fois tous les deux pantelants et rassasiés.

Cela avait été la nuit la plus chaude de toute sa vie. Des images de corps transpirants et des échos de leurs gémissements lui picotèrent la peau. À presque cinquante ans, elle n'avait jamais été aussi excitée par quelqu'un.

— Il nous reste combien de temps ? demanda-t-elle en l'embrassant dans le cou.

Il lâcha un petit bruit de plaisir et la fit rouler sous son corps.

— Suffisamment pour ça.

Il plaqua sa bouche à la sienne tandis qu'elle passait bras et jambes autour de lui, avant de se perdre en lui une nouvelle fois.

LORSQUE KADE et Iris arrivèrent au bout du sentier où les séquoias cédaient la place à un canyon spectaculaire, le soleil était déjà haut dans le ciel. Une rivière argentée traversait la vallée sous leurs pieds, bouillonnant toujours de la fonte des neiges annuelle des montagnes non loin.

— On l'a manqué, commenta Kade en s'appuyant sur un panneau expliquant l'importance historique du coin. Je voulais vraiment te montrer le lever du soleil derrière la chaîne de montagnes.

— Tu m'as montré autre chose, ce matin, d'assez spectaculaire aussi.

Elle lui fit un clin d'œil. Cela faisait des mois qu'elle ne s'était pas sentie aussi détendue et heureuse. Ce n'était pas qu'une question de sexe. Elle avait apprécié le silence paisible partagé pendant qu'ils marchaient dans les bois ensemble. Les odeurs de mousse et des séquoias qui se mêlaient dans l'air frais. Elle s'était demandé pourquoi elle ne prenait pas davantage le temps d'explorer les bois.

Kade pouffa.

— Eh bien, présenté comme ça...

Il alla s'asseoir sur un énorme rocher non loin.

— Viens à côté de moi.

Elle obéit volontiers et se blottit contre lui, savourant sa chaleur qui l'enveloppait.

— Merci. Ça doit être le plus parfait des premiers rendez-vous de ma vie.

— C'est vraiment le premier rendez-vous pour toi ? la taquina-t-il.

— Le premier rendez-vous *officiel*, si tu préfères.

Elle observa les montagnes dans le lointain et poussa un soupir.

— Tu sais, j'ai toujours plutôt gravité autour de l'océan, mais ce paysage est apaisant, lui aussi. Je n'en reviens pas de la chance que nous avons de vivre dans une si belle région.

— C'est facile de l'oublier quand on est pris par notre quotidien. Tu veux faire un pacte avec moi ? On se promet de venir se balader au moins une fois par semaine ?

Cette proposition l'excita, puis lui serra le cœur. Ce serait tellement merveilleux d'avoir un partenaire avec qui se promener et profiter des merveilles que la nature avait à offrir. Mais les doutes la saisirent. Et si Tom et sa bande de criminels parvenaient vraiment à la faire accuser de la malédiction de Prémonition ? Passerait-elle ses matinées derrière les barreaux à être reconnaissante de pouvoir au moins apercevoir le soleil ? Elle frémit et se demanda si elle ne ferait pas mieux de quitter la ville, en fin de compte. Elle n'avait pas vraiment de racines ici. Sa seule famille, c'était sa mère, qui possédait une maison à Las Vegas. Qui restait-il ? Gigi, Skyler et le coven. Et bien sûr Kade, maintenant. Mais ils ne faisaient partie de sa vie que depuis peu de temps. Cela valait-il le coup de rester et de courir le risque de perdre sa liberté ?

La réponse fut rapide et inébranlable.

Elle n'irait nulle part.

Elle adorait cette ville, cela ne faisait aucun doute. Mais plus que ça, elle avait enfin le sentiment d'être à sa place, grâce aux liens forts qu'elle nouait avec le coven et avec Kade désormais. Elle savait au fond d'elle que jamais elle ne renoncerait à ça à cause de personnes horribles dont la place était en prison.

— Iris ? On n'est pas obligés d'y aller une fois par semaine, si ça fait trop. Une fois par mois, qu'est-ce que tu en dis ? Ce serait peut-être plus facile avec ton emploi du temps.

— Non, refusa-t-elle en secouant la tête.

— Oh. Très bien, marmonna-t-il, les sourcils froncés, sans la regarder.

— Non, je ne voulais pas dire ça, répondit-elle avec un petit rire nerveux. Désolée. Je refusais la balade tous les mois. Je préfère l'idée d'une fois par semaine.

Elle lui adressa un sourire timide.

— Je pensais juste à tout ce qu'il se passe en ce moment et je me demandais si je serais libre de faire ces balades. Au train où avancent les choses… C'est dur de faire des projets.

— C'est peut-être justement le bon moment pour se projeter. Tu as besoin de perspectives pour la fin de cette histoire.

Elle s'appuya contre lui en soupirant.

— C'est une idée agréable. Que tout ça soit terminé un jour. Moi qui pensais pouvoir aller de l'avant après mon divorce, voilà ce qui me tombe dessus. Comment est-ce que j'aurais pu anticiper ça ?

Kade l'embrassa sur le front.

— Personne ne pouvait prévoir que la ville serait maudite ni que quelqu'un voudrait te piéger. Tu ne pouvais pas prédire les méchants, parce qu'ils pensent toujours à des choses qui ne te viendraient jamais à l'esprit.

— C'est… assez vrai. Je n'ai pas l'esprit tordu, approuva-t-elle en secouant la tête.

— Tu as bon cœur, Iris Hartsen. C'est ce que j'aime le plus chez toi.

Elle lui sourit.

— Toi aussi. Même si ton côté protecteur est très attirant aussi.

Pouffant, il resserra son étreinte. Le silence qui suivit fut confortable, ce qu'Iris n'avait jamais connu avec aucun homme. Elle eut envie d'en savoir plus sur lui et ne put s'empêcher de poser la question :

— As-tu déjà été marié ?

— Non, jamais, loin de là. Et ton mariage avec Tom était le seul ?

Elle acquiesça en faisant la grimace.

— Je m'étais toujours dit que je ne me marierais qu'une seule fois, je ne me voyais pas divorcer. Et le plus triste dans tout ça, c'est que même si je sais maintenant que notre mariage n'était qu'une relation de façade, si Tom ne m'avait pas trompée et ne s'était pas mêlé à ce trafic, je serais sans doute toujours mariée avec lui, ignorant le fait que je n'étais pas heureuse.

Il se tourna vers elle, mais elle se détourna, ne souhaitant pas qu'il voie sa peine.

— Iris, regarde-moi.

Elle ferma les paupières, puis se força à les rouvrir. Quand elle le regarda enfin dans les yeux, il demanda :

— Pourquoi ? Tu es clairement une femme forte et indépendante. Je ne te juge pas, mais je ne comprends pas pourquoi tu resterais avec un homme qui ne t'apporte rien. Pourquoi t'accrochais-tu ?

— À cause de ma mère. Après avoir vu les dégâts que

l'assassinat de mon père a eus sur sa vie, je me suis juré de ne pas faire la même chose. Elle s'est mariée cinq fois en huit ans. L'ironie de la situation, c'est que le seul homme qu'elle a vraiment aimé, à savoir mon père, est le seul avec lequel elle n'a jamais été mariée.

— Ta mère a eu cinq époux en huit ans ? Tu te fiches de moi.

— Non, non, je suis très sérieuse. Quatre d'entre eux étaient clairement des erreurs. J'ai toujours pensé qu'elle enchaînait les mariages pour essayer de retrouver ce qu'elle partageait avec mon père. À moins que ce ne soit que pour cacher sa souffrance. Quelle que soit la raison, elle n'était pas prête à aller de l'avant. Je pensais cependant que Warren, le cinquième mari, allait durer. Il était gentil avec nous deux. Il n'y avait jamais de disputes et ils semblaient heureux tous les deux. Mais un jour, il a fait ses valises et il est parti. Ma mère n'a jamais voulu me dire ce qu'il s'était passé, à part que certaines personnes ne sont pas faites pour le mariage. À cette époque-là, je pensais qu'elle parlait de lui, mais maintenant, je crois qu'elle faisait référence à elle-même. Elle n'a eu aucune relation sérieuse depuis, et j'avais seize ans quand ça s'est terminé.

Kade lui massa la nuque.

— Je comprends mieux pourquoi tu voulais te battre pour sauver ton mariage. Tu ne voulais pas reproduire le même schéma. C'est admirable.

— Ah oui, vraiment ?

Elle secoua la tête, désabusée.

— Je ne me suis pas battue pour Tom, j'ai préféré ignorer ce qu'il se passait. Pour être honnête, ma carrière a toujours eu plus d'importance que lui ou notre vie de couple, à mes yeux. Qu'est-ce que ça t'apprend sur moi ?

— Que tu as fait un mauvais mariage et qu'à cause d'un traumatisme ancien, tu faisais ce que tu pensais devoir faire pour te préserver contre des souffrances supplémentaires ?

Les larmes montèrent aux yeux d'Iris. Elle s'allongea sur le sol, les yeux rivés sur le ciel bleu de Californie.

— Je n'aurais jamais dû l'épouser.

— Peut-être, commenta Kade en l'observant d'un air pensif. Ou peut-être que c'était précisément ce que tu devais faire pour comprendre ce que tu veux et ne veux pas pour le reste de ta vie. J'imagine que vous avez connu de bons moments ensemble, non ? Tout n'était pas si mal.

— Non. Nous étions bons amis avant qu'il n'aille voir ailleurs, admit-elle. Seulement…

Elle faillit admettre qu'après quelques nuits en sa compagnie à lui, elle savait à présent qu'elle avait vécu une vie terne. Une dans laquelle elle progressait dans l'ombre et non dans la lumière. Mais ce serait trop nunuche. Ou trop prématuré dans leur relation. Si tant est qu'ils en aient une. Elle l'espérait, en tout cas, mais quoi que ce soit, c'était trop récent pour y mettre une étiquette.

— Seulement quoi ? insista-t-il.

— Je sais à présent que j'avais épousé un homme pour lequel je n'éprouvais aucune passion. Je ne ferai plus la même erreur. Jamais.

Il lui caressa la joue avec son pouce.

— Bien, souffla-t-il.

Elle l'observa, admirant ses mâchoires carrées et ses yeux doux.

— Et toi ? Tu as dit que tu avais été loin de te marier, mais il n'y a eu aucune femme que tu pensais être la bonne ?

Il secoua la tête.

— J'ai eu des relations, plus ou moins longues, mais aucune

copine que j'ai envisagé d'épouser. L'une d'elles est restée plus longtemps qu'elle ne l'aurait dû, parce qu'elle avait besoin d'un ami. On était proches à la fac. L'autre n'est restée que pour l'argent.

— L'argent ? s'étonna-t-elle. Tu n'étais pas boursier ?

Il pouffa.

— Si, mais j'ai créé une entreprise technologique avec un ami, que nous avons vendue peu après l'obtention de notre diplôme. Nous n'avons pas gagné des sommes démentes, pas au point que je puisse m'offrir un yacht. Mais suffisamment pour que, tant que je me montre prudent, je puisse faire ce qui me plaise sans m'inquiéter pour l'argent.

— C'est génial, Kade. C'est super pour toi.

Iris se redressa en position assise.

— J'aimerais pouvoir dire la même chose. Malheureusement, le partage des biens avec mon ex a épuisé mon capital. Donc je vais devoir très vite trouver un nouveau travail. J'aimerais bien savoir ce que je veux faire, cela dit.

— Tu n'en as aucune idée ? demanda-t-il en se levant après avoir jeté un coup d'œil à sa montre.

— Je pense que je ferai une consultante d'entreprise d'enfer, mais je doute que la demande soit très élevée par ici. En plus, je n'ai aucune formation. Je ne sais pas si on m'embaucherait du coup.

Kade lui tendit la main et l'aida à se lever.

— Je pense que n'importe quelle entreprise de Prémonition serait prête à t'embaucher.

— Qu'est-ce qui te fait dire ça ?

— Je discute avec Lucas, au boulot. Je sais que tu as aidé bon nombre d'entrepreneurs à faire profit. Et que tu les soutiens sans arrêt. Ils seraient stupides de ne pas t'engager.

— Peut-être. Mais s'ils croient que j'ai jeté cette malédiction sur la ville, ça les découragera.

Elle fourra les mains dans les poches de son jean en souhaitant que ce cauchemar se termine bientôt.

— Sebastian ne les laissera pas te mettre ça sur le dos, et un jour, la vérité finira par éclater. C'est toujours le cas, affirma-t-il, une main sur sa chute de reins tandis qu'ils redescendaient le long du sentier.

Elle avait beau apprécier son soutien, ils savaient l'un comme l'autre qu'il n'y avait rien de garanti. Avec cette enquête, il pouvait se produire n'importe quoi. À ce stade, elle souhaitait juste s'en sortir libre et avec encore une pointe de respect des habitants de Prémonition.

— Tu sais ce que serait le job de mes rêves ? lança-t-elle, juste pour se changer les idées.

— Non, quoi ?

— Business Angel. Tu sais, comme dans *Qui veut être mon associé ?* Je pense que je serais très douée pour ça. Ma seule véritable capacité est de savoir quand une idée va marcher.

— Ah oui ? Par exemple ?

Elle le suivit sous la canopée des séquoias et énonça la liste des idées qu'elle avait encouragées et qui avaient connu le succès.

— C'est moi qui ai suggéré à Skyler d'ajouter un rayon pour les vêtements de luxe d'occasion dans sa boutique. Il comptait ne vendre que ses créations, mais je lui ai dit que nos touristes un peu plus fortunés aimeraient trouver des vêtements de créateurs. Et que ça ne ferait pas de mal à ses revenus, vu la taille du local qu'il convoitait.

— C'était une bonne idée. Lucas m'a dit que beaucoup de clients demandent des meubles de style contemporain à l'atelier. On va commencer à en faire nous-mêmes, mais il va aussi en sélectionner dans des ventes sur la propriété, pour voir si ça fonctionne.

Iris poussa un petit cri de bonheur.

— Bien ! Je suis contente qu'il fasse ça. Ça fera un parfait complément à ses affaires.

— Quelles sont les autres idées qui ont traversé ton cerveau de génie ? demanda Kade tandis qu'ils s'enfonçaient dans les bois.

— Rien de spécial. Juste l'intuition pour savoir si un autre magasin de bonbons a des chances de fonctionner ou si Prémonition est prête pour un restaurant végan, ou encore s'il vaut mieux faire une visite des lieux hantés ou plutôt une tournée des célébrités. Il semble que j'aie un don pour déterminer tout de suite si c'est ce qu'il faut à la ville ou non. Je voyais ça comme mon seul don magique, mais j'ai depuis découvert que cette vieille carcasse contient plus de pouvoir que je ne le pensais.

— C'est un don sacrément pratique que tu as, tu sais. Je retiens, pour le cas où je voudrais monter une entreprise un jour.

Tandis qu'ils reprenaient le chemin en sens inverse, ils passèrent le reste de la matinée à imaginer les magasins et entreprises les plus ridicules qui soient, tels que bikinis en fil dentaire, librairie d'ebooks et chaussures de ski personnalisées, dans une ville où il ne neigeait jamais. Mais quand Kade suggéra d'organiser des mariages pour chiens, Iris explosa de rire.

— Hope en a déjà arrangé un. Ce n'est pas une aussi mauvaise idée que tu le penses.

Il gémit.

— C'est n'importe quoi.

— Peut-être, mais elle a gagné un beau chèque ce jour-là.

Lorsqu'ils terminèrent enfin la balade, Iris avait les jambes agréablement engourdies. Le brouillard s'était installé, si bien qu'ils peinèrent à trouver la voiture de Kade sur le parking.

— Je crois que c'est par là, dit-elle en s'approchant déjà de la direction qu'elle indiquait.

— Qu'est-ce que...

Il y eut un grognement étouffé, puis les bruits de frottement sur le gravier de quelqu'un cherchant à garder l'équilibre.

— Kade ?

Iris se tourna dans toutes les directions, essayant de le repérer dans ce brouillard qui s'intensifiait à chaque seconde.

Il ne répondit pas.

— Kade ! répéta-t-elle au moment même où un SUV noir la dépassait en faisant voler des petits cailloux et du sable, l'obligeant à fermer les paupières pour ne rien recevoir dans les yeux.

Les pneus du véhicule crissèrent lorsqu'il sortit du petit parking, laissant Iris seule sans Kade, sans clés et sans la moindre idée de ce qu'il venait de se passer.

CHAPITRE 22

LA PANIQUE S'EMPARA D'IRIS. ELLE TREMBLAIT DE TOUS SES membres en courant après le SUV, mais elle ne vit qu'une route déserte et un brouillard si dense que sa visibilité se réduisait à trois mètres.

— Merde ! s'écria-t-elle en sortant son portable qu'elle avait par chance sur elle.

Elle effleura l'écran avec frénésie et réussit à appeler Sebastian.

Elle tomba directement sur le répondeur.

— Merde !

Elle tenta Gigi ensuite, pour le même résultat.

Des larmes de frustration lui montèrent aux yeux. Elle chercha dans son portable le numéro de Grace.

— *Salut, Iris*, dit cette dernière, qui paraissait à bout de souffle. *Est-ce que je peux te rappeler ? J'allais...*

— Non ! Kade vient de se faire enlever et je suis seule sur la Pointe du Siffleur. Je ne sais pas quoi faire.

Le stress lui tordait le ventre et elle dut se pencher pour reprendre son souffle.

— *Kade s'est fait enlever ? Qu'est-ce que tu entends par là ?* demanda Grace, qui paraissait aussi stupéfaite qu'Iris par cette idée.

— Quand on est sortis du sentier, le brouillard était épais, et il s'est fait enlever par quelqu'un conduisant un SUV noir. Je n'ai rien vu à part la voiture qui s'en allait très vite. Nous devons faire quelque chose.

— *As-tu appelé la police ?*

C'était une question raisonnable. Toute personne saine d'esprit l'aurait fait en premier, d'ailleurs, mais elle n'y avait même pas pensé. Elle n'avait plus confiance dans les autorités de Prémonition.

— Non, je… Je ne sais pas à qui je peux me fier.

— *C'est vrai,* commenta Grace d'une voix résolue. *Quelqu'un va venir te chercher. Ne t'en fais pas, on va retrouver Kade.*

— Grace ? dit Iris avant que l'autre femme n'ait pu raccrocher.

— *Oui ?*

— Merci.

— *Il n'y a vraiment pas de quoi. Tiens bon.*

Iris faisait les cent pas sur le parking quand un pick-up noir s'arrêta à côté d'elle. Jetant un coup d'œil à travers la vitre, elle découvrit Lucas King, qui tendait le bras pour lui ouvrir la portière.

— Vous allez bien ? lui demanda-t-il dès qu'elle pénétra à l'intérieur.

— Non, pas du tout. Un instant, il était là, et le suivant, il avait disparu. Je ne sais même pas par où commencer les recherches.

Lucas appuya sur le champignon, et ils prirent la voie rapide à toute allure.

— Hope et Grace rassemblent déjà le coven. Je vais vous conduire sur la falaise afin qu'elles puissent faire un sort de localisation. Avez-vous quelque chose de Kade qui pourrait les aider à établir la connexion avec lui ?

Elle réfléchit. Kade était chez elle hier soir, il y avait peut-être laissé quelque chose ? Sinon, elle pourrait entrer chez lui.

— Pas sur moi. Pouvez-vous me ramener à la maison ? Je pense pouvoir y trouver quelque chose.

— Bien sûr.

Il lui serra la main, lui apportant ce soutien dont elle ignorait avoir besoin.

Tandis qu'elle attendait que l'une de ses amies vienne la chercher, tout son être s'était engourdi de l'intérieur. Bien qu'elle ait trouvé quelque chose de merveilleux avec Kade et le coven, sa vie et tout ce qu'elle avait construit éclataient en mille morceaux. Comment cela allait-il finir et parviendrait-elle à y survivre ? C'était difficile à dire en cet instant.

— Tout va s'arranger, Iris, lui assura Lucas, comme s'il avait lu dans ses pensées. Je sais que c'est le bordel pour l'instant, mais les filles vont tout faire pour le retrouver.

Iris serra les paupières et posa la tête contre la vitre froide.

— Par les déesses, je l'espère tellement.

Dès que la voiture se gara devant chez elle, elle fut surprise de découvrir Bibi assise devant sa porte d'entrée. Elle bondit du véhicule, et la chienne s'empressa de la rejoindre pour s'appuyer contre sa jambe.

— Qu'est-ce que tu fais là, ma belle ? Comment as-tu fait pour t'échapper encore de ta maison ?

La chienne gémit et lui lança un regard triste.

— Tu sais qu'il a disparu, n'est-ce pas ? Ne t'en fais pas, nous allons te le ramener.

Plutôt que de se rendre chez elle, elle se dirigea vers la maison de Kade et appuya sur la poignée. Elle était verrouillée.

— Comment as-tu fait pour sortir ? demanda-t-elle à Bibi.

Celle-ci aboya puis courut vers l'arrière. Elle se faufila à travers une petite portion rouillée du grillage et aboya à nouveau. Iris défit le portail et repéra alors la porte ouverte.

— Donc tu as enfoncé la porte de derrière ? Très bien. Trouvons quelque chose à ton père, refermons et allons-y. Nous avons un sort de localisation à lancer.

Dix minutes plus tard, Iris, Bibi et Lucas grimpèrent à travers le brouillard et retrouvèrent le coven déjà installé autour du feu.

— Iris ! s'écria Gigi, qui vint la serrer fort dans ses bras. Je suis tellement désolée de ne pas avoir répondu à tes appels. Sebastian était en route pour le bureau et moi je préparais une nouvelle potion.

— Pas de problème, lui assura-t-elle en lui rendant son étreinte, réconfortée par son soutien. J'ai réussi à joindre Grace et elle a tout mis en branle.

Quand elle lâcha son amie, elle observa les sorcières présentes autour du cercle : Grace, Hope, Joy et même Carly Preston, l'actrice célèbre qui s'était installée à Prémonition l'année précédente.

— Euh, bonjour.

Hope s'approcha et la prit par le bras.

— Viens. On est prêtes, on peut commencer. Tu as apporté quelque chose appartenant à Kade ?

Iris lui montra le pull qu'il avait porté la veille.

— Ça ira ?

— Ça devrait aller, oui, confirma Grace en lui prenant le

vêtement des mains pour le placer sur un rocher au centre du cercle.

Carly Preston se leva et alla rejoindre Iris.

— J'espère que ça ne vous gêne pas que je sois là, murmura-t-elle. J'imagine que vous avez entendu parler de la disparition de ma nièce.

Iris opina en se demandant le rapport avec l'enlèvement de Kade.

— Je sais combien c'est traumatisant pour vous, parce que je suis passée par là. Quand Joy m'a dit que ma magie pourrait être utile, je n'ai pas hésité. Mais je voulais être sûre que vous étiez d'accord.

— Bien sûr que oui, dit Iris, qui souffla. Merci. Toute aide est bonne à prendre.

Carly lui caressa le bras.

— Si quelqu'un peut le trouver, c'est ce coven.

Iris opina, confiante aussi. Les femmes de ce coven avaient prouvé qu'elles constituaient une puissance non négligeable. Voilà pourquoi elle s'était adressée à elles dès que la malédiction avait été lancée sur la ville. Elle espérait qu'elles auraient plus de chance pour trouver Kade qu'elles n'en avaient eu jusque-là pour découvrir qui avait lancé la malédiction.

— Lucas ? l'appela-t-elle. Pouvez-vous surveiller Bibi et veiller à ce qu'elle n'entre pas dans le cercle ?

— Oui.

Il prit la laisse de la chienne et se mit à l'écart, donnant au coven l'espace nécessaire.

— Qui dirige aujourd'hui ? demanda Joy.

Toutes se tournèrent vers Iris.

— Moi ? Mais je sais à peine ce que je fais !

— C'est toi qui as le lien le plus fort avec Kade, expliqua Gigi. Mieux vaut que le sort vienne de toi.

— Je n'ai aucune idée de ce que je dois faire.

Elle observa les bougies déjà allumées qui éclairaient le cercle, puis tourna son attention sur le pull de Kade. Ses entrailles se nouèrent. Un trou béant dans sa poitrine lui donnait le sentiment que le temps passé avec Kade était terminé. Même si elles parvenaient à le sauver, voudrait-il vraiment fréquenter une femme à cause de laquelle il s'était fait enlever, parce que... Elle ignorait complètement pourquoi il avait été kidnappé. Sans doute pour la forcer à faire ce qu'ils voulaient.

— Je vais te guider, la rassura Gigi. Les pétales de fleurs ont déjà été écrasés. Tout ce qu'il te reste à faire, c'est psalmodier et saupoudrer les pétales sur le pull.

— Des pétales de fleurs ? s'étonna-t-elle.

— Elles viennent de son jardin, expliqua son amie. Ça aidera pour le lien.

Iris inspira profondément, puis relâcha son souffle.

— C'est sensé. D'accord, commençons.

— Imite mes gestes et répète mes paroles.

Iris observa son amie avec attention et la copia lorsqu'elle leva les bras vers le ciel. Puis elle psalmodia à sa suite :

— Déesse de la Terre, nous cherchons un aimé. Montre-le-nous avant qu'il ne soit perdu.

Les bougies vacillèrent, le vent se leva, grondant dans les oreilles d'Iris, qui le remarqua à peine. Elle ne pensait qu'au fait que Kade était son aimé. Elle ne remettait pas en question le choix des mots de Gigi, parce qu'ils étaient vrais, et si cela pouvait aider à renforcer la connexion, elle était partante.

— Jette les pétales dans le cercle, ordonna son amie.

Iris s'exécuta, puis psalmodia à nouveau. Les autres sorcières répétèrent la mélopée, et ensemble, elles levèrent le visage vers le ciel brumeux et demandèrent à la déesse de la Terre de leur montrer où se trouvait son enfant.

La magie crépita dans l'air, lui picotant la peau. Elle se concentra plus fort, imaginant le visage de Kade, son sourire, ses yeux magnifiques, et son cœur chaleureux. Le sien se mit à battre plus fort alors qu'elle se sentait s'élever hors de son propre corps ; elle regarda le cercle par au-dessus tandis que la magie luttait contre l'atmosphère. Des silhouettes se formèrent et se dissipèrent, à toute allure, à plusieurs reprises.

— Tu dois réessayer ! ordonna Gigi. Pense à Kade. Imagine-le tel qu'il est, éprouve ce qu'il doit éprouver, sens ce qu'il doit sentir.

Iris obéit. Elle l'imagina au sommet de ce chemin, lui souriant doucement tandis qu'ils admiraient la vue. Puis son esprit dériva vers la nuit précédente, et sa peau la picota à tous les endroits qu'il effleura. Son odeur était plus forte. Il portait de l'après-rasage, mais ce n'était pas de ça qu'elle voulait se souvenir. Elle préférait cette odeur boisée qu'il exhalait après avoir travaillé toute la journée avec Lucas.

Dès que ses sens conjurèrent cette douce odeur de séquoia, le cercle fut traversé par un jet de lumière, mais la personne qui apparut au-dessus du pull et des miettes de fleurs n'était pas Kade.

C'était sa mère, Katheryn.

— Maman ? s'écria Iris, stupéfaite. Qu'est-ce que...

— *Écoute, ma puce. C'est important, tu comprends ?* lui dit Katheryn, les yeux emplis de douleur et de regret.

— Je t'écoute.

Elle ignorait totalement ce qu'il se passait. Peut-être que le sort avait échoué. Ou peut-être que sa mère l'avait détourné. Elle ne saurait le dire, tout ce qu'elle savait, c'était que sa mère se trouvait dans le cercle. Son tailleur sur mesure était de travers et déchiré par endroit, comme si elle s'était battue et avait perdu.

— *Ils m'ont trouvée. Après toutes ces années, ils m'ont finalement trouvée. Si tu veux nous sauver Kade et moi, tu dois trouver Warren. Il saura quoi faire.*

— Warren ? Ton ex-mari ? s'étonna Iris.

Elle n'avait plus eu de contact avec lui depuis ses seize ans.

— *Oui, Warren. Il saura où nous sommes. Dépêche-toi, ma puce. Ils m'ont attendue très longtemps.*

L'image commença à s'estomper, et Iris se mit à paniquer.

— Maman ! Attends ! Où est-ce que je peux le trouver ?

— *Dans son chalet,* parvint à répondre Katheryn avant de disparaître.

Le vent s'immobilisa et les bougies s'éteignirent tout à coup, plongeant le coven dans le brouillard. Toutes les sorcières la fixaient.

Iris laissa retomber ses mains et s'agenouilla le temps de reprendre contenance. Quel lien Warren avait-il avec tout ça ? Et où se trouvait son chalet ?

Gigi se racla la gorge.

— Il semblerait que nous devions trouver quelqu'un. Et le plus vite possible.

Iris opina, se tourna vers Lucas pour lui prendre la laisse de Bibi, puis remonta la colline, en transe, vers sa maison située à quelques rues de la plage. Elle essayait de comprendre ce qu'il venait de se passer.

Elle avait essayé de conjurer l'image de l'homme dont elle tombait amoureuse et avait fini avec sa mère, qui lui avait adressé un message mystérieux.

Toutefois, si Warren savait vraiment où les trouver, cela signifiait que… bordel ! Toutes les personnes de sa vie étaient-elles donc des menteuses ?

Elle pivota et observa le coven, et comprit que ce n'était pas vrai. Elle avait aussi confiance en Kade. Pourquoi l'avoir enlevé cependant s'il n'était pas mêlé à ça ?

Pour l'atteindre elle, manifestement. Si quelqu'un l'avait observée un tout petit peu, il aurait très vite réalisé qu'elle avait beau ne connaître Kade que depuis quelques jours, elle craquait complètement pour lui.

— Iris ? l'appela quelqu'un dans son dos.

Elle se tourna vivement, prête à envoyer balader la personne qui l'avait suivie. Une fille ne pouvait-elle donc pas avoir quelques instants de paix alors qu'elle essayait d'assimiler le fait traumatisant que sa mère et son copain avaient été enlevés tous les deux ?

— Quoi ? aboya-t-elle, incapable de se contenir.

Puis elle marmonna une excuse en reconnaissant Ginny Stevens, la jeune agent de la Brigade d'Interventions Magiques.

— Oh, par les déesses, soupira-t-elle. Je suis désolée. Je n'ai pas le temps pour ça. Je vous ai déjà dit tout ce que je savais.

— Ça, c'est un peu exagéré, commenta Ginny en riant, mais je suis convaincue que vous n'avez rien à voir avec la malédiction. Je me disais aussi que vous aimeriez savoir que les Affaires internes ont été contactées. Le maire Howell fait l'objet d'une enquête officielle. Les charges retenues contre vous ont été abandonnées définitivement.

CHAPITRE 23

QUAND IRIS VIT LE COTTAGE DE KADE, SON CŒUR SE SERRA. IL s'était passé beaucoup trop de choses, qu'elle peinait à assimiler.

Apprendre qu'elle n'était plus suspectée d'avoir lancé la malédiction sur Prémonition était une bonne nouvelle, mais elle ne ressentait pas le soulagement et la jubilation qu'elle devrait éprouver, puisque les gens qui comptaient le plus pour elle avaient été enlevés.

Kade, l'homme dont elle avait bien plus besoin qu'elle ne voulait l'admettre, et sa mère, qui aussi dominatrice et frustrante qu'elle soit, était la seule personne à avoir toujours fait partie de sa vie. Iris était prête à tout pour les retrouver.

Avec Bibi à ses côtés, elle rentra chez elle et se rendit droit dans la chambre d'amis pour voir si sa mère avait laissé quelque chose la veille, avant de s'en aller. Le lit était défait et des vêtements étaient entassés dans un coin de la pièce, qu'elle avait sans doute oubliés en faisant ses bagages. Il ne semblait cependant pas rester quoi que ce soit lui donnant le moindre indice quant à la localisation du chalet de Warren.

Elle fouilla dans la commode et le placard de la chambre d'amis, comme si elle pouvait trouver un journal intime ou bien l'adresse écrite au rouge à lèvres quelque part, ou toute autre possibilité tout aussi ridicule.

Elle sortit, sans surprise, bredouille de ses recherches.

— Bon sang, mère ! cria-t-elle, frustrée. Où est-ce que je suis censée trouver cette information ?

— Iris ? l'appela Grace depuis le couloir.

— Oui ?

— Viens voir.

Elle lui tendit la main. Iris l'observa un instant, puis la prit, ravalant sa frustration. Grace la guida jusqu'au salon et lui tendit une bouteille d'eau.

— Tiens. Bois.

Iris regarda autour d'elle et découvrit toutes les sorcières du coven, à sa disposition si elle avait besoin d'elles.

— Nous sommes là pour toi, lui dit Grace en l'entourant d'un bras pour la conduire jusqu'au canapé. Tu as compris qu'on était là pour t'aider à trouver Kade et ta mère ? Tu n'es pas seule au monde. Nous te soutenons toutes.

Hope, la plus proche, opina. Joy, assise sur un fauteuil en face d'elle, tapait sur un ordinateur. Et Gigi et Carly s'étaient lancées dans un débat animé sur l'utilité d'un nouveau sort de localisation.

— Je n'ai rien appartenant à Warren, leur dit Iris. Je ne l'ai pas vu depuis plus de trente ans.

— As-tu une photo de lui ? répliqua Carly.

Joy leva vivement la tête.

— Je n'avais pas pensé à ça.

Les deux femmes échangèrent un regard, et Iris se demanda ce qu'il se passait. Elle se racla la gorge.

— C'est possible. Je vais aller voir.

Elle se rendit dans sa chambre, Bibi sur les talons. Après avoir fouillé dans le placard pour en sortir la boîte à chaussures pleine de photos qu'elle conservait depuis son adolescence, elle attrapa Bibi et alla s'asseoir sur le lit. La chienne se blottit sur son oreiller tandis qu'elle soulevait le couvercle de ses souvenirs d'enfance dans lesquels elle n'avait pas voulu replonger, mais dont elle avait tout de même été incapable de se débarrasser.

Les photos du dessus étaient celles de sa remise de diplôme. La fille qui lui souriait avait l'air heureuse, en apparence, mais Iris se souvenait très bien de cette journée. Sa mère n'était pas rentrée la veille, si bien qu'elle avait trouvé le frigo vide à son réveil et une note de sa mère l'informant qu'elle serait absente pendant trois jours. Cette dernière lui laissait aussi les clés de la vieille Coccinelle plus très fiable, offerte par Katheryn à ses seize ans, et un billet de vingt dollars.

Le plus triste dans tout ça, c'était qu'Iris n'avait même pas été surprise.

Elle avait avalé un café soluble, passé vingt minutes à essayer de démarrer la voiture, puis s'était rendue à l'arrêt de bus. La seule chose qui lui avait permis d'être à l'heure à la remise de diplôme, c'était la générosité d'un voisin dont le petit-fils était dans sa classe et qui avait proposé de l'y conduire. La photo dans la boîte avait été prise par le photographe qui mitraillait tous les étudiants quand ils montaient sur scène. Iris l'avait achetée avec son propre argent et rapidement jetée dans la boîte ensuite, et ne l'avait plus jamais regardée.

Soupirant, elle parcourut les différents clichés. Certains représentaient de bons souvenirs, comme ces camps de vacances où elle s'était rendue deux semaines chaque été pendant trois ans, quand elle était préadolescente. Il y en avait plusieurs d'elle enfant, avant le décès de son père. Sa préférée était celle d'eux deux, où il lui expliquait comment accrocher un hameçon. Elle observait son père avec adoration. Sur la suivante, elle tenait un petit filet de pêche dans lequel se trouvait un petit poisson, et elle arborait un grand sourire.

Une douleur lui vrilla la poitrine. À quoi aurait ressemblé sa vie si son père ne s'était pas fait tuer ? Elle ferma les yeux, s'accordant un instant pour se remémorer l'homme qu'elle avait aimé si fort.

Un nez froid se glissa sous sa main. Elle baissa la tête et vit Bibi, sa tête posée sur sa jambe.

— Merci, ma puce. J'en avais besoin.

Elle parcourut le reste des photos, ne s'arrêtant qu'un instant sur une d'eux trois, prise peu avant la mort de son père. Il entourait la taille de Katheryn d'un bras, tandis qu'Iris se tenait devant eux, un cône de glace à la main, un grand sourire aux lèvres. Ils avaient l'air si heureux.

Un souvenir de ce soir-là lui revint à l'esprit. Sa mère l'avait bordée et lui avait lu des histoires jusqu'à ce qu'elle s'endorme. Iris fronça les sourcils, essayant de se souvenir si c'était comme tous les soirs. Quelque chose lui disait que oui. Elle se revoyait se blottir sous les couvertures et rire avec sa mère. Tout s'était arrêté à la mort de son père. La jeune Iris mourait d'envie de retrouver la mère qu'elle avait connue, et n'avait retrouvé que celle qui s'était brisée et n'avait pas su comment se reconstruire. Jusqu'à ce que Warren entre dans sa vie.

Bon sang, elle devait retrouver ce dernier au plus vite. Elle arrêta de se plonger dans les souvenirs et fouilla jusqu'à en trouver une de Warren et elle ensemble, devant la Coccinelle, riant tous les deux.

— J'espère que ça suffira, se dit-elle tout haut en remettant les autres clichés dans la boîte.

Prenant Bibi sous le bras, elle retourna au salon en vitesse, où ses amies s'étaient rassemblées pour discuter d'un sort.

— J'en ai une.

Joy se leva du canapé et s'approcha, la main tendue.

— Je peux ?

— Bien sûr.

Iris lui remit la photo.

— Tu vois quelque chose, Joy ? demanda Carly.

L'intéressée opina lentement.

— Je crois, oui.

Iris les dévisagea tour à tour.

— De quoi est-ce que vous parlez ?

Carly posa une main sur son bras.

— Joy a parfois des visions, grâce à la photo de quelqu'un. Elle va peut-être pouvoir deviner où se trouve Warren. Mais ce sera plus facile si le coven se réunit pour renforcer sa magie.

Toutes les sorcières s'étaient levées.

— D'accord, où va-t-on faire ça ? les interrogea Iris, impatiente de s'y mettre.

— Dehors, dit Carly en l'attrapant par la main et en l'entraînant vers le jardin de derrière.

Une fois sur la terrasse, Carly se tourna vers elle.

— Vous... Tu vas bien ?

Iris haussa une épaule. Carly lui caressa le bras.

— Je comprends. Je suis passée par là. Si tu as besoin de quoi que ce soit, d'une épaule pour pleurer, d'une oreille attentive, de détectives privés, je suis là, tu peux compter sur moi.

Merde. Voilà que les larmes lui montaient à nouveau aux yeux.

— Merci.

— Je t'en prie.

Carly lui posa un sachet d'herbes dans la main.

— Pour te protéger.

Iris fixa le petit sachet.

— Garde-les dans ta poche au cas où.

— Je ne…

— Fais-moi confiance, les gens qui ont enlevé Kade et ta mère l'ont très certainement fait pour t'atteindre, maintenant que tu n'es plus suspecte. La Brigade d'Interventions Magiques enquête maintenant sur le maire et je ne sais qui d'autre. Nous ignorons ce qu'ils comptent faire ensuite, mais je parierais sur quelque chose pour te piéger à nouveau. Ou te faire chanter pour que tu plaides coupable. Mieux vaut que tu sois préparée.

Carly avait raison, et Iris prit son conseil à cœur. Acquiesçant, elle empocha le sachet, tandis que les autres se rassemblaient autour d'elles.

— Qu'est-ce qu'on doit faire maintenant ?

— Former un cercle, répondit Grace.

Habituellement vêtue avec style, cette dernière portait en ce moment un jean usé et un vieux tee-shirt. Ses cheveux auburn étaient remontés en un chignon lâche ; tout, dans son allure, indiquait qu'elle n'avait pas eu l'intention de quitter sa maison ce jour-là. Les autres membres du coven étaient dans des tenues similaires, donnant l'impression d'avoir quitté leur maison à la seconde où elles avaient appris qu'Iris avait besoin d'aide.

— Merci, leur dit-elle, envahie par une bouffée de gratitude. D'être là, de m'aider sans poser de questions.

— C'est ce que font les coven, affirma Grace, et les autres opinèrent.

— Mais je n'en suis pas une membre, rétorqua Iris, j'ai juste…

— Si, tu en es une, affirma Hope, les yeux plissés. Du moins, si ça te dit.

— Elle a raison, approuva Grace.

— Oui, on ne tourne pas le dos à ses sœurs, déclara Joy en souriant, avant de regarder Gigi et Carly. N'est-ce pas, mesdames ?

— Tout à fait, confirma Gigi.

Carly acquiesça.

— Je crois que nous avons toutes atteint un stade de nos vies où, si nous trouvons des gens avec qui nous nous entendons bien et formons un lien, on ne les laisse pas s'en aller. C'est comme ça que j'ai fait partie de ce groupe, d'ailleurs.

— Amen, lança Gigi.

Joy leur sourit, puis se retourna vers Iris.

— Elles ont raison. Nous sentons une connexion avec toi, donc tu es l'une de nous, si ça te dit.

Ne pleure pas, s'ordonna-t-elle. Elles n'avaient pas de temps à perdre avec ça. Mais ce soutien inattendu de ce groupe de femmes qui l'entouraient était presque trop, et une larme coula sur sa joue.

— Merci, dit-elle d'une voix haut perchée. Je suis honorée de faire partie du coven.

— Parfait, dit Grace. Maintenant, commençons ce sort. Nous avons des gens à trouver. Iris, viens te placer au milieu, s'il te plaît, et lève la photo de Warren.

Elle s'exécuta, et dès que les bougies furent allumées, les autres sorcières se mirent à scander :

— Déesse de la Terre, montre-nous le chemin que nous cherchons.

Elles psalmodièrent cette phrase comme une litanie, jusqu'au moment où l'air devint glacial et où la scène se brouilla sous les yeux d'Iris. La magie enveloppa sa peau, mais sans lourdeur. Elle avait plutôt l'impression de flotter à travers l'espace et le temps, avec les pieds juste au-dessus du sol.

Lorsqu'elle cligna des paupières, sa vision s'éclaircit, et elle se trouva à une intersection. Un panneau annonçait *Route de la Vallée Haute* et, un autre, qui indiquait un petit chemin de terre, proclamait *Carrefour des Cinq Branches.* Elle fit un pas vers le sentier, mais le vent se leva dès que son pied toucha le sol, la soulevant dans les airs et la renversant. Son monde s'assombrit. Quand elle rouvrit les paupières, elle était de retour au milieu du cercle, entourée par le coven.

— La vache. C'était… étrange, commenta-t-elle.

— Qu'est-ce que tu as vu ? demanda Joy.

Iris leur décrivit la route et les panneaux. Joy hocha la tête.

— J'ai vu un chalet au bout d'un sentier. Il y avait une étoile à cinq branches sur la porte. Si on trouve où se trouve la Route de la Vallée Haute, on pourra trouver Warren.

— Je suis sur le coup, indiqua Hope, qui tapotait déjà sur son portable.

Quelques secondes plus tard, elle brandit un poing triomphant.

— C'est à deux heures de route vers l'est. Qui est partante pour un road trip ?

CHAPITRE 24

— J'ESPÈRE QU'AVOIR UNE GARDE RAPPROCHÉE NE LUI FERA PAS peur, commenta Gigi en jetant un coup d'œil à la voiture qui les suivait.

— Ça m'étonnerait. Warren n'est pas du genre à s'effrayer facilement. Du moins, il ne l'était pas avant.

Iris priait pour que ce soit toujours vrai. Lorsqu'elles avaient déterminé qui l'accompagnerait, aucune des membres du coven n'avait voulu rester à Prémonition, pour le cas où les autres rencontreraient des problèmes. Heureusement qu'aucun de leurs partenaires n'avait souhaité les accompagner, sinon, ils auraient dû louer un bus.

— Sebastian fait des recherches sur le passé de Warren, indiqua Gigi, qui tapait sur son portable. Il a dit qu'il n'avait rien découvert sur lui depuis qu'il a épousé ta mère.

— Ce n'est pas inhabituel, si ? De ne pas trouver d'arrestations ou d'interdictions bancaires, ce genre de choses, je veux dire.

— Non… Enfin, si, mais il n'a rien déniché *du tout*. Pas de crédits. Pas de gros achats. Pas d'entreprises à son nom ou l'ayant embauché. Comme s'il avait disparu dans la nature. C'est très étrange. En règle générale, les recherches d'antécédents déterrent toujours quelque chose d'intéressant.

Iris la regarda et ignora le malaise qui lui tordait le ventre.

— Ça ne veut pas forcément dire quelque chose, répliqua-t-elle, tout en sachant que c'était faux.

Si rien ne ressortait, cela indiquait que Warren vivait volontairement sous le radar. Gigi haussa un sourcil.

— J'ai déjà fait des recherches sur des gens avant. Ce n'est pas normal.

— Argh. J'essayais de me mentir à moi-même, avoua Iris. Je ne crois pas pouvoir supporter d'apprendre qu'une autre personne déraille.

— Tu n'as pas vraiment le choix, mais au moins, tes sœurs sont là pour te soutenir, dit Gigi, en calant une mèche de cheveux blonds derrière son oreille et en baissant ses lunettes de soleil. Je crois qu'il faut prendre la prochaine à gauche.

La nervosité tordait le ventre d'Iris, qui serra les poings sur le volant, déterminée à découvrir le fin mot de cette histoire, où que la mène ce chemin poussiéreux. Le panneau à l'intersection avait été le même que dans sa vision, elle était donc sur la bonne voie. Elle emprunta le chemin de terre et sentit son pouls s'accélérer alors qu'elles dépassaient des forêts denses et des broussailles qui auraient besoin d'être taillées.

— Joy a dit que le chalet était droit devant, dit Gigi en levant les yeux de son portable.

Iris acquiesça et, après un dernier virage, aperçut une maisonnette en bois de plain-pied au toit en métal. Sur le porche patiné se trouvait une vieille balancelle et sur la porte, une étoile à cinq branches.

La vision de Joy avait mis dans le mille. Elles avaient trouvé le bon endroit. Même si la vision s'était trompée, Iris l'aurait su au vieux pick-up Chevrolet de 1958 dont le hayon était bosselé. Elle retint son souffle en se remémorant le jour où elle avait fait elle-même cette bosse en reculant avec sa Coccinelle. Pourquoi n'avait-il jamais réparé son véhicule ? Le passe-temps préféré de Warren était de restaurer des voitures. Donc quelques jours lui auraient suffi pour s'occuper de celle-ci.

Elle se gara derrière le pick-up et descendit sans tarder. Maintenant qu'elle était là, elle était impatiente de parler avec Warren. Elle savait que sa mère l'avait envoyée ici pour une bonne raison, mais elle avait envie d'enlacer le seul beau-père qu'elle ait aimé en priant pour qu'il lui rende son étreinte.

La porte s'ouvrit d'un coup, avant qu'elle ne frappe.

— Qu'est-ce que vous voulez ? lança Warren d'une voix bourrue et menaçante.

Si elle ne l'avait pas connu, elle serait retournée en courant à sa voiture, apeurée. Toutefois, elle le connaissait. Elle avait déjà vu ce retard et cet air renfrogné. Sous l'homme bougon se trouvait un homme tendre qui aurait fait n'importe quoi pour elle. Elle nota ses cheveux désormais argentés, et ses yeux verts d'autrefois aujourd'hui entourés de profondes ridules. Il avait pris de l'âge, mais restait séduisant, comme Harrison Ford.

— Salut, Warren. Ça faisait longtemps. Beaucoup trop, d'ailleurs.

Une bonne minute s'écoula, puis le regard assassin disparut, remplacé par une expression surprise alors qu'il la détaillait de la tête aux pieds.

— Bordel de merde. Iris ?

Elle lui adressa un grand sourire.

— Je parie que tu ne m'aurais jamais crue capable de te retrouver ici.

Il pouffa.

— Non, c'est vrai. Comment m'as-tu trouvé ? Katheryn ?

Elle opina et en perdit le sourire.

— Maman s'est fait enlever. Elle m'a dit de venir te voir et que tu saurais quoi faire.

Il fronça les sourcils.

— Comment ça « enlever » ? Que s'est-il passé ?

— Je ne sais pas pourquoi ils l'ont prise, mais je peux t'expliquer tout le reste.

Il ouvrit sa porte en grand et l'invita à entrer.

Elle franchit le seuil et découvrit avec surprise un intérieur douillet, avec des meubles à l'allure confortable et des photos au mur. Incapable de s'en empêcher, elle se dirigea vers elles, et fut stupéfaite de découvrir qu'il s'agissait de clichés de sa mère et d'elle. Et d'un homme qu'elle ne s'attendait pas à trouver là. Elle se tourna vers Warren, les mains tremblantes.

— Tu connaissais mon père ?

Il opina lentement et s'avança vers elle.

Les deux hommes étaient jeunes, dans la vingtaine environ. Ils se tenaient par les épaules, un grand sourire aux lèvres. Iris posa les doigts sur le verre du cadre, puis se concentra à nouveau sur Warren.

— D'où est-ce que tu le connaissais ?

Il se racla la gorge.

— On a grandi ensemble, en quelque sorte. On était dans la même bande après le lycée.

— Tu te fiches de moi ! Maman le savait ?

— Oui. Viens à la cuisine, je vais te servir à boire pendant que tu me mettras au parfum et m'expliqueras qui t'attend dehors.

— C'est Gigi, dans ma voiture. Dans celle de derrière, c'est le reste des membres de mon coven. Si je ne leur envoie pas un message d'ici deux minutes pour leur promettre que tu ne m'as pas enfermée dans ton sous-sol, elles vont sans doute défoncer ta porte et te jeter un sort.

— Tu fais partie d'un coven ? s'étonna-t-il, les sourcils levés si haut qu'ils se confondaient presque avec ses cheveux.

— Hé ! s'écria-t-elle. N'aie pas l'air aussi surpris, bon sang.

Il pouffa.

— Désolé. Je me souviens simplement de ta mère essayant de t'enseigner la magie. Ça ne s'est jamais bien passé.

Iris s'affala sur une des chaises de la cuisine.

— C'est vrai. Il semblerait que je vienne juste d'acquérir mes pouvoirs. Et les dures à cuir de Prémonition m'ont accueillie parmi elles.

— C'est bien. Tu mérites d'avoir des gens comme ça dans ta vie.

Il saisit un pichet dans le frigo, puis attrapa deux verres, qu'il remplit de limonade. Il alla ensuite la rejoindre à table et posa la main sur la sienne.

— Je suis content de te revoir, Iris.

— J'aurais aimé que ce soit dans d'autres circonstances, répondit-elle en lui serrant la sienne.

Warren acquiesça.

— Dis-moi ce qu'il se passe et comment je peux t'aider.

— En fait, je ne sais pas pourquoi maman s'est fait enlever.

Elle lui relata toute l'histoire, en partant de son statut d'ancienne maire, en passant sur la malédiction lancée sur la ville et la façon dont elle avait été piégée. Puis, au moment où elle découvrait qu'elle n'était plus suspectée, l'homme qu'elle fréquentait depuis peu se faisait enlever sous ses yeux et elle apprenait aussi que le nouveau maire faisait l'objet d'une enquête.

— Rien n'a de sens pour moi. Pourquoi le kidnapper ?

— Comment s'appelle ce nouveau maire, tu disais ? Tad quelque chose ?

— Tad Howell. Il a été nommé par le conseil municipal, et, de l'avis de tous, c'est un crétin corrompu.

— Howell ? répéta Warren en grognant. Est-ce que son père, c'est Mason Howell ?

Iris fronça les sourcils.

— Je ne sais pas. Je vais vérifier.

Elle envoya un SMS à Gigi pour lui dire qu'elle allait bien et qu'elle avait besoin de connaître le nom du père de Tad. Peu après, Gigi répondait que d'après les informations de Sebastian, l'homme en question s'appelait bel et bien Mason Howell.

— Merde ! s'écria Warren en se levant de sa chaise pour faire les cent pas dans la cuisine. Putain !

— Qu'est-ce qui se passe ?

La peur qu'elle avait réussi à oublier remonta à la surface, et son cœur se remit à battre la chamade.

— Tu connais les Howell ?

Warren s'immobilisa, riva son regard au sien et déclara :

— C'est Mason Howell qui a tué ton père.

Tout l'air déserta ses poumons et la tête lui tourna.

— Quoi ?

Warren sortait déjà de la pièce à grands pas. Iris bondit sur ses pieds pour le suivre dans le salon, où il ouvrait une fausse cloison, dévoilant un grand coffre.

— Warren ?

Il lui jeta un bref coup d'œil.

— Ta mère court un terrible danger. Nous devons la retrouver. Maintenant.

— Tu sais où elle est ?

Les yeux écarquillés, elle le vit attraper une épée et une

amulette noire. Il les attacha sur lui, puis saisit un petit sac en velours noir et le fourra dans sa poche.

— J'ai ma petite idée.

Il referma le coffre, traversa la pièce et ouvrit la porte d'entrée.

— Viens, on n'a plus une minute à perdre.

Iris le suivit en courant, mais pointa son propre SUV avant qu'il ne puisse rejoindre sa Chevrolet.

— On va prendre ma voiture. Gigi peut conduire pendant que tu m'expliques.

Il observa le véhicule bleu métallisé moderne et hocha une fois la tête.

— D'accord, ce sera plus discret.

Iris rejoignit sa voiture pour demander à son amie de conduire. Dès qu'elle fut installée sur la banquette arrière et Warren à l'avant pour pouvoir guider Gigi, elle fit les présentations.

Gigi adressa un rapide coup d'œil à son voisin avant de démarrer la voiture.

— Ravie de vous rencontrer, Warren.

— Moi aussi, Gigi. Maintenant, mettez la gomme, on n'a pas de temps à perdre.

Gigi obéit tandis qu'Iris envoyait un message au reste du coven pour leur dire de les suivre. Elles acceptèrent sans poser de questions, alors qu'ils pourraient aussi bien être en train de se jeter dans la gueule du loup. Iris soupira de soulagement, puis se pencha entre les deux sièges avant.

— Warren, je crois que tu me dois une explication.

Il rit, sans joie.

— Par où je commence ?

— Par le début. Pourquoi est-ce que Mason Howell a tué mon père ?

Il fit la grimace.

— Il fallait que tu commences par ça, hein ?

— Tu vois autre chose ? aboya-t-elle, à bout de nerfs. À moins que tu ne préfères m'expliquer pourquoi ma mère et toi avez divorcé si soudainement ? Pourquoi tu es parti sans me dire au revoir ? Ou pourquoi êtes-vous toujours en contact tous les deux au point qu'elle sache précisément où te trouver ? Que s'est-il passé ces dernières années et pourquoi est-ce que tu as l'air de savoir où elle se trouve maintenant ?

Warren se frotta le visage à deux mains puis glissa ses doigts dans ses cheveux.

— Bon sang, quel merdier.

— À qui le dis-tu. Toute ma vie s'est désagrégée. Mon mari s'est avéré être un criminel et un lâche. J'ai perdu mon boulot. Ma mère et le nouvel homme de ma vie sont retenus prisonniers par le type qui a tué mon père. Qu'est-ce qui pourrait encore aller de travers ?

Warren se tourna vers elle, le visage blême.

— Toi. Ils pourraient encore t'enlever, et alors, la boucle serait vraiment bouclée.

Elle secoua la tête.

— Ils ont eu l'opportunité de me prendre, ils ne l'ont pas saisie. Ils ont pris Katheryn à la place. En plus, pourquoi me voudraient-ils ? Je ne suis personne.

— C'est là que tu te trompes, Iris. Tu es vraiment quelqu'un. Et maintenant, tu viens d'acquérir le pouvoir de ton père. Ils vont vouloir que tu le leur remettes.

Gigi poussa une exclamation de surprise.

— Le pouvoir de son père ?

— C'est… je ne comprends pas.

Iris fronça les sourcils.

— Mon père possédait un pouvoir qu'ils convoitent ?

— Tu sais que c'est rare que les hommes aient un pouvoir important, n'est-ce pas ? intervint Gigi.

— Oui, il me semblait. Mais mon père n'avait pas beaucoup de pouvoir.

— Si, contra Warren. Énormément. Et avec ta mère, ils formaient un couple vraiment puissant.

— Et Howell était leur ennemi ? Pourquoi ?

— Mason et ton père se connaissaient. Ils étaient rivaux à l'école. Des broutilles, sincèrement. À moins que ça ne remonte au jour où ton père a décroché le poste d'apprenti d'une sorcière très puissante, alors que Mason estimait que ça aurait dû être lui.

Warren secoua la tête.

— C'est de là que tout a commencé.

— Tout ça à cause de l'ego malmené de Mason ? Tu te fiches de moi ?

— Si seulement c'était si simple.

Il posa la main sur l'amulette qu'il s'était attachée à la poitrine.

— Ton père est allé trop loin avec son mentor en lançant des sorts douteux. Il ignorait cependant à cette époque que ces derniers visaient la famille Howell.

— Son mentor avait une dent contre les Howell et elle s'est servie du père d'Iris pour les maudire ? demanda Gigi, stupéfaite.

— C'est à peu près ça, oui, confirma Warren. Nate a aidé son mentor à lancer un sort qui s'est très mal passé. La femme de Mason a été tuée. Cet événement tragique a bouleversé Nate. Il a joué un rôle clé dans l'arrestation de son mentor en fournissant les preuves nécessaires. Cependant, Mason ne lui a jamais pardonné. Il a passé des années à saboter tes parents, jusqu'au jour où ils se sont disputés et où Mason a tué ton père.

Ce n'était pas un acte passionnel, il essayait de voler le pouvoir de ton père. Jusqu'à il y a vingt minutes, je pensais qu'il y était parvenu. Mais il semblerait que ce soit toi qui l'aies, en fin de compte.

Le silence régna dans la voiture tandis qu'Iris assimilait ses paroles. Elle était présente le jour où son père s'était fait tuer. Elle avait oublié la majorité de cette journée. Cet incident était un blanc dans ses souvenirs. Ce dont elle se remémorait cependant, c'était qu'à l'instant où son père s'était fait tirer dessus, tout son corps s'était raidi et elle avait eu l'impression d'être frappée en plein ventre par une force invisible, et sa vision s'était brouillée. Lorsqu'elle s'était éclaircie, Iris avait lâché son cône de glace et s'était précipitée vers son père. Les années qui avaient suivi, chaque fois qu'elle repensait à la scène, elle s'était dit qu'elle était juste en état de choc. Mais y avait-il eu autre chose ? Était-ce à ce moment-là que le pouvoir de son père lui avait été transféré ?

Elle avait été trop jeune pour comprendre ce qu'il se passait. Cependant, encore maintenant, quand elle repensait à cet instant, elle pouvait toujours sentir la bouffée d'énergie qui avait failli la renverser et qui lui avait coupé le souffle. Sans cette conversation, elle n'aurait jamais envisagé que ce puisse être un effet de la magie pénétrant son jeune corps. Cette idée désormais faisait monter la magie dans ses mains, qui la picotèrent.

— Ouah, s'écria-t-elle en les levant. Ça ne m'était jamais arrivé.

— Il s'intensifie, commenta Warren. C'est le problème.

— Pourquoi ?

— On dirait que les Howell sont venus récupérer le pouvoir qu'ils pensent leur revenir. Je suis désolé, Iris, mais tu es en danger.

— Et je te le répète, si c'était moi qu'ils voulaient, pourquoi ne pas m'avoir enlevée quand ils en ont eu l'occasion ?

Elle n'était toujours pas convaincue que Warren disait vrai. Elle ne comprenait pas pourquoi ils avaient pris Kade et non elle.

— Parce qu'un pouvoir donné de son plein gré est plus puissant qu'un pouvoir dérobé, expliqua Gigi.

— C'est de la folie. Je ne leur donnerai jamais mon pouvoir, affirma Iris sur un ton plein de défi. Est-ce que ça ne me tuerait pas ?

Le visage de Warren s'assombrit.

— Si, ça te tuerait. Mais si tu refuses, ils vont sans doute menacer de tuer ta mère et ton copain.

Une rage pure l'envahit. Elle aurait voulu pouvoir déverser sa frustration. Crier jusqu'à se purger de cette émotion.

— Tout ce qui arrive avec Tad en ce moment est la conséquence d'une querelle entre nos parents ? Je suis la seule à voir le ridicule de la situation ?

— Beaucoup de gens feraient n'importe quoi pour avoir du pouvoir, Iris, dit Warren. C'est surtout de ça qu'il est question.

— Et beaucoup de gens s'en moquent, répliqua-t-elle. Comme toi. Quand tu es parti, c'était pour une bonne raison, n'est-ce pas ?

Il haussa simplement une épaule.

— Warren ? insista-t-elle, la voix rauque. S'il te plaît, dis-moi tout.

— Je m'en veux de te balancer tout ça.

— Mieux vaut le faire maintenant.

Il posa sa tête contre le siège.

— Lorsque je me suis mis en couple avec ta mère, ils l'ont menacée. Je m'en suis pris à eux, enfreignant quelques lois au passage. Finalement, la seule façon de garantir votre sécurité à toutes les deux, c'était de m'en aller. Alors, c'est ce que j'ai fait. Pour toi, pour elle et pour Nate. Je pensais que me retirer vous protégerait. Cela a fonctionné pendant longtemps, mais maintenant…

— Maintenant quoi ? insista Iris en le regardant avec insistance.

Il se tourna vers elle.

— Maintenant, c'est la guerre. Je ne laisserai rien vous arriver à ta mère et toi. Je vous le dois, et je le dois à Nate.

— Tu l'aimes encore, n'est-ce pas ? comprit-elle.

— Oui. Je l'ai toujours aimée. Même avant qu'elle ne sorte avec Nate. Mais quand ils se sont mis ensemble, j'ai pris mes distances.

— Parce que tu l'aimais, lui aussi.

Iris avait le cœur serré pour le seul homme qu'elle considérait comme son beau-père, bien qu'il y en ait eu quatre autres avant lui.

— Oui, confirma Warren, qui poussa un soupir. Nate était comme un frère pour moi. Lors de l'une de nos dernières conversations, il m'a fait promettre de prendre soin de ta mère et toi. Je n'ai pas fait du très bon boulot, surtout juste après le décès de Nate. Mais en fin de compte, j'ai fait ce qu'il fallait pour vous deux. Et je vais recommencer aujourd'hui.

C'était plutôt agréable d'avoir un guerrier à leurs côtés. Malgré tout, elle craignait, le moment venu, d'être celle qui devrait faire un choix : se sacrifier ou perdre sa mère et Kade.

Elle savait quelle serait sa réponse. Parce que, à l'instar de son père et de Warren, elle ferait n'importe quoi pour protéger ceux qu'elle aime.

CHAPITRE 25

— C'EST LÀ ? DEMANDA IRIS EN REGARDANT À TRAVERS LE PARE-brise un vieux corps de ferme décrépit en plein milieu de nulle part.

Ils avaient roulé environ une heure vers le nord depuis le chalet de Warren, s'enfonçant dans les montagnes du nord de la Californie. La dernière ville se situait à au moins cinquante kilomètres.

— Vous voyez le chemin là-bas ? dit Warren en indiquant une zone sur la gauche entourée de broussailles non taillées et de mûriers sauvages.

— Oui, confirma Gigi.

Les mains d'Iris se mirent à picoter de magie.

— C'est l'entrée par-derrière.

Il fit apparaître une carte sur son portable et pointa une autre route, parallèle à celle sur laquelle ils se trouvaient.

— Et ça, c'est l'entrée principale, arrangée de sorte à ressembler à une route forestière. En général, il y a un vieux camion garé là, donnant l'impression que l'exploitation est toujours active, si bien que personne ne se pose de questions en voyant entrer et sortir des voitures.

— Donc ils ne se servent pas de cette route ? l'interrogea Iris.

Le plan était simple : le coven entourait le bâtiment, pour faire diversion, tandis que Warren se faufilait à l'intérieur pour retrouver Katheryn et Kade. Il leur restait un dernier obstacle à franchir : s'approcher sans se faire repérer.

— Pas souvent, non.

— Comment le savez-vous ? s'étonna Gigi.

— Disons que j'ai gardé un œil sur les Howell pendant des années, répondit-il en se renfrognant. Après tout ce qu'ils ont fait à la famille d'Iris, je voulais être certain qu'ils la laisseraient tranquille. Comme le décès de Nate et le harcèlement dont nous avons été victimes plus tard remontent à un paquet d'années, j'ai moins fait attention ces derniers temps. Sinon, j'aurais déjà su qu'ils détenaient Katheryn.

Ses paroles ressemblaient à des grognements.

— Je suis désolé, Iris. Si je n'avais pas baissé la garde, la situation n'aurait peut-être pas empiré autant.

— Comme tu l'as dit, ça remonte à un paquet d'années. Plus de trois décennies. Comment aurais-tu pu deviner qu'ils allaient tout à coup me prendre pour cible comme ça ? S'ils en ont réellement après mon pouvoir, comment ont-ils su ? Ce n'est qu'après la malédiction lancée sur la ville que j'ai remarqué la différence chez moi.

— C'est une excellente question. Et nous trouverons les réponses quand nous mettrons un terme à tout ça une bonne fois pour toutes.

La férocité de son ton effraya et rassura Iris à la fois. S'il y avait bien une personne qu'elle voulait de son côté, c'était Warren.

— Est-ce que je dois me garer ici ? lui demanda Gigi.

— Non, continuez. Il ne faut pas qu'on soit trop loin des voitures quand on prendra la fuite.

Gigi roula lentement, alors qu'Iris sentait son agitation croître à mesure qu'ils se rapprochaient. Pas à cause de la nervosité, mais de la magie dans l'air. Elle sentit monter une pression sous sa peau, qui la picota aussi.

— Garez-vous là, ordonna Warren près d'une petite arche protégée par des buissons fleuris.

Une fois les deux voitures à moitié cachées par le massif, Warren fit signe au coven de s'approcher.

— Ils ont cerné cette maison de sorts. Restez sur vos gardes. Avec un peu de chance, nous n'en déclencherons aucun par inadvertance. Quand vous serez toutes en position, j'entrerai pour récupérer Katheryn. Puis nous…

— Et Kade, le coupa Iris. Je ne partirai pas sans lui.

— Tu as raison. Katheryn et Kade. Dès que je les aurai fait sortir, repartez tous aux voitures et filez. Je me chargerai de les distraire le temps que vous disparaissiez.

— Et toi ? le questionna-t-elle, le cœur battant à tout rompre. Hors de question que tu te sacrifies pour nous.

— Ne t'en fais pas pour moi, lui dit-il en lui serrant la main. Je n'ai pas l'intention de les laisser m'atteindre. Je m'en sortirai, fais-moi confiance.

— Je ne pense pas…, commença-t-elle, terrifiée à l'idée que ce soit la dernière fois qu'elle le voie.

— Ne pense pas, Iris. Je me prépare depuis très longtemps. Allons chercher nos proches, d'accord ?

— D'accord, souffla-t-elle, le cœur lourd en songeant que cet homme avait sacrifié toute sa vie pour sa mère et elle.

Il méritait mieux. Elle se fit la promesse silencieuse de le faire sortir d'ici, quoi qu'il en coûte.

— Allons-y, lança-t-il en prenant la tête du convoi.

Dès que le grand corps de ferme apparut, il fit signe au coven de se mettre en position. Puis il se glissa dans la forêt et disparut.

Iris prit une grande inspiration et se tourna vers ses sœurs.

— Prêtes ?

— Je crois, dit Hope. Iris, pars avec Gigi. Si vous pouvez combiner vos magies, elles devraient être suffisantes pour repousser tous les sorts qu'ils pourraient vous lancer.

Elles avaient décidé de se disperser autour de la maison et de créer un grabuge magique. Tout était une cible potentielle, à part le bâtiment. Avec un peu de chance, elles produiraient un chaos suffisant pour faire sortir tout le monde de la maison, permettant à Warren d'y entrer discrètement.

— Soyez prudentes, ajouta Hope, qui avait pris officieusement le rôle de cheffe.

Sans doute parce qu'elle avait l'habitude de tout planifier, songea Iris. Elle avait donc l'habitude de prendre les choses en main.

— Faites attention aux pièges magiques. Si ça se trouve, on aura fini en un rien de temps.

On pouvait toujours rêver.

Le coven se répartit en silence autour du corps de ferme. Grace, Joy et Carly à l'arrière, Hope, Gigi et Iris à l'avant.

La nervosité d'Iris était au plus haut. Les deux personnes auxquelles elle tenait le plus se trouvaient dans cette maison. Elle ne pouvait s'empêcher d'imaginer ce qu'ils avaient pu subir pendant leur captivité. La rage vibrait en elle. Sentant la magie frémir sous sa peau, elle songea que la colère n'était pas une mauvaise chose.

Hope leva les bras au-dessus de sa tête et regarda Gigi et

Iris. Dès qu'elles l'imitèrent, elle hocha la tête, et elles déversèrent leur magie.

Les fauteuils en bois du porche explosèrent tandis que la fenêtre d'un vieil abri de jardin se brisait en morceaux. Elle se focalisa sur une voiture rouillée qui semblait n'avoir pas bougé depuis dix ans. Le métal crissa lorsqu'elle arracha l'aile par la seule force de son esprit. Elle trouva si satisfaisant de voir le morceau de carrosserie s'envoler qu'elle décida de continuer à s'occuper de la voiture. Un à un, les bouts de métal se séparaient du reste de la carcasse et filaient à travers le jardin.

— Qu'est-ce qui se passe, bordel ? hurla un homme qui sortit de la maison, un pistolet à la main.

— À couvert ! ordonna Hope.

Les trois sorcières se dispersèrent. Iris se cacha derrière un séquoia et observa, interloquée, deux hommes cribler de balles les voitures garées dans la clairière. Des éclairs de magie jaillissaient dans leur direction, les frappant sans relâche, jusqu'à ce que l'un des hommes soit soulevé et projeté contre un pilier de la maison. Il resta suspendu dans les airs un instant, avant de glisser et de s'affaler au sol.

L'autre homme demanda des renforts, sans cesser de tirer dans le tas.

Iris était figée, elle ne savait pas quoi faire. Elle aurait pu attirer l'attention du tireur, mais Gigi et Hope semblaient bien se défendre.

La porte s'ouvrit, et Tad Howell sortit du bâtiment, le visage rouge.

— Tu n'arrives pas à gérer deux pauvres sorcières ? cria-t-il. Qu'est-ce qui ne va pas chez toi ?

— Va te faire voir, Howell. Je vois que tu ne fais pas grand-chose pour m'aider, répliqua le tireur avant de recommencer à appuyer sur la détente.

Howell leva une amulette ressemblant étrangement à celle que Warren avait sortie de son coffre et la dirigea vers les voitures. La pierre noire montée sur un bâton luisit en rouge. Une grosse explosion déchira l'air et fit trembler la terre. Juste après, des zones se mirent à exploser autour de la maison de manière aléatoire, comme si des bombes magiques se déclenchaient.

Iris s'accrocha au séquoia et poussa un cri lorsque l'une d'elles faillit la toucher.

— Toi !

Tad la pointa du doigt et courut dans sa direction, en brandissant l'amulette droit vers elle.

— Sans toi, jamais ils n'auraient enquêté sur nous !

Elle ne savait pas de quoi il parlait. De la Brigade d'Interventions Magiques ? Ou d'une autre agence ? Dans un cas comme dans l'autre, il était le seul à blâmer pour ça.

— Tu aurais peut-être dû y penser avant de lancer une malédiction sur Prémonition, rétorqua Iris.

— Salope !

Il se jeta sur elle, avec son amulette crachant des éclairs de magie dans tous les sens, qui rebondissaient sur les arbres, y laissant des traces de brûlure.

La rage s'empara à nouveau d'Iris, qui se rua sur Tad, lui saisit les bras et les fit tomber au sol tous les deux. La magie qui frémissait sous sa peau jaillit par ses mains, frappant Tad à la poitrine. Il convulsa, puis ses yeux se révulsèrent et de l'écume lui monta aux lèvres.

Elle fit un bond en arrière, craignant de l'avoir tué. Les éclats de magie et de coups de feu imprégnaient toujours l'air, mais tous les deux se trouvaient dans une zone dissimulée aux regards. Elle espérait que ses sœurs de coven étaient en sécurité et que Warren avait trouvé sa mère et Kade. Elle savait qu'elle aurait dû poursuivre la bataille, mais elle avait besoin de réponses. Et elle ne partirait pas tant que Tad ne les lui aurait pas fournies.

Toujours immobile, il reprit peu à peu ses esprits et se focalisa sur elle, débordant de haine.

— Tu n'as jamais mérité ta place de maire, décréta-t-il, les dents serrées.

Elle lâcha un rire sans joie.

— Ah oui ? C'est moi qui ai été élue, je te le rappelle. Toi, tu n'as été que nommé par un conseil municipal certainement corrompu.

— Ton père a tué ma mère et gâché ma vie.

La froideur de son regard fit frémir Iris.

— L'heure était venue de gâcher la tienne.

— Alors, tout ça pour ça ? Pour une vengeance ?

Elle avait remarqué qu'il n'avait pas bougé un muscle depuis qu'il avait repris conscience. Sur ses gardes, pour le cas où il chercherait à lui donner un faux sentiment de sécurité, elle s'accroupit, en restant hors de sa portée. Puis elle récupéra l'amulette tombée aux pieds de Tad et la passa derrière elle.

— Pas seulement, mais c'était une sacrée grosse cerise.

Il ferma les yeux et gémit en essayant de s'asseoir.

— Ton père a tué ma mère. Tu as la moindre idée de ce que ça a fait de grandir sans elle ?

— Sans doute la même chose que de grandir sans père, lui balança-t-elle. Ce n'était pas une vengeance suffisante pour toi ?

Elle saisit l'amulette et la plaqua contre le torse de Tad, pour l'obliger à se rallonger.

— Pour quelle raison sinon m'avoir fait virer de mon poste et avoir lancé cette malédiction ? Tu voulais te débarrasser de moi pour faciliter le trafic de drogue ?

— Bien sûr que oui. Tu n'es pas aussi stupide que tu en as l'air, hein ?

Non, elle n'était pas stupide.

— Tu ne t'en tireras pas, tu sais ?

— Si on te fait accuser d'agression et de voie de fait, en plus de violation de propriété, on y arrivera.

Il s'intéressa ensuite à l'amulette.

— Je n'en reviens pas que ce truc n'ait pas fonctionné. Ça aurait été si poétique de te tuer avec l'amulette de ton propre père.

Iris brandit tout à coup l'objet pour l'étudier de plus près, mais avant qu'elle n'y parvienne, Tad tendait la main pour essayer de le récupérer.

Merde ! Elle avait mordu à l'hameçon, lui permettant de reprendre la main. Cependant, la magie se déversa d'elle sans effort, se glissa dans l'amulette et envoya un éclair droit dans le torse de Tad. Il tomba en arrière, léthargique et le souffle court.

— On dirait que l'amulette a retrouvé sa propriétaire légitime. C'est ton père qui l'a volée au mien le jour où il l'a tué ?

— Les guerriers ont droit de récupérer un butin, cracha-t-il comme s'ils vivaient au XVe siècle et que les pillages étaient monnaie courante.

— Alors, disons que j'ai récupéré le mien.

Tout à coup, l'image de l'amulette de Warren jaillit dans son esprit. Elle présuma que son père et lui l'avaient reçue en même temps et qu'ils avaient combattu côte à côte en de nombreuses occasions. Ils étaient amis, après tout.

— Encore un geste et je t'achève, le prévint-elle.

— Bonne chance, rétorqua-t-il, avec un sourire arrogant en regardant derrière elle.

Alors qu'elle s'apprêtait à se retourner pour voir ce qui avait attiré l'attention de Tad, elle entendit la voix de son ex.

— Bordel, Iris, pourquoi n'es-tu pas partie quand je te l'ai demandé ?

— Parce que je… Ouille !

Une douleur explosa dans sa tête, et tout devint noir.

CHAPITRE 26

IRIS SE RÉVEILLA AVEC UNE DOULEUR LANCINANTE AU CRÂNE. Elle roula sur le côté et gémit quand sa tête tourna. Elle eut beau prendre la précaution d'ouvrir les yeux lentement, sa vision se brouilla et son ventre se retourna. Oh, par les déesses, elle n'allait pas vomir, si ?

— Si tu dois gerber, fais-le là, indiqua Tom d'une voix dépourvue d'émotions.

— Tom ? demanda-t-elle, confuse.

Pourquoi se comportait-il si froidement ?

— Évidemment que c'est moi. Tu pensais que c'était quelqu'un d'autre qui t'avait frappée ?

— Quoi ?

Elle porta ses mains à sa tête pour la stabiliser alors que les souvenirs lui revenaient indistinctement. Les retrouvailles avec Warren. Apprendre qu'il était parti pour leur sécurité. Puis eux tous, engagés en pleine bataille magique à la ferme pour pouvoir sauver Kade et sa mère. Et enfin, les mots que son ex avait prononcés juste avant qu'elle ne s'écroule.

« Pourquoi n'es-tu pas partie quand je te l'ai demandé ? »

— Pourquoi est-ce que tu fais ça ? voulut-elle savoir.

Elle perçut elle-même la pointe de tristesse dans sa question, alors qu'elle se demandait, encore une fois, pour quelle raison il s'était mêlé à un trafic de drogues. Leur vie était belle, du moins l'avait-elle cru. Ce n'était peut-être pas la plus excitante ni la plus passionnée, mais ils étaient amis et s'entendaient bien. Elle ne souhaitait pas retrouver cette vie, mais elle n'avait pas pu être si mauvaise au point qu'il veuille mettre en péril tout ce qu'il possédait juste pour aider à distribuer de la drogue qui avait tué des gens.

Il explosa de rire.

— Pourquoi ? Tu crois vraiment que j'avais le choix ?

La vision d'Iris s'éclaircit enfin. Elle regarda autour d'elle et constata qu'ils se trouvaient dans une sorte de cabane de chasse. Des têtes d'animaux morts étaient accrochées au mur, à côté de fusils d'autrefois. Étaient-ils toujours sur la même propriété ou bien Tom l'avait-il conduite ailleurs ? Elle se concentra sur l'homme qui avait fait partie de sa vie pendant plus de dix ans. Elle ne le reconnaissait plus.

— Bien sûr que tu avais le choix. On a toujours le choix.

— Aucun de ceux qui s'offraient à moi n'était bon.

Il indiqua l'arrière du chalet.

— Tad est mort. Si je ne fais rien, ils vont me tuer, moi aussi.

— Tad est mort ? répéta-t-elle, stupéfaite.

— Il a essayé de t'enlever pour récupérer ta magie. Je ne pouvais pas le laisser faire, sinon, la mafia Howell aurait été impossible à arrêter. Alors, c'est à moi de trouver une solution.

Il fit les cent pas en fléchissant les doigts, comme s'il exécutait des exercices bizarres.

— Tu l'as tué ?

Elle ne savait pas quoi faire de cette information.

— Oui, c'est ce que je viens de te dire, non ?

Il était de nouveau agité, et elle se demanda s'il prenait de la drogue. Cela expliquerait pas mal de choses. Elle aurait aimé savoir comment il avait tué Tad, mais elle était incapable de poser la question. La situation était si surréaliste qu'elle peinait à garder les pieds sur terre.

— Tu n'aurais vraiment pas dû venir ici, Iris, lui dit Tom en s'immobilisant pour la fusiller du regard. Pourquoi est-ce que tu n'as pas quitté la ville ? Il n'y a plus rien pour toi à Prémonition.

Elle parvint à se redresser en position assise sur le canapé en cuir élimé sans vomir. *Il n'y a pas de petite victoire.* Les mots de son ex-mari tourbillonnaient dans son esprit. Pensait-il sincèrement qu'il ne lui restait plus rien à Prémonition ? Même si elle n'avait pas entamé de relation avec Kade, elle avait toujours aimé cette ville. Tom devrait le savoir. Elle était ici chez elle. Dès qu'elle avait posé un pied à Prémonition, elle s'était sentie à sa place. Au bon endroit. Alors qu'elle n'avait pas d'amis ni de relations avec personne, elle avait su que c'était dans cette ville qu'elle devait vivre.

— Tu ne me connais donc pas, Tom ?

— Comment ça ? répliqua-t-il, agacé. Bien sûr que je te connais ! Tu dépensais toute ton énergie pour des gens que tu connaissais à peine, ce qui fait que tu n'en avais plus pour moi et notre couple. Il n'y avait rien de plus important à tes yeux que le pouvoir que te conférait ton poste de maire. Ça passait avant tout le reste, y compris nos anniversaires, qui ont été gâchés trois ans d'affilée à cause des affaires de la ville. Je sais que tu ne m'as jamais vraiment aimé et que tu n'étais avec moi que pour ton image. Iris Hartsen, tu es la femme la plus égoïste que je connaisse.

L'éclat de Tom la laissa bouche bée. Elle fut tout de suite sur la défensive et eut sur le bout de la langue un tas de piques acerbes à lui lancer, pour lui reprocher d'avoir donné la priorité à son entreprise toutes ces années, de n'avoir jamais été présent chaque fois qu'elle accomplissait quelque chose ou franchissait une étape importante. Alors qu'elle s'était pour sa part rendue à tous les dîners qu'il organisait quand il invitait ses contacts professionnels à manger ou encore qu'elle l'avait mis en contact avec des fournisseurs et des clients dès qu'elle en avait eu l'occasion, pour le soutenir.

Elle était blessée par les accusations de Tom, qui contenaient cependant une part de vérité. Il était sans doute vrai qu'elle avait fait passer son travail avant leur couple. Et puisque la passion s'était estompée, elle n'avait pas été très attentionnée envers lui. Cela allait cependant dans les deux sens.

— Tu sais ce qui me dérange le plus ? lança Tom.

— Quoi ? demanda-t-elle sur un ton calme, pas certaine de vouloir savoir ce qu'il avait d'autre à dire.

— Tu ne m'as jamais parlé de ton père ni dit que tu étais présente le jour de sa mort. Tout ce que tu m'as dit, c'était qu'il était décédé quand tu étais jeune. Mais tu as tout raconté à cet abruti de Kade ?

Son ton glacial la fit frissonner.

— On a été mariés pendant des années et tu n'as même pas eu assez confiance en moi pour me parler de ce traumatisme. Notre mariage était une imposture, Iris. Pas étonnant que j'aie eu une aventure !

Oh, ça suffisait, maintenant ! Elle se leva, les mains sur les hanches.

— Ne t'avise pas de *me* reprocher *tes* infidélités. J'ai toujours eu confiance en toi et tu le sais. Peut-être que je ne t'ai jamais fait part de ça puisque tu n'étais visiblement pas un homme fiable. Une personne aimante et fiable n'installerait jamais de caméras pour espionner sa femme. Tu es abject, Tom. Je n'en reviens pas d'avoir gâché tant d'années avec toi !

Le visage de son ex-mari se départit à nouveau de toute expression, puis il haussa les épaules et regarda dans le frigo. Il en sortit deux bouteilles d'eau et lui en lança une.

Iris la rattrapa facilement, mais ne fit rien pour boire. Elle était bien trop énervée pour ça. Si un regard pouvait tuer, il serait en train de se consumer.

— Dis-moi pourquoi tu fais ça. Pourquoi t'es-tu retrouvé mêlé à ces gens et pourquoi me retiens-tu ici ?

— Je te l'ai dit, on m'a forcé. Si tu avais quitté la ville quand je te l'ai demandé, j'aurais pu sortir de ce merdier. Tu sais, je n'ai jamais voulu en faire partie, mais Yasmeen m'a entraîné là-dedans, et voilà où ça nous a menés.

Il alla s'installer sur le canapé.

Puisqu'il avait baissé sa garde et qu'il parlait, elle s'assit à son tour, espérant pouvoir entendre toute l'histoire.

— Tu peux commencer par le début ? Aide-moi à comprendre. Nous trouverons un moyen de sortir de cette situation, le pria-t-elle sur un ton suppliant. Nous avons tenu l'un à l'autre, Tom. Nous pouvons nous aider à présent, non ?

Il fouilla dans son regard pour s'assurer de sa sincérité sans doute, puis s'adossa au canapé et se posa la main sur les yeux.

— Ça a commencé avec Yasmeen. On s'est rencontrés à un cocktail, et une chose en a entraîné une autre. Après qu'on a couché ensemble, elle m'a fait du chantage pour me pousser à distribuer le Cendrex.

Alors qu'elle s'attendait à être en colère ou jalouse, Iris ne ressentait que de la pitié pour cet homme. Il s'était montré stupide et rien n'excusait son comportement. Mais elle avait déjà admis que leur mariage était problématique et qu'il n'était pas le seul fautif.

— Quand elle est allée en prison, je croyais que tu avais passé un accord avec les procureurs. Pourquoi tu n'en es pas sorti à ce moment-là ?

— J'ai essayé. Les Howell m'en ont empêché. Ils m'ont dit que si je rassemblais des infos sur toi, ils me lâcheraient la bride. Sauf qu'ils ne l'ont jamais fait, tandis que je plongeais chaque fois un peu plus. Puis tu t'es fait arrêter, et ils m'ont affirmé que si je parvenais à te faire quitter la ville, je serais libre.

Il se cacha le visage entre les mains et gémit.

— Si seulement tu m'avais écouté.

— Sauf que je ne l'ai pas fait, commenta-t-elle, une main sur son ventre.

— Non. Et tout à coup, on a découvert que tu avais des pouvoirs, et Tad a décidé de te tuer pour s'en emparer et accroître le sien. Tu as une idée ce qu'il serait arrivé à Prémonition s'il y était parvenu ?

Elle opina, la bouche sèche. Bien qu'elle sache qu'ils voulaient la tuer, entendre Tom le dire sur un ton si factuel l'avait ébranlée. Elle ouvrit la bouteille d'eau qu'elle tenait toujours à la main et en but une longue gorgée.

Tom la fixa avec intensité, sans un mot.

— Quoi ?

— Rien.

Il continua cependant à l'observer de près. Au bout d'un moment, il déclara :

— Tu ne m'as jamais remercié de m'être débarrassé de Tad pour toi.

— Quoi ? s'écria-t-elle, alors que son esprit s'embrumait.

Elle plissa les yeux, songeant qu'elle aurait dû être

perturbée par ce qu'il venait de dire, cependant, elle n'arrivait pas à déterminer pourquoi.

— Il t'aurait tuée, puis il se serait servi de ton pouvoir pour détruire Prémonition. Grâce à moi, ta précieuse ville continuera à vivre la belle vie. Ton coven pourra la protéger.

— Moi aussi, balbutia-t-elle.

Pourquoi sa langue était-elle si lourde et ses membres si gourds ? Était-ce une commotion cérébrale ?

— Oh non, mon amour, tu ne seras pas là, répliqua Tom, une main sur son bras. Tu ne pensais quand même pas que j'allais te laisser vivre, si ? Je vais devoir dire aux Howell que quelqu'un a tué Tad. Je ne peux pas leur avouer que c'est moi. En prime, me débarrasser de toi maintenant va me permettre de récupérer à la fois ton pouvoir *et* l'amulette de ton père, et je ne serai plus jamais le larbin de personne. Donc, merci pour ce dernier cadeau.

— Tom ? l'appela-t-elle d'une voix nouée, alors qu'une boule lui obstruait la gorge. Tu m'as empoisonnée.

Ce n'était pas une question, mais une affirmation.

— Tu n'as jamais été stupide.

Il se leva, quittant son champ de vision.

Iris avait les membres lourds et le cerveau tournant au ralenti. Elle savait que si elle ne recevait pas d'aide bientôt, elle allait mourir.

La panique l'envahit, elle ouvrit la bouche pour crier à l'aide, mais rien ne sortit. Les larmes lui embuèrent la vue et son espoir s'envola.

Idiote. Idiote. Idiote.

De toutes les morts possibles et imaginables, c'était finalement entre les mains de son ex qu'elle allait mourir ? Qu'en penserait sa mère ?

Son cœur se brisa lorsqu'elle pensa au désespoir

qu'éprouverait cette dernière. Elle s'en voudrait de ne pas avoir pu lui administrer d'antidote à temps.

Antidote. Le mot clignota dans son esprit comme une enseigne.

Iris retint son souffle. Malgré ses doigts gourds, elle tritura le loquet du sac qu'elle portait en bandoulière. La fiole dont elle avait besoin était juste là. Elle se mit à transpirer à grosses gouttes en essayant d'ouvrir le bouchon. Ses doigts fonctionnaient mal et le temps commençait à lui manquer.

Il y eut du mouvement derrière elle. C'était maintenant ou jamais. Si Tom la surprenait avec l'antidote à la main, ses chances de survie disparaîtraient à jamais.

— C'est quoi ce truc ? s'écria-t-il.

Les pas se firent plus bruyants sur le parquet, annonçant qu'il arrivait.

Elle arracha le bouchon et avala toute la potion que sa mère lui avait préparée la veille avant de sortir de la maison. L'effet fut immédiat. Son esprit s'éclaircit et ses yeux retrouvèrent toute leur acuité à temps pour qu'elle voie le poing de Tom s'avancer dans sa direction. Elle se jeta par terre et roula sur elle-même, se relevant avec fluidité, contente de voir que ses cours d'autodéfense n'avaient pas été vains.

— Qu'y avait-il dans cette fiole ? demanda-t-il en levant les poings, pour se mettre en garde.

— L'antidote. Il s'avère que ma mère, qui a le don de double vue, avait prévu que j'en aurais besoin.

Il ouvrit la bouche un instant, stupéfait, puis la referma et fit la grimace.

— Ça t'énerve de ne pas connaître toute l'étendue des pouvoirs de ma mère, hein ? Dommage pour toi. Visiblement, je ne t'ai pas confié grand-chose.

Il se jeta sur elle, mais elle s'y attendait. Elle lui donna un coup de pied au genou, qui le fit tomber dans un cri en se tenant la jambe.

— Tu es pathétique, déclara-t-elle en le cognant une nouvelle fois dans le même genou, pour la forme.

Tom grogna et roula loin d'elle, mais elle n'en avait pas terminé. Toute la rage accumulée en elle ces derniers mois, depuis qu'elle avait découvert les derniers « loisirs » en date de Tom, remonta à la surface et s'associa au dédain qu'elle éprouvait pour cet homme qui avait voulu la tuer pour son propre bénéfice.

— Tu es un gâchis d'oxygène, lui lança-t-elle avec mépris en le frappant le plus fort possible au ventre.

Elle s'obligea ensuite à réfléchir de manière rationnelle. Le tabasser serait certes satisfaisant, mais ce qu'elle devait surtout faire, c'était l'attacher afin qu'il ne représente plus la moindre menace le temps que les autorités viennent l'arrêter.

Elle trouva des colliers de serrage en plastique dans la petite cuisine, plus grands que ceux qu'elle avait l'habitude de voir. Elle ne put s'empêcher de se demander s'ils avaient été achetés exprès pour attacher les mains et les pieds de prisonniers.

Vu les circonstances de sa propre visite au chalet, elle n'en serait pas surprise.

— Ils vont s'en prendre à toi, la prévint Tom tandis qu'elle resserrait les colliers autour de ses poignets.

— Peut-être, mais tu as déjà tué Tad pour moi, ça en fera un de moi à m'inquiéter.

Une fois qu'elle fut sûre qu'il n'irait nulle part, elle s'avança vers la fenêtre et regarda dehors. Des arbres à perte de vue et personne nulle part.

Ils n'étaient quand même pas arrivés là par magie. Elle fouilla les poches de Tom et trouva des clés de voiture. Elle sortit à l'extérieur et vit une camionnette blanche garée à côté du chalet.

Liberté.

Iris jeta un coup d'œil au bâtiment, se demandant si elle devrait y laisser Tom. Elle comprit cependant très vite qu'elle ne pourrait pas le déplacer toute seule. Elle n'avait donc pas le choix.

Sa décision prise, elle monta à bord de la camionnette, déterminée à trouver Kade, sa mère et le reste du coven. Mais dès qu'elle mit la clé dans le contact, un SUV gris familier apparut dans la clairière.

Remarquant Kade au volant, elle bondit immédiatement de la camionnette et courut dans sa direction en agitant les mains.

Le SUV s'immobilisa brutalement et, la seconde suivante, Kade sortait de voiture et Iris se jetait dans ses bras.

— Iris, dit-il d'une voix nouée par l'émotion. On croyait t'avoir perdue.

Elle étouffa un sanglot et répondit :

— Je croyais t'avoir perdu, moi aussi.

Elle ne saurait dire combien de temps ils restèrent ainsi à s'étreindre. Des secondes ou bien des heures. Tout ce qu'elle savait, c'était qu'elle tenait dans ses bras le seul homme auquel elle se fiait et qu'ils étaient en sécurité tous les deux.

— Ma puce ?

La voix de Katheryn perça la bulle dans laquelle elle s'était enfermée avec Kade.

Elle s'écarta de ce dernier, envahie par une vague de soulagement, et se jeta dans les bras de sa mère.

— Merci. Merci. Merci.

— Pourquoi ? s'étonna Katheryn en lui caressant la tête en un geste apaisant.

— Pour m'avoir sauvé la vie. La potion. Tom m'a

empoisonnée. Tu le savais et tu m'as sauvée en préparant cet antidote.

— Cet enfoiré, je vais le tuer de mes propres mains, grogna Katheryn de son ton de maman ourse.

— Pas si je l'attrape en premier, intervint Warren, juste derrière.

Iris le regarda et relâcha sa mère.

— C'est terminé ? La Brigade d'Interventions Magiques les a arrêtés ?

— Oui. Une autre unité est en route, maintenant que nous savons où tu es.

Il fronça les sourcils et, la mine sombre, demanda :

— Que s'est-il passé ici ?

— Tom a tué Tad et m'a enlevée, expliqua-t-elle d'une voix étrangement calme.

Elle prit la main de Kade avant de poursuivre.

— Tom m'a empoisonnée, mais, grâce à maman, j'avais un antidote. J'ai pu l'avaler avant que le poison me tue. Et ensuite, j'ai botté les fesses de Tom et je l'ai attaché. Je m'apprêtais à vous retrouver quand vous vous êtes pointés, m'épargnant cette peine.

— Bon sang, Iris. Ton père disait toujours que tu avais des tripes. Je ne manquerai pas de t'appeler si j'ai besoin de quelqu'un de mon côté, commenta Warren, un grand sourire aux lèvres.

Elle le lui rendit.

— Tu as intérêt, si tu sais ce qui est bon pour toi.

Éclatant de rire, il la prit dans ses bras.

— Je suis sacrément content de te revoir, Tripette.

— Moi aussi, répondit-elle en pleurant de joie. Comment m'avez-vous retrouvée ?

— Grâce à un traceur, expliqua Katheryn. J'en ai mis un dans ton sac le jour où je t'ai préparé la potion.

Iris ne s'énerva même pas. Sa mère avait sans doute agi ainsi après une nouvelle vision. Elle ne ressentait que de la gratitude en cet instant.

Le reste du coven se rassembla autour d'elle et lui expliqua comment les filles avaient botté des fesses et réclamé des comptes. Iris devrait tout de même s'entretenir avec la Brigade d'Interventions Magiques, mais il semblerait que les affaires des Howell soient définitivement terminées, aussi bien à Prémonition que partout ailleurs.

CHAPITRE 27

IRIS SIROTA UNE GORGÉE DE VIN EN ATTENDANT SON RENDEZ-vous dans son nouveau restaurant préféré. Une petite brise s'élevait de l'océan et la terrasse était remplie de touristes. C'était bien Tad qui avait lancé la malédiction bannissant les touristes de la ville et, à sa mort, elle avait disparu avec lui. D'après ce qu'Iris avait compris, il l'avait fait pour trois raisons : pour escroquer les commerçants en leur faisant payer à chacun mille dollars servant à rembourser une de ses dettes personnelles contractée à la suite de mauvais placements ; piéger Iris et faire de sa vie un enfer parce que son père à elle était en partie responsable de la mort de sa mère des années plus tôt ; et enfin pour apparaître comme le héros de la ville lorsqu'il lèverait la malédiction.

Quel dommage qu'il n'ait rien obtenu de tout cela et que toutes les personnes travaillant pour l'entreprise familiale avaient été arrêtées et étaient détenues sans pouvoir payer de caution ; étant donné qu'elles voulaient voler le pouvoir d'Iris, elles étaient considérées comme trop dangereuses pour la société.

La ville grouillait désormais de touristes à nouveau, et Iris savourait le chaud soleil estival tout en regardant Kade se frayer un chemin jusqu'à elle. Elle s'illumina de l'intérieur comme chaque fois qu'elle le voyait. La confrontation avec les Howell remontait à un mois, et elle avait passé toutes ses nuits avec lui depuis. Elle s'attendait toujours à voir disparaître l'excitation des nouvelles relations, mais ce n'était pas encore arrivé. En fait, elle avait même l'impression qu'elle l'éprouverait sans cesse. Son cœur se gonflait toujours de joie en présence de Kade.

— Salut, beauté, la salua-t-il en l'embrassant sur la joue. Tu as passé une bonne journée ?

— Oui. J'ai eu une réunion avec les membres du conseil municipal.

Quand le scandale Howell était paru dans la presse, plusieurs conseillers, discrédités, avaient démissionné et ceux restants avaient proposé les postes vacants à des membres respectés de la communauté, jusqu'à ce qu'une élection puisse se faire. Les deux conseillers démissionnaires étaient sous le coup d'une enquête, mais Iris ignorait à quel point ils étaient mêlés au scandale. En réalité, ils avaient accepté des fonds de campagne de la part de la famille Howell, ce qui avait permis à Tad d'exiger une faveur en échange. Les autres avaient juste fait preuve de zèle, que ce soit en la virant ou en nommant Tad. Ils s'inquiétaient trop des apparences pour s'assurer que le nouveau maire soit véritablement qualifié pour ce travail.

Kade s'assit en face d'elle et haussa les sourcils.

— Ah oui ? Et que veut le conseil ?

— Ils veulent que je devienne maire par intérim jusqu'aux prochaines élections, avoua Iris avec un sourire suffisant.

— Oh, ouah, commenta Kade, qui fit la grimace. Tu n'envisages pas d'accepter, si ?

Iris en perdit le sourire.

— Ce serait un problème si je disais oui ?

— Quoi ? s'écria-t-il, surpris par sa question. Bien sûr que non. C'est juste qu'après la façon dont ils t'ont traitée, j'ai du mal à t'imaginer reprendre ce travail. C'est tout. Tu mérites leur respect. Pas d'être mise à la porte parce que l'un de tes proches a fait quelque chose dans ton dos.

Elle lui prit la main et entrelaça leurs doigts.

— C'est ce que je ressens. Pour être tout à fait juste, ils se sont excusés, et la plupart d'entre eux étaient sincères. Mais quand même… Je pense que je peux faire de meilleures choses pour Prémonition en n'étant pas maire. Quelque chose de plus tangible et en étant davantage sur le terrain.

— Comme être la responsable de cette association à but non lucratif dont nous avons discuté ? demanda-t-il avec espoir.

Elle lui décocha un sourire lumineux.

— Celle que mon conjoint meurt d'envie de monter dès qu'il aura trouvé quelqu'un pour la diriger ? On parle bien de celle-là ?

Les yeux de Kade pétillèrent d'amusement.

— Ça doit être ça, oui.

— Alors oui. Si tu veux toujours de moi, je suis partante.

Il se leva et la prit dans ses bras.

— Je pense que ce travail te conviendra à merveille. Merci de me faire confiance.

— Non, merci à toi pour… tout.

Elle s'accrocha à lui quelques secondes, avant de se rasseoir et de commander une tournée de margaritas.

Au cours du mois écoulé, elle avait reçu plusieurs propositions d'emploi, allant de maire à vice-présidente d'un important détaillant d'articles New Age. La seule qui l'avait intéressée cependant, c'était celle évoquée par Kade lors de l'une de leurs balades hebdomadaires. Il voulait se servir d'une partie de l'argent qu'il avait gagné pour monter une association à but non lucratif afin d'aider les petites entreprises à s'implanter. Les bourses seraient accordées en fonction des besoins et les plans de développement soumis à l'approbation d'Iris avant tout financement.

Dès que Kade avait mentionné cette idée, Iris avait su que c'était ce qu'elle voulait faire. Ce travail lui convenait à merveille. Elle pourrait aider Prémonition à prospérer, utiliser son don pour les affaires et aider ceux qui en avaient besoin. Son salaire ne serait pas aussi mirobolant que ceux des autres propositions qu'elle avait reçues, loin de là, mais elle s'en fichait. C'était celle-ci qui la comblerait le plus. En outre, elle n'avait pas besoin d'une tonne d'argent, elle avait déjà tout ce dont elle avait besoin. Un homme dont elle était tombée éperdument amoureuse. Un coven dont les membres étaient devenus des sœurs à la vie à la mort. Un nouveau départ avec sa mère et Warren. Et maintenant, le boulot de ses rêves. Sans oublier Bibi, le plus mignon et adorable chien de cette planète, qui avait décrété qu'Iris était la personne qu'elle préférait au monde.

— Nous voilà ! Enfin ! s'écria Katheryn en s'installant à côté d'elle.

Warren, non loin derrière, s'assit à côté de Kade.

Le serveur leur apporta leurs boissons, et Katheryn en but une gorgée avec un plaisir évident, avant de soupirer d'aise.

— Tu sais qu'il y a des bouchons d'enfer ?

— C'est génial, hein ? commenta Iris en souriant.

— Oui, pour la ville. Mais pas pour moi quand je suis en retard pour le déjeuner.

Malgré ses plaintes, Katheryn semblait plus sereine que

jamais. Détendue et… heureuse. Le cœur d'Ingrid se gonfla de joie. Au cours du mois écoulé, sa mère et elle avaient beaucoup parlé. Katheryn s'était montrée honnête, les larmes avaient coulé, et Iris lui avait enfin pardonné son comportement pendant son enfance. Elle s'était aussi excusée de l'avoir repoussée. Katheryn restait une femme autoritaire parfois, croyant que tout devait être fait à sa façon, mais de moins en moins. Iris parvenait mieux à tracer les limites, et Katheryn les respectait davantage.

— On a une grande nouvelle, annonça Warren.

Katheryn gloussa.

Un gloussement, songea Iris, qui pouffa. Qui était cette femme et qu'avait-elle fait de sa mère ? Iris adorait découvrir de nouvelles facettes de Katheryn.

— Eh bien, parle, ne nous fais pas attendre, demanda Kade.

Katheryn leva sa main, dévoilant le diamant rose qu'elle portait à l'annulaire, entouré de petits diamants blancs.

— Warren et moi, on va se remarier !

Iris écarquilla les yeux, puis versa des larmes de joie.

— C'est vrai ? s'écria-t-elle, même si elle n'avait pas vraiment besoin de réponse.

Warren n'avait plus quitté Katheryn depuis qu'il l'avait transportée hors de la maison des Howell. Et leur amour était évident.

— C'est vrai, confirma Warren en prenant l'autre main de Katheryn pour y déposer un baiser sur sa paume. Tu es d'accord avec ça ?

Iris posa une main sur son cœur.

— Évidemment que je suis d'accord avec ça. Ça mérite un toast.

Elle leva son verre de margarita et attendit que tous l'imitent.

— Au véritable amour et au fait de ne jamais renoncer à l'avenir, quel que soit son âge.

Katheryn et Warren échangèrent un sourire timide, puis sirotèrent leur boisson.

Tout le monde trinqua, puis Kade se racla la gorge.

— J'ai quelque chose à dire, moi aussi.

Ils se tournèrent vers lui.

— Juste avant que j'arrive, le nouveau procureur m'a appelé. Tom a accepté un accord. Il veut bien témoigner contre ses complices en échange d'une remise de peine, comme la dernière fois, mais il ne s'en tirera pas cette fois-ci avec un simple sursis et une mise à l'épreuve. Il va faire de la prison. Et y rester un long moment. Les accusations sont trop graves.

Iris aurait cru qu'elle se sentirait vengée en apprenant la nouvelle. Elle savait que Tom ne s'en tirerait pas à aussi bon compte que la dernière fois, et elle était soulagée que la BIM s'en soit mêlée. Cela avait attiré l'attention sur la corruption régnant à Prémonition et engendré une enquête de grande envergure. Beaucoup de personnes étaient allées en prison. D'autres avaient accepté des marchés et déménagé ailleurs.

Le plus surprenant avait été de découvrir que c'était Julie qui avait purifié le jardin d'Iris de toute magie. Non pas pour piéger son ancienne patronne, mais pour la protéger. Julie ignorait qui avait lancé cette malédiction, mais elle détestait Tad et voulait aider Iris de toutes les manières possibles. Cet acte malavisé lui avait valu une peine avec sursis et un avertissement de la part de l'agent de la BIM. Iris lui avait pardonné et espérait que, avec le temps, Julie et elle puissent devenir de vraies amies.

— Eh bien, bon débarras, commenta Katheryn. Je n'ai jamais aimé cette fouine. Il n'était pas fait pour mon bébé.

Katheryn attrapa Iris par les épaules et l'attira contre elle.

— Merci, maman. J'imagine que prendre les mauvaises décisions, c'est héréditaire, répondit-elle avec un sourire triste.

— Peut-être, mais nous avons deux hommes géniaux à présent, et c'est tout ce qui compte.

Elle embrassa sa fille sur le sommet du crâne. Iris n'avait jamais été aussi heureuse.

CHAPITRE 28

Carly Preston prit un verre de champagne et observa les étoiles scintillant dans le ciel. Dans sa maison se trouvait la crème d'Hollywood fêtant l'aboutissement d'un nouveau film. Elle y avait joué le rôle de la grand-mère, dans un *teen drama* à la fois étonnamment drôle et si plein de bienveillance que même elle avait pleuré face à cette fin douce-amère. C'était un film digne de récompenses.

Elle avait fait le tour des invités et joué les hôtesses courtoises, puis félicité les jeunes acteurs qu'un avenir prometteur attendait. Elle s'était ensuite glissée discrètement à l'extérieur pour calmer la tension qui l'habitait.

Les étoiles l'avaient toujours attirée. Depuis son plus jeune âge, elle aimait rester dehors, les écouter et attendre le message qu'elles voulaient lui adresser. Ce n'était qu'à son dix-huitième anniversaire qu'elles avaient joué un rôle plus grand, plus important, lui indiquant qu'elle allait recevoir une visite de l'au-delà.

La porte-fenêtre s'ouvrit, et elle ravala son soupir agacé, jusqu'à ce qu'elle découvre que c'étaient Joy, Gigi et Iris qui la rejoignaient. Les femmes du coven de Prémonition étaient ses personnes préférées. Elle avait eu pas mal d'amis au fil des ans, beaucoup de gens s'étaient montrés attentionnés envers elle, ou du moins suffisamment intéressés par sa carrière pour se montrer attentionnés envers elle. Ces femmes étaient différentes, cependant. Il y avait une réelle connexion entre elles, et Carly s'estimait chanceuse de faire partie de leur cercle sans que cela soit dû à sa notoriété ; non, ces femmes l'appréciaient *malgré* sa célébrité.

Joy, ancienne partenaire de Carly à l'écran, vint s'asseoir à ses côtés.

— Tu t'es encore échappée, à ce que je vois, la taquina-t-elle.

Carly pouffa.

— On dirait que vous suivez mon exemple, toutes les trois.

Iris soupira et s'appuya contre la rambarde.

— Il y a un type qui n'arrête pas de me poser des questions sur les Howell. Je crois qu'il veut écrire un scénario.

Elle fit la grimace.

— Je comprends que ce soit une histoire intéressante, mais s'il me demande encore une seule fois à voir l'amulette de mon père, je pense que je vais m'en servir pour lui jeter un sort.

— Tu ne jetteras de sort à personne avec cet objet, réfuta Gigi, ça ne te ressemble pas. Tu serais plutôt du genre à leur faire boire une potion qui leur donnera envie de se détendre devant Netflix.

— Je croyais que « se détendre devant Netflix » était un code pour parler de coups d'un soir, intervint Carly. Tu devrais peut-être vendre cette potion dans un magasin pour adultes.

Iris rit à gorge déployée.

— En voilà une bonne idée. Je ne leur donnerais jamais quelque chose leur coupant toute érection, mais une potion pour qu'ils se détendent, ce serait davantage mon style. Je veux juste que tout le monde soit heureux. Est-ce que c'est mal ?

— Non, répondit Joy en souriant. C'est une des choses que j'aime chez toi.

Iris lui rendit son sourire, l'air si satisfaite que Carly en fut presque jalouse. S'était-elle déjà sentie ainsi ? Elle n'en était pas certaine. Elle aimait sa vie. Voire, elle l'adorait parfois, mais elle ne s'était jamais sentie aussi satisfaite. Il lui avait toujours manqué quelque chose, et elle n'avait jamais compris quoi.

— Dans tous les cas, reprit Iris, je ne montrerai pas mon amulette à ce type. Elle restera dans mon nouvel atelier à potions. J'adore la voir là. J'ai l'impression d'être plus proche de mon père, ainsi.

Gigi lui serra la main, et elles échangèrent un regard entendu. Elles avaient commencé à travailler ensemble sur une nouvelle gamme de produits vendus à la boutique de Skyler. Elles s'entendaient bien, en tant que sorcières de la terre toutes les deux. Comme Carly était douée en potions, elle se sentait également plus profondément liée à ces deux femmes-là qu'aux autres sorcières du coven. Elle les aimait toutes, en particulier Joy qui l'avait aidée à retrouver sa nièce quand cette dernière s'était fait enlever, mais elle n'éprouvait pas pour elle la même connexion qu'elle ressentait au fond d'elle pour les personnes partageant les mêmes dons. Pour ces dernières, cela se situait au niveau moléculaire.

Peut-être qu'elle apprendrait un jour à baisser sa garde pour leur dire l'importance qu'elles avaient à ses yeux.

— Laisse-moi deviner. Le type qui te harcèle, c'est Barry Barstow ? demanda-t-elle en fronçant le nez.

— Oui, confirma Iris. Quel flagorneur.

Carly éclata de rire.

— Beaucoup de gens le sont à Hollywood. Si tu décides de

vendre cette histoire un jour, fais-le-moi savoir. Je te mettrai en contact avec des personnes qui te traiteront avec respect et rendront justice à ton histoire. Et la publicité serait bénéfique pour l'association à but non lucratif que Kade et toi lanciez.

— Hummm, je n'avais pas pensé à ça. Je vais devoir y réfléchir. Malgré tout, je ne suis pas certaine de vouloir la raconter un jour, mais si je change d'avis, je te tiendrai au courant. Merci.

— Pas de quoi. Tes sœurs de coven et toi pouvez me demander ce que vous voulez, répliqua Carly, sincère.

— *Nos* sœurs de coven, rectifia Joy. Tu es l'une de nous maintenant. Tu le sais, n'est-ce pas ?

— Je ne savais pas que j'avais été admise au club, la taquina Carly. Je croyais que je devrais courir nue sur la plage pour valider mon adhésion.

Elle s'était exprimée sur un ton léger, mais son cœur était gonflé par l'émotion. L'amitié qu'on lui offrait en cet instant était le genre qui changeait toute une vie. Elle en avait conscience. Elle avait trouvé un cercle de véritables amies et elle comptait tout faire pour les garder. Elle espérait simplement qu'elle ne gâcherait rien, comme elle l'avait fait autrefois.

— La semaine des ténèbres démarre le premier lundi de septembre, expliqua Joy. Le programme te sera livré la veille par des hommes à moitié nus, un soir de pleine lune, peu avant minuit.

Le groupe explosa de rire, et Carly leur fit un grand sourire, ressentant un peu de cette satisfaction qui lui avait toujours manqué.

La porte-fenêtre se rouvrit, et Kade glissa sa tête dans l'entrebâillement.

— Iris, tu peux venir un instant ? J'aimerais te présenter quelqu'un.

— Bien sûr.

Elle s'en alla, suivie par Joy et Gigi qui voulaient se resservir en champagne.

Les étoiles appelèrent à nouveau Carly. Elle se concentra sur elles, attendant la visite imminente. Le monde s'estompa autour d'elle. La légère brise disparut, de même que les doux clapotis des vagues. Il ne resta plus que l'obscurité et les diamants brillant au-dessus de sa tête.

Puis cela se produisit. Une ondulation dans le voile de la réalité, et sa jumelle, celle qu'elle avait perdue juste avant ses dix-huit ans, apparut à ses côtés.

— Salut, sœurette, dit Caydence.

Carly se tourna vers sa sœur, figée dans le temps, et sourit à travers ses larmes à cette jeune fille au visage sans défaut, dotée de longs cheveux blonds et d'yeux verts lumineux. Ces moments avec sa sœur ne survenaient que rarement, mais elle chérissait chacun d'eux.

— Salut à toi. Ça faisait longtemps.

Caydence haussa les épaules.

— Ta vie était plutôt ennuyeuse ces dernières années. Tu devrais vraiment vivre plus. Faire des films, c'est cool, mais tu n'es pas réellement heureuse.

— Je sais.

Inutile de le nier. Elle ne pouvait rien cacher à sa jumelle.

— Si tu es là, ça signifie que quelque chose va changer, n'est-ce pas ?

C'était toujours le cas après chacune des visites de sa sœur au fil des ans. Comme si Caydence essayait de la préparer.

— Oui. Un truc extraordinaire.

Carly fit la grimace.

— Ça n'a pas l'air encourageant. Pourquoi toujours tant de mystère ? Ce serait sympa d'avoir plus de détails, tu sais.

Sa sœur lui sourit gentiment.

— Ce serait moins amusant.

— Pourquoi est-ce que tu me tortures ? répliqua-t-elle avec humour.

Elle avait accepté, depuis le temps, que ces visites de Caydence ne lui apprennent jamais ce qui allait se produire. La seule personne en qui Carly avait une confiance totale venait simplement lui apporter son soutien et son amour.

— Tu me manques, lui dit Caydence avec mélancolie.

— Tu me manques aussi.

Elles restèrent assises en silence, à simplement savourer la présence de l'autre, comme elles l'avaient fait d'innombrables fois pendant l'enfance.

Enfin, Caydence se tourna vers elle pour lui confier le message qu'elle était venue lui délivrer.

— Des changements arrivent. De grands changements, Carly. Tu dois te montrer réceptive.

— Quels changements ? demanda-t-elle, même si elle savait que sa sœur ne répondrait pas.

Celle-ci tendit la main, lui serra la sienne, puis retourna dans l'univers.

Carly souffrit une nouvelle fois de la disparition de sa sœur, puis la douleur s'apaisa dans son cœur. Elle se leva et retourna à l'intérieur.

Personne ne lui prêta attention tandis qu'elle s'approchait lentement des membres du coven, réunies près de la cheminée. Cependant, juste avant de les rejoindre, elle se sentit attirée de manière incontrôlable vers la porte d'entrée.

Fronçant les sourcils, elle s'en approcha, et juste avant qu'elle ne l'ouvre, un coup résonna dessus.

Son cœur se mit à battre plus vite ; elle avait compris que la personne de l'autre côté représentait le changement que sa sœur était venue lui annoncer. Impossible d'y échapper. Elle ne pouvait que l'affronter. Elle prit une grande inspiration, ouvrit la porte... et resta bouche bée devant l'homme qui se tenait devant elle.

— Salut, Carly, dit Jeremiah Vance, l'air las et sur ses gardes.

— Jeremiah ? souffla-t-elle.

Elle ne l'avait pas vu depuis plus de trente ans. Depuis le jour où ils avaient tous les deux perdu leurs jumeaux dans un terrible accident de bateau duquel il l'avait publiquement tenue pour responsable. Zane, le frère de Jeremiah, était son meilleur ami au monde. Le perdre en même temps que sa sœur avait failli la briser.

— Qu'est-ce que tu fais là ?

Il déglutit.

— C'est à propos de Zane. Je crois qu'il est en vie. J'ai besoin de ton aide.

À PROPOS DE L'AUTEURE

Deanna Chase, auteure de best-sellers aux classements du New York Times et de USA Today, a grandi en Californie, avant de s'installer dans le sud-est de la Louisiane, au rythme de vie plus tranquille. Quand elle n'écrit pas, elle passe du bon temps à La Nouvelle-Orléans avec son mari ou elle joue avec ses deux chiens shih tzu. Pour plus d'informations et actualités sur ses nouvelles parutions, visitez son site web, deannachase.com.

NOTES

10. CHAPITRE 10

1. Dans les années 1950, le professeur Alfred Kinsey a mis au point, suite à diverses études, une échelle déterminant le positionnement des individus sur le spectre sexuel, allant de 0 (exclusivement hétérosexuel) à 6 (exclusivement homosexuel).